哲思妙悟

高维生◎编选

中国书籍出版社
China Book Press

图书在版编目（CIP）数据

哲思妙悟/高维生编选.—北京：中国书籍出版社，2014.6
（中国书籍文学馆·精品赏析）
ISBN 978-7-5068-3988-4

Ⅰ.①哲… Ⅱ.①高… Ⅲ.①散文集—世界 Ⅳ.①I16

中国版本图书馆CIP数据核字（2013）第305304号

哲思妙悟

高维生　编选

图书策划	武　斌　崔付建
责任编辑	赵丽君
责任印制	孙马飞　张智勇
出版发行	中国书籍出版社
地　　址	北京市丰台区三路居路97号（邮编：100073）
电　　话	（010）52257143（总编室）（010）52257153（发行部）
电子邮箱	chinabp@vip.sina.com
经　　销	全国新华书店
印　　刷	北京世纪雨田印刷有限公司
开　　本	710毫米×960毫米　1/16
字　　数	238千字
印　　张	20
版　　次	2014年6月第1版　2014年6月第1次印刷
书　　号	ISBN 978-7-5068-3988-4
定　　价	39.80元

版权所有　翻印必究

目录

003 ● 雪·[中国]鲁迅

005 ● 谈蝙蝠·[中国]鲁迅

007 ● 落花生·[中国]许地山

009 ● 星夜·[中国]庐隐

011 ● 蟋蟀之话·[中国]夏丏尊

016 ● 春·[中国]朱自清

018 ● 破晓·[中国]梁遇春

022 ● 银杏·[中国]郭沫若

025 ● 野草·[中国]夏衍

027 ● 海燕·[中国]郑振铎

030 ● 灯·[中国]巴金

033 ● 草叶集序言·[美国]惠特曼

037 ● 禽鸟·[美国]霍桑

040 ● 马·[俄国]阿·托尔斯泰

042 ● 美的真谛·[俄国]邦达列夫

044 ● 音乐·[法国]罗曼·罗兰

046 ● 鹰·[法国]布封

049 ● 狗·[法国]布封

053 ● 什么最有意义·[德国]爱因斯坦

055 ● 光荣的荆棘路·[丹麦]安徒生

头发里的世界

- 063 ● 超山的梅花·[中国]郁达夫
- 068 ● 夜莺·[中国]戴望舒
- 070 ● 一种云·[中国]瞿秋白
- 072 ● 生·[中国]许地山
- 074 ● 绿·[中国]朱自清
- 077 ● 一群蝌蚪·[中国]柔石
- 080 ● 取舍·[中国]张小娴
- 082 ● 合作的精神·[美国]拿破仑·希尔
- 084 ● 自由与财富的使命·[美国]奥里森·马登
- 087 ● 我们的富足·[美国]艾伦·弗洛姆
- 089 ● 空虚的世界·[美国]艾伦·弗洛姆
- 091 ● 不自由则勿宁死·[美国]佩特瑞克·亨利
- 094 ● 善生活·[美国]弗兰克纳
- 096 ● 时代的昭示·[美国]佛兰西丝·威拉德
- 098 ● 我是一个现实主义者·[美国]珍妮特·洛尔
- 101 ● 自由的条件·[英国]劳伦斯
- 103 ● 智者·[英国]休谟
- 105 ● 头发里的世界·[法国]波特莱尔
- 107 ● 大自然·[德国]歌德
- 111 ● 年轻时代·[日本]池田大作

- 115 ● 夜颂·[中国]鲁迅
- 117 ● 狗·猫·鼠·[中国]鲁迅
- 125 ● 树·[中国]戴望舒
- 127 ● 马蜂的毒刺·[中国]郁达夫
- 130 ● 梨花·[中国]许地山
- 132 ● 蛇·[中国]许地山
- 134 ● 柚子·[中国]鲁彦
- 142 ● 梅花小鹿·[中国]石评梅
- 145 ● 乞丐·[中国]朱自清
- 149 ● 猫·[中国]胡也频
- 163 ● 猫·[中国]夏丏尊
- 170 ● 我若为王·[中国]聂绀弩
- 173 ● 旁若无人·[中国]梁实秋
- 177 ● 多付出一点点·[美国]拿破仑·希尔
- 180 ● 真实的高贵·[美国]海明威
- 182 ● 我们的责任·[美国]理查德·费曼
- 184 ● 正义至上·[美国]艾德勒
- 186 ● 道德的真理·[俄国]阿·托尔斯泰
- 188 ● 对话·[俄国]屠格涅夫
- 190 ● 希望·[俄国]邦达列夫

192 ● 世界像一个舞台·[英国]莎士比亚

194 ● 论称赞·[英国]培根

196 ● 群体意志·[英国]劳伦斯

198 ● 笔记·[意大利]达·芬奇

202 ● 负重·[奥地利]里尔克

204 ● 一个任务·[挪威]易卜生

206 ● 论理性与热情·[黎巴嫩]纪伯伦

211 ● 野草·题辞·[中国]鲁迅

213 ● 腊叶·[中国]鲁迅

215 ● 贵族之巢·[中国]瞿秋白

219 ● 笑·[中国]许地山

221 ● 干·[中国]邹韬奋

223 ● 苦鸦子·[中国]郑振铎

227 ● 蝉与纺织娘·[中国]郑振铎

231 ● 事事关心·[中国]邓拓

234 ● 衣服的用处·[美国]梭罗

236 ● 孤独·[美国]梭罗

239 ● 艺术家·[英国]王尔德

241 ● 人类的镜子·[俄国]普里什文

243 ● 论时机·[英国]培根

245 ● 金钱的崇拜·[英国]罗素

247 ● 自由与克制·[英国]约·罗斯金

249 ● 不朽感·[英国]威廉·赫兹里特

251 ● 普罗米修斯·[奥地利]卡夫卡

253 ● 不同的追求·[黎巴嫩]纪伯伦

257 ● 洪水与猛兽·[中国]蔡元培

259 ● 暗夜·[中国]郁达夫

261 ● 夏的歌颂·[中国]庐隐

263 ● 雪夜·[中国]石评梅

267 ● 天空的点缀·[中国]萧红

270 ● 雪·[中国]缪崇群

272 ● 从一个微笑开始·[中国]刘心武

274 ● 正确的思考·[美国]拿破仑·希尔

276 ● 赌博·[美国]华盛顿

277 ● 社会的波浪·[美国]爱默生

282 ● 自由与生命·[美国]索尔·贝洛

- 284 ● 小丑·[俄国]屠格涅夫
- 287 ● "你将听到蠢人的评判……"·[俄国]普希金
- 289 ● 论自私·[英国]培根
- 291 ● 论嫉妒·[英国]罗素
- 293 ● 驱逐无知·[英国]弥尔顿
- 295 ● 人的过错·[法国]卢梭
- 297 ● 恶之源·[法国]霍尔巴赫
- 299 ● 马·[法国]布封
- 301 ● 社会的不公正·[法国]拉布吕耶尔
- 303 ● 穷人的眼·[法国]波特莱尔
- 305 ● 权力的罪恶·[日本]池田大作
- 307 ● 贫穷是罪恶·[日本]松下幸之助
- 309 ● 名字·[智利]聂鲁达

雪·[中国]鲁迅

谈蝙蝠·[中国]鲁迅

落花生·[中国]许地山

星夜·[中国]庐隐

蟋蟀之话·[中国]夏丏尊

春·[中国]朱自清

……

什么最有意义

那邪恶的事物里头，也藏着美好的精华，只要你懂得怎样把它提炼出来……这样，我们从野草里采来蜜；从魔鬼那儿居然获得了道德的教训。

——莎士比亚

雪

□ [中国] 鲁迅

暖国的雨,向来没有变过冰冷的坚硬的灿烂的雪花。博识的人们觉得他单调,他自己也以为不幸否耶?江南的雪,可是滋润美艳之至了;那是还在隐约着的青春的消息,是极壮健的处子的皮肤。雪野中有血红的宝珠山茶,白中隐青的单瓣梅花,深黄的磬口的蜡梅花;雪下面还有冷绿的杂草。胡蝶确乎没有;蜜蜂是否来采山茶花和梅花的蜜,我可记不真切了。但我的眼前仿佛看见冬花开在雪野中,有许多蜜蜂们忙碌地飞着,也听得他们嗡嗡地闹着。

孩子们呵着冻得通红、像紫芽姜一般的小手,七八个一齐来塑雪罗汉。因为不成功,谁的父亲也来帮忙了。罗汉就塑得比孩子们高得多,虽然不过是上小下大的一堆,终于分不清是壶卢还是罗汉;然而很洁白,很明艳,以自身的滋润相粘结,整个地闪闪地生光。孩子们用龙眼核给他做眼珠,又从谁的母亲的脂粉奁中偷得胭脂来涂在嘴唇上。这回确是一个大阿罗汉了。他也就目光灼灼地嘴唇通红地坐在雪地里。

第二天还有几个孩子来访问他;对了他拍手,点头,嘻笑。但他终于独自坐着了。晴天又来消释他的皮肤,寒夜又使他结一层冰,化作不透明的水晶模样；连续的晴天又使他成为不知道算什么，而嘴上的胭脂也褪尽了。

但是，朔方的雪花在纷飞之后，却永远如粉、如沙，他们决不粘连，撒在屋上、地上、枯草上，就是这样。屋上的雪是早已就有消化了的，因为屋里居人的火的温热。别的，在晴天之下，旋风忽来，便蓬勃地奋飞，在日光中灿灿地生光，如包藏火焰的大雾，旋转而且升腾，弥漫太空，使太空旋转而且升腾地闪烁。

在无边的旷野上，在凛冽的天宇下，闪闪地旋转升腾着的是雨的精魂……

是的，那是孤独的雪，是死掉的雨，是雨的精魂。

一九二五年一月十八日

佳作点评

《雪》是一首不足千字的散文诗，也是《野草》中较为明朗的一篇，文字朴白，浪漫抒情。鲁迅笔下的景物，描写的细致生动，用词准确，仿佛是江南小巷中铺路的青石，没有一点赘言。雪是天然之物，但是江南的雪与北方的雪就不一样了，不仅是地域的不同，性格也有了巨大的差异。

这篇文章描写了雪景，但表现了鲁迅的另一面性格，他的温暖的关爱，在孤独时对命运的抗争。鲁迅借助自然的雪，表达一种声音，这是不同于别人的声音，在对比中体现出作者的倾向。江南的雪是阴柔的美，它有小桥流水人家的温润的美；相比而言，北方的雪是粗犷的美，它经受得住狂烈的风，无情的寒冷，这是一个战士的精神品质。鲁迅在平凡的小事中，发现了不平常的事情，挖掘出深邃的思想。

鲁迅独特的语言风格，在平实的描述中，透出情感的结晶。

谈蝙蝠

□［中国］鲁迅

人们对于夜里出来的动物，总不免有些讨厌他，大约因为他偏不睡觉，和自己的习惯不同，而且在昏夜的沉睡或"微行"中，怕他会窥见什么秘密罢。

蝙蝠虽然也是夜飞的动物，但在中国的名誉却还算好的。这也并非因为他吞食蚊虻，于人们有益，大半倒在他的名目，和"福"字同音。以这么一副尊容而能写入画图，实在就靠着名字起得好。还有，是中国人本来愿意自己能飞的，也设想过别的东西都能飞。道士要羽化，皇帝想飞升，有情的愿作比翼鸟儿，受苦的恨不得插翅飞去。想到老虎添翼，便毛骨耸然，然而青蚨飞来，则眉眼莞尔。至于墨子的飞鸢终于失传，飞机非募款到外国去购买不可，则是因为太重了精神文明的缘故，势所必至，理有固然，毫不足怪的。但虽然不能够做，却能够想，所以见了老鼠似的东西生着翅子，倒也并不诧异，有名的文人还要收为诗料，诌出什么"黄昏到时蝙蝠飞"那样的佳句来。

西洋人可就没有这么高情雅量，他们不喜欢蝙蝠。推源祸始，我想，恐怕是应该归罪于伊索的。他的寓言里，说过鸟兽各开大会，蝙蝠到兽类里去，因为他有翅子，兽类不收，到鸟类里去，又因为他是四足，鸟类不纳，弄得他毫无立场，于是大家就讨厌这作为骑墙的象征的蝙蝠了。

中国近来拾一点洋古典，有时也奚落起蝙蝠来。但这种寓言，出于伊索，是可喜的，因为他的时代，动物学还幼稚得很。现在可不同了，鲸鱼属于什么类，蝙蝠属于什么类，就是小学生也都知道得清清楚楚。倘若还拾一些希腊古典，来作正经话讲，那就只足表示他的知识，还和伊索时候，各开大会的两类绅士淑女们相同。

大学教授梁实秋先生以为橡皮鞋是草鞋和皮鞋之间的东西，那知识也相仿，假使他生在希腊，位置是说不定会在伊索之下的，现在真可惜得很，生得太晚一点了。

六月十六日

（本篇最初发表于一九三三年六月二十五日《申报·自由谈》）

佳作点评

唐代诗人元稹《景中秋》诗云："帘断萤火入，窗明蝙蝠飞。"这是描写蝙蝠的经典之作。蝙蝠简称"蝠"，因为"蝠"与"福"谐音，因而在中国传统文化中，人们经常使用"蝠"表示福气，如民间绘画中的五只蝙蝠，意为五福临门。很多古老的建筑，以及砖刻、石刻中也都可以见到蝙蝠。

在《谈蝙蝠》一文中，鲁迅谈到一则寓言："说过鸟兽各开大会，蝙蝠到兽类里去，因为他有翅子，兽类不收，到鸟类里去，又因为他是四足，鸟类不纳，弄得他毫无立场，于是大家就讨厌这作为骑墙的象征的蝙蝠了。"鲁迅所讲的寓言，并非是在说故事，他是说明了一个道理。他清醒地认识到"人类文明与中华民族文明的根柢"，在"拿来"和"继承"上，鲁迅是非常冷静的。他保持独立的人格，坚守自己的思想主张，并通过这则寓言，进行了深入的分析。

落花生

□ [中国] 许地山

我们屋后有半亩隙地。母亲说:"让他荒芜着怪可惜,既然你们那么爱吃花生,就辟来做花生园罢。"我们几姊弟和几个小丫头都很喜欢——买种底买种,动土底动土,灌园底灌园;过不了几个月,居然收获了!

妈妈说:"今晚我们可以做一个收获节,也请你们爹爹来尝尝我们底新花生,如何?"我们都答应了。母亲把花生做成好几样底食品,还吩咐这节期要在园里底茅亭举行。

那晚上底天色不大好,可是爹爹也到来,实在很难得!爹爹说:"你们爱吃花生么?"

我们都争着答应:"爱!"

"谁能把花生底好处说出来?"

姊姊说:"花生底气味很美。"

哥哥说:"花生可以制油。"

我说:"无论何等人都可以用贱价买他来吃;都喜欢吃他。这就是他底好处。"

爹爹说:"花生底用处固然很多;但有一样是很可贵的。这小小的豆不像那好看的苹果、桃子、石榴，把他们底果实悬在枝上，鲜红嫩绿的颜色，令人一望而发生羡慕底心。他只把果子埋在地底，等到成熟，才容人把他挖出来，你们偶然看见一棵花生瑟缩地长在地上，不能立刻辨出他有没有果实，非得等到你接触他才能知道。"

我们都说："是的。"母亲也点点头。爹爹接下去说："所以你们要像花生，因为他是有用的，不是伟大、好看的东西。"我说："那么，人要做有用的人，不要做伟大、体面的人了。"爹爹说："这是我对于你们底希望。"

我们谈到夜阑才散，所有花生食品虽然没有了，然而父亲底话现在还印在我心版上。

佳作点评

《落花生》是作家许地山的一篇经典作品，这个只有600多字的散文，讲述了作家童年的事情。作者的父亲借朴实的花生，教育后人为人处事要像花生一样，根扎在大地上，踏实而不羡慕虚荣。许地山牢记父亲的教诲，在回忆中写了《落花生》一文，并以"落华生"为笔名，作为勉励自己一生的追求目标。花生不是什么名贵的东西，生于大地，长于大地，一个"落"字，体现了许地山的思想内蕴。

"落"和"花生"，是两个普通的词，但是结合本文细品这两个词，内中深藏的分量就不一样了。

星 夜

□ [中国] 庐隐

在璀灿的明灯下，华筵间，我只有悄悄的逃逝了，逃逝到无灯光，无月彩的天幕下。丛林危立如鬼影，星光闪烁如幽萤，不必伤繁华如梦，——只这一天寒星，这一地冷雾，已使我万念成灰，心事如冰！

唉？！天！运命之神！我深知道我应受的摆布和颠连，我具有的是夜莺的眼，不断的在密菁中寻觅，我看见幽灵的狞羡，我看见黑暗中的灵光！

唉！天！运命之神！我深知道我应受的摆布与颠连，我具有的是杜鹃的舌，不断的哀啼于花荫。枝不残，血不干，这艰辛的旅途便不曾走完！

唉！天！运命之神！我深知道我应受的摆布与颠连，我具有的是深刻惨凄的心情，不断的追求伤毁者的呻吟与悲哭——这便是我生命的燃料，虽因此而灵毁成灰，亦无所怨！

唉！天！运命之神！我深知道我应受的摆布与颠连，我具有的是血迹狼藉的心和身，纵使有一天血化成青烟。这既往的鳞伤，料也难掩埋！咳！因之我不能慰人以柔情，更不能予人以幸福，只有这辛辣的心锥时时刺醒人们绮丽的春梦，将一天欢爱变成永世的咒诅！自然这也许是不可避免的报复！

在璀灿的明灯下,华筵间,我只有悄悄逃逝了!逃逝到无灯光,无月彩的天幕下。丛林无光如鬼影,星光闪烁如幽萤,我徘徊黑暗中,我踯躅星夜下,我恍如亡命者,我恍如逃囚,暂时脱下铁锁和镣铐。不必伤繁华如梦——只这一天寒星,这一地冷雾,已使我万念成灰,心事如冰!

佳作点评

在"五四"文学运动中,庐隐无疑是一颗璀璨耀眼的明星。她对人生意义的拷问和寻找,是同时代女性作家中不可多得的。庐隐笔下的文字感情细腻,想象绮丽多变。"只这一天寒星,这一地冷雾",她在询问天上的寒星,叩问大地上的冷雾,人生的意义到底是什么呢?作品是作家的生命和呼吸,我们从庐隐的文字中感受到她的苦闷徘徊。在矛盾的性格中,作品驮负着冷酷的现实,透出伤感的调子,反映了她的思想品质。

"苦闷地徘徊"准确地表现了女作家的内心世界,庐隐感伤的文字,让我们读到一个时代青年人的心声。庐隐是悲观主义者,她的作品渗出忧郁的色调,这是作家一生没有摆脱的色调。

蟋蟀之话

□ [中国] 夏丏尊

"志士悲秋",秋在四季中确是寂寥的季节,即非志士,也容易起感怀的。我们的祖先在原始时代曾与寒冷饥饿相战斗,秋就是寒冷饥饿的预告。我们的悲秋,也许是这原始感情的遗传。入秋以后,自然界形貌的变化反应在我们心里,引起这原始的感情来。

天空的颜色,云的形状,太阳及月亮的光,空气的触觉,树叶的色泽,虫的鸣声,凡此等等都是构成秋的情绪的重要成分。其中尤以虫声为最有力的因子,古人说"以虫鸣秋",鸣虫实是秋季的报知者,秋情的挑拨者。秋季的鸣虫可分为螽斯与蟋蟀二类,这里想只说蟋蟀。说起蟋蟀,往往令人联想到寂寥与感伤。"蟋蟀在堂","今我不乐",三百首中已有这样的话。姜白石咏蟋蟀《齐天乐》云:"庾郎先自吟愁赋,凄凄更闻私语。……哀音似诉。正思妇无眠,起寻机杼。曲曲屏山,夜凉独自甚情绪。……候馆迎秋,离宫吊月,别有伤心无数。……写入琴丝,一声声更苦。"凡是有关于蟋蟀的诗歌,差不多都是带着些悲感的。这理由是什么?如果有人说,这是由自然的背景与诗歌上的传统口吻养成的观念情绪,也许是的。实则秋季鸣虫的音乐,在本质上尚有可注意的地方。

蟋蟀的鸣声，本质上与鸟或蝉的鸣声大异其趣。鸟或蝉的鸣声是肉声，而蟋蟀的鸣声是器乐。"丝不如竹，竹不如肉"，我国从来有这样的话，意思是说器乐不如肉声。其实就音乐上说，乐器比之我们人的声带，构造要复杂得多，声音的范域也广得多。声带的音色决不及乐器的富于变化，乐器所能表出的情绪远比声带复杂。箫笛的表哀怨，可以胜过人的悲吟；鼓和洋琴的表快悦，可以胜过人的欢呼。鸟的鸣声是和人的叫唱一样，同是由声带发出的，其鸣声虽较人的声音有变化，但既同出于肉质的声带，与人声究有共同之点。蝉虽是虫类，其鸣声由腹部之声带发出，也可以说是肉声。

蟋蟀等秋虫的鸣声比之鸟或蝉的鸣声，是技巧的，而且是器械的。它们的鸣声由翅的鼓动发生。把翅用显微镜检查时，可以看见特别的发音装置，前翅的里面有着很粗糙的锯状部，另一前翅之端又具有名叫"硬质部"的部分，两者磨擦就发声音。前翅间还有一处薄膜的部分，叫做"发音镜"，这是造成特殊的音色的机关。秋虫因了这些部分的本质和构造，与发音镜的形状，各奏出其独特的音乐。其音乐较诸鸟类与别的虫类，有着如许的本质的差异。

螽斯与蟋蟀的发音样式大同小异：螽斯左前翅在上，右前翅在下；蟋蟀反之，右前翅在上，左前翅在下。又，螽斯的锯状部在左翅，硬质部在右翅；而蟋蟀则两翅有着同样的构造。此外尚有不同的一点：螽斯之翅耸立作棱状，其发音装置的部分较狭；蟋蟀二翅平叠，因之其发音部分亦较为发达。在音色上，螽斯所发的音乐富于野趣，蟋蟀的音乐却是技巧的。

无论鸟类、螽斯或蟋蟀，能鸣只有雄，雌是不能鸣的。这全是性的现象，雄以鸣音诱雌。它们的鸣，和南欧人在恋人窗外所奏的夜曲同是哀切的恋歌。

蟋蟀是有耳朵的，说也奇怪，蟋蟀的耳朵不在头部，倒在脚上。它们共有三对脚，在最前面的脚的胫节部具着附有薄膜的细而长的小孔，这就是它们的耳朵。它们用了这"脚耳"来听对手的情话。

蟋蟀的恋歌似乎很能发生效果。我们依了蟋蟀的鸣声，把石块或落叶拨去了看，常发见在那里的是雌雄一对。石块或落叶丛中是它们的生活的舞台，它们在这里恋爱，产卵，以至于死。

蟋蟀的生活状态在自然界中观察颇难，饲养于小瓦器中，可观察到种种的事实。蟋蟀的恋爱生活和他动物及人类原无大异，可是有一极有兴趣的现象：它们是极端的女尊男卑的，雌对于雄的威势，比任何动物都厉害。试把雌雄二蟋蟀放入小瓦器中，彼此先用了触角探知对方的存在以后，雄的即开始鸣叫。这时的鸣声与在田野时的放声高吟不同，是如泣如诉的低音，与其说是在伺候雌的意旨，不如说是一种哀恳的表示。雄的追逐雌的，把尾部向雌的接近，雌的犹淡然不顾。于是雄的又反复其哀诉，雌的如不称意，犹是淡然。雄的哀诉，直至雌的自愿接受为止。交尾时，雌的悠然爬伏于雄的背上，雄的自下面把交尾器中所挟着的精球注入雌的产卵管中，交尾的行为瞬时完毕。饲养在容器中的蟋蟀，交尾可自数次至十余次，在自然界中想必也是这样。这和蜜蜂或蚕等只交尾一次而雄的就死灭的情形不同了。说虽如此，雄蟋蟀在交尾终了后，不久也就要遇到悲哀的运命。就容器中饲养的蟋蟀看，结果是雌的捧了大肚皮残留着，雄的所存在者只翅或脚的碎片而已。这现象已超过女尊男卑，入了极端的变态性欲的范围了。雄的可说是被虐待狂的典型，雌的可说是虐待狂的典型了吧。

原来在大自然看来，种的维持者是雌，雄的只是配角而已。有些动物的雄，虽逞着权力，但不过表面如此，论其究竟，负重大牺牲的仍是雄。极端的例可求之于蜘蛛或螳螂。从大自然的经济说，微温的人情——虫情原是不值一顾的，雄蟋蟀的悲哀的凤命和在情场中疲于奔命而死的男子相似。

蟋蟀产卵，或在土中，或在树干与草叶上。先入泥土少许于玻璃容器，把将产卵的雌蟋蟀储养其中，就能明了观察到种种状况。雌蟋蟀在产卵时，先用产卵管在土中试插，及找得了适当的场所，就深深地插入，同时腹部大起振动。产卵管是由四片细长的薄片合成的，卵泻出极速，状如连珠，卵尽才把产卵管拔出。一个雌蟋蟀可产卵至三百以上。雌蟋蟀于产卵后亦即因饥寒而死灭，所留下的卵，至次年初夏孵化。

蟋蟀在昆虫学上属于"不完全变态"的一类，由卵孵化出来的若虫差不多和其父母同形，只不过翅与产卵管等附属物未完全而已。这情形和那蝶或蝇等须经过幼虫、蛆蛹、成虫的三度变态的完全两样。（像蝶或蝇等叫做"完全变态"的昆虫。）自若虫变为成虫，其间须经过数次的脱皮，不脱皮不能生长。脱皮的次数也许因种类而有不同，学者之间有说七次的，有说八次或九次的。每次脱皮以前虽没有如蚕的休眠现象，可是一时却不吃东西，直至食道空空，身体微呈透明状态为止。脱皮时先从胸背起纵裂，连触角都脱去，剩下的是雪白的软虫，过了若干时，然后回复其本来特有的颜色。这样的脱皮经过相当次数，身体的各部逐渐完成。变为成虫以后，经过四五日即能鸣叫，其时期因温度地域种类个体而不同，大概在立秋前后。它们由此再像其先代的样子，歌唱，恋爱，产卵，度其一生。

蟋蟀能草食，也能肉食。普通饲养时饲以饭粒或菜片，但往往有自相残食的。把许多蟋蟀置入一容器中，不久就会因自相残食而大减其数。

雄蟋蟀富于斗争性，好事者常用以比赛或赌博。他们对于蟋蟀鉴别甚精，购求不惜重价，因了品种予以种种的名号。坊间至于有《蟋蟀谱》等类的书。我是此道的门外汉，无法写作这些斗士的列传。

▎佳作点评▎

1933年，夏丏尊迁居上海后，与叶圣陶合作，在《中学生》上连载

《蟋蟀之话》等散文随笔和科学小品。夏丏尊不是在为这些小动物们作列传，他是写出了另一种生命的状态和过程。在朴白的语言中，作家描述大自然中动物的习性和生命的特征。作家以独到细腻的眼光，观察动物们的情感发展经历。

春

□［中国］朱自清

盼望着，盼望着，东风来了，春天的脚步近了。

一切都像刚睡醒的样子，欣欣然张开了眼。山朗润起来了，水长起来了，太阳的脸红起来了。

小草偷偷地从土里钻出来，嫩嫩的，绿绿的。园子里，田野里，瞧去，一大片一大片满是的。坐着，躺着，打两个滚，踢几脚球，赛几趟跑，捉几回迷藏。风轻悄悄的，草绵软软的。

桃树、杏树、梨树，你不让我，我不让你，都开满了花赶趟儿。红的像火，粉的像霞，白的像雪。花里带着甜味，闭了眼，树上仿佛已经满是桃儿、杏儿、梨儿！花下成千成百的蜜蜂嗡嗡地闹着，大小的蝴蝶飞来飞去。野花遍地是：杂样儿，有名字的，没名字的，散在草丛里，像眼睛，像星星，还眨呀眨的。

"吹面不寒杨柳风"，不错的，像母亲的手抚摸着你。风里带来些新翻的泥土的气息，混着青草味，还有各种花的香，都在微微润湿的空气里酝酿。鸟儿将窠巢安在繁花嫩叶当中，高兴起来了，呼朋引伴地卖弄清脆的喉咙，唱出宛转的曲子，与轻风流水应和着。牛背上牧童的短笛，这时候也成天在嘹亮地响。

雨是最寻常的，一下就是三两天。可别恼，看，像牛毛，像花针，像细丝，密密地斜织着，人家屋顶上全笼着一层薄烟。树叶子却绿得发亮，小草也青得逼你的眼。傍晚时候，上灯了，一点点黄晕的光，烘托出一片安静而和平的夜。乡下去，小路上，石桥边，撑起伞慢慢走着的人；还有地里工作的农夫，披着蓑，戴着笠的。他们的草屋，稀稀疏疏的在雨里静默着。

天上风筝渐渐多了，地上孩子也多了。城里乡下，家家户户，老老小小，他们也赶趟儿似的，一个个都出来了。舒活舒活筋骨，抖擞抖擞精神，各做各的一份事去。"一年之计在于春"；刚起头儿，有的是工夫，有的是希望。

春天像刚落地的娃娃，从头到脚都是新的，它生长着。

春天像小姑娘，花枝招展的，笑着，走着。

春天像健壮的青年，有铁一般的胳膊和腰脚，他领着我们上前去。

（原载朱文叔编《初中语文读本》第 1 册 1933 年 7 月版）

▎佳作点评▎

每一次读朱自清的《春》，目光一接触到他的文字，都会感到春风扑面而来，挟带着希望和企盼。这是一篇经典的美文，仿佛一轴展开的国画长卷，在富有韵律的节奏中，"山朗润起来了，水长起来了，太阳的脸红起来了"。这不是简单的景物描写，而是蕴含着作家的渴望和一种寄托。轻风、流水、农民、青草、短笛声，这一幅田园的美景，把读者带入意境悠远的水墨画里。

读这样的文章，烦躁的心可以静下来，在文字中漫游大自然，体味春天雨景的韵味。

破 晓

□［中国］梁遇春

今天破晓酒醒时候，我忽然忆起前晚上他向我提过"空持罗带，回首恨依依"这两句词。仿佛前宵酒后曾有许多感触。宿酒尚未全醒的我，就闭着眼睛暗暗地追踪那时思想的痕迹。底下所写下来的就是还逗遛在心中的一些零碎。也许有人会拿心理分析的眼光含讥地来解剖这些杂感，认为是变态的，甚至于低能的，心理的表现；可是我总是十分喜欢它们。因为我爱自己，爱这个自己厌恶着的自己，所以我爱我自己心里流出笔下写出的文字，尤其爱自己醒时流泪醉时歌这两种情怀凑合成的东西。而且以善于写信给学生家长，而荣膺大学校长的许多美国大学校长，和单知道立身处世，势利是图的佛兰克林式的人物，虽然都是神经健全，最合于常态心理的人们，却难免得使甘于堕落的有志之士恶心。

"空持罗带，回首恨依依"，这真是我们这一班人天天尝着的滋味。无数黄金的希望失掉了，只剩下希望的影子，做此刻惆怅的资料，此刻又弄出许多幻梦，几乎是明知道不能实现的幻梦，那又是将来回首时许多感慨之所系。于是乎，天天在心里建起七宝楼台，天天又看到前天架起的灿烂的建筑物消失在云雾里，化作命运的狞笑，仿佛《亚俪丝异乡游记》里所说的空中里一个猫的笑脸。可是我们心里又晓得命运是自己，某一位文豪早已说过，"性格是命运"了！不管我们怎样似乎坦白地向朋友们，向自己痛骂自己的无能和懦弱，可是对于这个几十年来寸步不离，形影相依的自己怎能说没有怜惜，所以只好抓着空气，捏成一个莫名其妙的命运，把天下地上的一切可杀不可留的事情全归诿在他（照希腊神话说，应当称为她们）的身上，自己清风朗月般在旁学泼妇的骂街。屠格涅夫在他的某一篇小说里不是说过：Destiny makes everyman, and everyman makes his own destiny.（命运定了一切人，然而一切人能够定他自己的命运。）

屠格涅夫，这位旅居巴黎，后来害了谁也不知道的病死去的老文人，从前我对他很赞美，后来却有些失恋了。他是一个意志薄弱的人，他最爱用微酸的笔调来描绘意志薄弱的人，我却也是个意志薄弱的人，也常在玩弄或者吐唾自己这种心性，所以我对于他的小说深有同感，然而太相近了，书上的字，自己心里的意思，颠来倒去无非意志薄弱这个概念，也未免太单调，所以我已经和他久违了。他在年青时候曾跟一个农奴的女儿发生一段爱情，好像还产有一位千金，后来却各自西东了，他小说里也常写这一类飞鸿踏雪泥式的恋爱，我不幸得很或者幸得很却未曾有过这一回事，所以有时倒觉得这个题材很可喜，这也是我近来又翻翻几本破旧尘封的他的小说集的动机。这几天偷闲读屠格涅夫，无意中却有个大发现，我对于他的敬慕也从新燃起来了。屠格涅夫所深恶的人是那班成功的人，他觉得他们都是很无味的庸人，而那班从娘胎里带来一种一事无成的性格的人们却多少总带些诗的情调。他在小说里凡是说到得意的人们时，常现出蔑视的微笑和嘲侃的口吻。这真是他独到的地方，他用歌颂英雄的心情来歌颂弱者，使弱者变为他书里唯一的英雄，我觉得他这种态度是比单描写弱者性格，和同情于弱者的作家是更别致，更有趣得多。实在说起来，值得我们可怜的绝不是一败涂地的，却是事事马到功成的所谓幸运人们。

人们做事情怎么会成功呢？他必定先要暂时跟人世间一切别的事情

绝缘，专心致志去干目前的勾当。那么，他进行得愈顺利，他对于其它千奇百怪的东西越离得远，渐渐对于这许多有意思的玩意儿感觉迟钝了，最后逃不了个完全麻木。若使当他干事情时，他还是那样子处处关心，事事牵情，一曝十寒地做去，他当然不能够有什么大成就，可是他保存了他的趣味，他没有变成个只能对于一个刺激生出反应的残缺的人。有一位批评家说第一流诗人是不做诗的，这是极有道理的话。他们从一切目前的东西和心里的想象得到无限诗料，自己完全浸在诗的空气里，鉴赏之不暇，那里还有找韵脚和配轻重音的时间呢？人们在刺心的悲哀里时是不会做悲歌的，Tennyson 的 In Memorian 是在他朋友死后三年才动笔的。一生都沉醉于诗情中的绝代诗人自然不能写出一句的诗来。感觉钝迟是成功的代价，许多扬名显亲的大人物所以常是体广身胖，头肥脑满，也是出于心灵的空虚，无忧无虑麻木地过日。归根说起来，他们就是那么一堆肉而已。

　　人们对于自己的功绩常是带上一重放大镜。他不单是只看到这个东西，瞧不见春天的花草和街上的美女，他简直是攒到他的对象里面去了。也可说他太走近他的对象，冷不防地给他的对象一口吞下。近代人是成功的科学家，可是我们此刻个个都做了机械的奴隶，这件事聪明的 Samuel Butler 六十年前已经屈指算出，在他的杰作《虚无乡》(Erewhon) 里慨然言之矣。崇拜偶像的上古人自己做出偶像来跟自己打麻烦，我们这班聪明的，知道科学的人们都觉得那班老实人真可笑，然而我们费尽心机发明出机械，此刻它们反脸无情，踏着铁轮来蹂躏我们了。后之视今，犹今之视昔，真不知道将来的人们对于我们的机械会作何感想，这是假设机械没有将人类弄得覆灭，人生这幕喜剧的悲剧还继续演着的话。总之，人生是多方面的，成功的人将自己的十分之九杀死，为的是要让那一方面尽量发展，结果是尾大不掉，虽生犹死，失掉了人性，变做世上一两件极微小的事物的祭品了。

　　世界里什么事一达到圆满的地位就是死刑的宣告。人们一切的痴望也是如此，心愿当真实现时一定不如蕴在心头时那么可喜。一件美的东西的告成就是一个幻觉的破灭，一场好梦的勾销。若使我们在世上无往而不如意，恐怕我们会烦闷得自杀了。逍遥自在的神仙的确是比监狱中终身监禁的犯人还苦得多。闭在黑暗房里的囚犯还能做些梦逍遣，神仙们什么事一想立刻就成功，简直没有做梦的可能了。所以失败是幻梦的保守者，惆怅是梦的结晶，是最愉快的，洒下甘露的情绪。我们做人无非为着多做些依依的心怀，才能逃开现实的压迫，剩些青春的想头，来滋润这将干枯的心灵。成功的人们劳碌一生最后的收获是一个空虚，一种极无聊赖的感觉，厌倦于一切的胸怀，在这本无目的的人生里，若使我们一定要找一个目的来磨折自己，那么最好的目的是制做"空持罗带，回首恨依依"的心境。

佳作点评

天将明亮，在夜和昼交替的时候，一个人由于昨夜的酒劲还没有完全消失，在尚未全醒时，回忆起昨夜饮酒的情景，一块畅饮的朋友，向他提过"空持罗带，回首恨依依"。这些情感，不是常人所说的男女之情，而是人生的况味。

人生道路上年轻人多愁敏感的内心，被描摹得淋漓尽致。这是他们的生活状态，在脱离原始纽带后，在人生的路途中受到创伤，含泪的微笑，是一次超越痛苦的宣誓。

银 杏

□［中国］郭沫若

银杏，我思念你，我不知道你为什么又叫公孙树。但一般人叫你是白果，那是容易了解的。

我知道，你的特征并不专在乎你有这和杏相仿佛的果实，核皮是纯白如银，核仁是富于营养——这不用说已经就足以为你的特征了。

但一般人并不知道你是有花植物中最古的先进，你的花粉和胚珠具有着动物般的性态，你是完全由人力保存了下来的奇珍。

自然界中已经是不能有你的存在了，但你依然挺立着，在太空中高唱着人间胜利的凯歌。

你这东方的圣者，你这中国人文的有生命的纪念塔，你是只有中国才有呀，一般人似乎也并不知道。

我到过日本，日本也有你，但你分明是日本的华侨，你侨居在日本大约已有中国的文化侨居在日本的那样久远了吧。

你是真应该称为中国的国树的呀，我是喜欢你，我特别的喜欢你。

但也并不是因为你是中国的特产，我才特别的喜欢，是因为你美，你真，你善。

你的株干是多么的端直，你的枝条是多么的蓬勃，你那折扇形的叶片是多么的青翠，多么的莹洁，多么的精巧呀！

在暑天你为多少的庙宇戴上了巍峨的云冠，你也为多少的劳苦人撑出了清凉的华盖。

梧桐虽有你的端直而没有你的坚牢；

白杨虽有你的葱茏而没有你的庄重。

熏风会媚妩你，群鸟时来为你欢歌；上帝百神——假如是有上帝百神，我相信每当皓月流空，他们会在你脚下来聚会。

秋天到来，蝴蝶已经死了的时候，你的碧叶要翻成金黄，而且又会飞出满园的蝴蝶。

你不是一位巧妙的魔术师吗？但你丝毫也没有令人掩鼻的那种的江湖气息。

当你那解脱了一切，你那搓枒的枝干挺撑在太空中的时候，你对于寒风霜雪毫不避易。

那是多么的嶙峋而又洒脱呀，恐怕自有佛法以来再也不曾产生过像你这样的高僧。

你没有丝毫依阿取容的姿态，但你也并不荒伧；你的美德像音乐一样洋溢八荒，但你也并不骄傲；你的名讳似乎就是"超然"，你超在乎一切的草木之上，你超在乎一切之上，但你并不隐遁。

你的果实不是可以滋养人；你的木质不是坚实的器材，就是你的落叶不也是绝好的引火的燃料吗？

可是我真有点奇怪了：奇怪的是中国人似乎大家都忘记了你，而且忘记得很久远，似乎是从古以来。

我在中国的经典中找不出你的名字，我很少看到中国的诗人咏赞你的诗，也很少看到中国的画家描写你的画。

这究竟是怎么一回事呀，你是随中国文化以俱来的亘古的证人，你不也是以为奇怪吗？

银杏，中国人是忘记了你呀，大家虽然都在吃你的白果，都喜欢吃你的白果，但的确是忘记了你呀。

世间上也尽有不辨菽麦的人，但把你忘记得这样普遍，这样久远的例子，从来也不曾有过。

真的啦，陪都不是首善之区吗？但我就很少看见你的影子；为什么遍街都是洋槐，满园都是幽加里树呢？

我是怎样的思念你呀，银杏！我可希望你不要把中国忘记吧。

这事情是有点危险的，我怕你一不高兴，会从中国的地面上隐遁下去。

在中国的领空中会永远听不着你赞美生命的欢歌。

银杏，我真希望呀，希望中国人单为能更多吃你的白果，总有能更加爱慕你的一天。

佳作点评

《银杏》是郭沫若写的一篇抒情散文。1942年5月23日，在抗日战争的艰苦岁月里，作家对银杏的描写，以物传情，歌颂中华民族的精神，弘扬民族正气，讽刺那些投降卖国的民族败类。

"银杏，我思念你"，作家淋漓尽致地抒发内心的感情。《银杏》所写的树的姿态，独特的木质，抒发了作家的一腔爱国热情。从中还可体会到作家的志向，品味出作品蕴含的思想内核。

野　草

□ [中国] 夏衍

有这样一个故事。

有人问：世界上什么东西的气力最大？回答纷纭的很，有的说"象"，有的说"狮"，有人开玩笑似地说，是"金刚"，金刚有多少气力，当然大家全不知道。

结果，这一切答案完全不对，世界上气力最大的，是植物的种子。一粒种子可以显现出来的力，简直是超越一切，这儿又是一个故事。

人的头盖骨，结合得非常致密与坚固，生理学家和解剖学者用尽了一切的方法，要把它完整地分出来，都没有这种力气。后来忽然有人发明了一个方法，就是把一些植物的种子放在要剖析的头盖骨里，给它以温度与湿度，使它发芽，一发芽，这些种子便以可怕的力量，将一切机械力所不能分开的骨骼完整地分开了。植物种子力量之大，如此如此。

这，也许特殊了一点，常人不容易理解，那么，你看见笋的成长吗？你看见被压在瓦砾和石块下面的一颗小草的生成吗？它为着向往阳光，为着达成它的生之意志，不管上面的石块如何重，石块与石块之间的如何狭，它必定要曲曲折折地，但是顽强不屈地透到地面上来，它的根往土壤钻，它的芽往地面挺，这是一种不可抗的力，阻止它的石块，也被它掀翻，一粒种子力量的大，如此如此。

没有一个人将小草叫做"大力士"，但是它的力量之大，的确是世界无比，这种力，是一般人看不见的生命力，只要生命存在，这种力就要显现，上面的石块，丝毫不足以阻挡，因为它是一种"长期抗战"的力，有弹性，能屈能伸的力，有韧性，不达目的不止的力。

种子不落在肥土而落在瓦砾中，有生命力的种子决不会悲观和叹气，因为有了阻力才有磨炼。生命开始的一瞬间就带了斗争来的草，才是坚韧的草，也只有这种草，才可以傲然地对那些玻璃棚中养育着的盆花哄笑。

佳作点评

野草是大地上极其普通的小草，但它有旺盛的生命力，不会因为环境优良、恶劣的变化，而改变自己坚强的力量。

夏衍在《野草》中，对种子、野草和生命力的歌颂，表达了他对黑暗现实重压的蔑视，对民众力量的信赖。文章写于抗战中期，作家在这样的大背景下，用野草的蔓延和春风吹又生的形象，坚定、鼓舞人民抗战胜利的信心。夏衍将自己的思想、情感赋予野草的身上，运用强烈的对比手法，表现不被人所注意的野草实际上潜藏着巨大无比的力量。

海　燕

□［中国］郑振铎

乌黑的一身羽毛，光滑漂亮，积伶积俐，加上一双剪刀似的尾巴，一对劲俊轻快的翅膀，凑成了那样可爱的活泼的一只小燕子。当春间二三月，轻飔微微的吹拂着，如毛的细雨无因的由天上洒落着，千条万条的柔柳，齐舒了它们的黄绿的眼，红的白的黄的花，绿的草，绿的树叶，皆如赶赴市集者似的奔聚而来，形成了烂漫无比的春天时，那些小燕子，那么伶俐可爱的小燕子，便也由南方飞来，加入了这个隽妙无比的春景的图画中，为春光平添了许多的生趣。小燕子带了它的双剪似的尾，在微风细雨中，或在阳光满地时，斜飞于旷亮无比的天空之上，唧的一声，已由这里稻田上，飞到了那边的高柳之下了。再几只却隽逸的在粼粼如縠纹的湖面横掠着，小燕子的剪尾或翼尖，偶沾了水面一下，那小圆晕便一圈一圈的荡漾了开去。那边还有飞倦了的几对，闲散的憩息于纤细的电线上，——嫩蓝的春天，几支木杆，几痕细线连于杆与杆间，线上是停着几个粗而有致的小黑点，那便是燕子，是多么有趣的一幅图画呀！还有一家家的快乐家庭，他们还特为我们的小燕子备了一个两个小巢，放在厅梁的最高处，假如这家有了一个匾额，那匾后便是小燕子最好的安巢之所。第一年，小燕子来住了，第二年，我们的小燕子，就是去年的一对，它们还要来住。

"燕子归来寻旧垒。"

还是去年的主，还是去年的宾，他们宾主间是如何的融融泄泄呀！偶然的有几家，小燕子却不来光顾，那便很使主人忧戚，他们邀召不到那么隽逸的嘉宾，每以为自己运命的蹇劣呢。

这便是我们故乡的小燕子，可爱的活泼的小燕子，曾使几多的孩子们欢呼着，注意着，沉醉着，曾使几多的农人们市民们忧戚着，或舒怀的指点着，且曾平添了几多的春色，几多的生趣于我们的春天的小燕子！

如今，离家是几千里！离国是几千里！托身于浮宅之上，奔驰于万顷海涛之间，不料却见着我们的小燕子。

这小燕子，便是我们故乡的那一对，两对么？便是我们今春在故乡所见的那一对，两对么？

见了它们，游子们能不引起了，至少是轻烟似的，一缕两缕的乡愁么？

海水是皎洁无比的蔚蓝色，海波是平稳得如春晨的西湖一样，偶有微风，只吹起了绝细绝细的千万个鳞鳞的小皱纹，这更使照晒于初夏之太阳光之下的、金光灿烂的水面显得温秀可喜。我没有见过那么美的海！天上也是皎洁无比的蔚蓝色，只有几片薄纱似的轻云，平贴于空中，就如一个女郎，穿了绝美的蓝色夏衣，而颈间却围绕了一段绝细绝轻的白纱巾。我没有见过那么美的天空！我们倚在青色的船栏上，默默的望着这绝美的海天；我们一点杂念也没有，我们是被沉醉了，我们是被带入晶天中了。

就在这时，我们的小燕子，二只，三只，四只，在海上出现了。它们仍是隽逸的从容的在海面上斜掠着，如在小湖面上一样；海水被它的似剪的尾与翼尖一打，也仍是连漾了好几圈圆晕。小小的燕子，浩莽的大海，飞着飞着，不会觉得倦么？不会遇着暴风疾雨么？我们真替它们担心呢！

小燕子却从容的憩着了。它们展开了双翼，身子一落，落在海面上了，双翼如浮圈似的支持着体重，活是一只乌黑的小水禽，在随波上下的浮着，又安闲，又舒适。海是它们那么安好的家，我们真是想不到。

在故乡，我们还会想象得到我们的小燕子是这样的一个海上英雄么？

海水仍是平贴无波，许多绝小绝小的海鱼，为我们的船所惊动，群向远处窜去；随了它们飞窜着，水面起了一条条的长痕，正如我们当孩子时之用瓦片打水漂在水面所划起的长痕。这小鱼是我们小燕子的粮食么？

小燕子在海面上斜掠着，浮憩着。它们果是我们故乡的小燕子么？

啊，乡愁呀，如轻烟似的乡愁呀！

佳作点评

离故乡越来越远了，这时游子的心情发生了变化，浓重的乡愁，随着时空的改变，才从眉头下来，却又在心头出现。1927年，大革命失败以后，国民党制造白色的恐怖，加紧迫害进步文人。郑振铎这时无法在国内安身，远离故土，流落异国他乡。

《海燕》是一篇抒情的散文。作家漂泊中的情感，寄托在描写客观的景物上，同时融合自己的思想和希望，创造出诗意的美。

作家笔下的小燕子，写出了真，写出了情，写出了爱的期盼，"小燕子在海面上斜掠着，浮憩着。它们果是我们故乡的小燕子么？啊，乡愁呀，如轻烟似的乡愁呀"，一句"乡愁呀"道出作家的心声，表现和深化了主题。

灯

□ [中国] 巴金

我半夜从噩梦中惊醒,感觉到窒闷,便起来到廊上去呼吸寒夜的空气。

夜是漆黑的一片,在我的脚下仿佛横着沉睡的大海,但是渐渐地像浪花似地浮起来灰白色的马路。然后夜的黑色逐渐减淡。哪里是山,哪里是房屋,哪里是菜园,我终于分辨出来了。

在右边,傍山建筑的几处平房里射出来几点灯光,它们给我扫淡了黑暗的颜色。

我望着这些灯,灯光带着昏黄色,似乎还在寒气的袭击中微微颤抖。有一两次我以为灯会灭了。但是一转眼昏黄色的光又在前面亮起来。这些深夜还燃着的灯,它们(似乎只有它们)默默地在散布一点点的光和热,不仅给我,而且还给那些寒夜里不能睡眠的人,和那些这时候还在黑暗中摸索的行路人。是的,那边不是起了一阵急促的脚步声吗?谁从城里走回乡下来了?过了一会儿,一个黑影在我眼前晃一下。影子走得极快,好像在跑,又像在溜,我了解这个人急忙赶回家去的心情。那么,我想,在这个人的眼里、心上,前面那些灯光会显得是更明亮、更温暖罢。

我自己也有过这样的经验。只有一点微弱的灯光,就是那一点仿佛随时都会被黑暗扑灭的灯光也可以鼓舞我多走一段长长的路。大片的飞雪飘打在我的脸上,我的皮鞋不时陷在泥泞的土路中,风几次要把我摔倒在污泥里。我似乎走进了一个迷阵,永远找不到出口,看不见路的尽头。但是我始终挺起身子向前迈步,因为我看见了一点豆大的灯光。灯光,不管是哪个人家的灯光,都可以给行人——甚至像我这样的一个异乡人——指路。

这已经是许多年前的事了。我的生活中有过了好些大的变化。现在我站在廊上望山脚的灯光,那灯光跟好些年前的灯光不是同样的么？我看不出一点分别！为什么？我现在不是安安静静地站在自己楼房前面的廊上么？我并没有在雨中摸夜路。但是看见灯光,我却忽然感到安慰,得到鼓舞。难道是我的心在黑夜里徘徊；它被噩梦引入了迷阵,到这时才找到归路？

我对自己的这个疑问不能够给一个确定的回答。但是我知道我的心渐渐地安定了,呼吸也畅快了许多。我应该感谢这些我不知道姓名的人家的灯光。

他们点灯不是为我,在他们的梦寐中也不会出现我的影子,但是我的心仍然得到了益处。我爱这样的灯光。几盏灯甚或一盏灯的微光固然不能照彻黑暗,可是它也会给寒夜里一些不眠的人带来一点勇气,一点温暖。

孤寂的海上的灯塔挽救了许多船只的沉没,任何航行的船只都可以得到那灯光的指引。哈里希岛上的姐姐为着弟弟点在窗前的长夜孤灯,虽然不曾唤回那个航海远去的弟弟,可是不少捕鱼归来的邻人都得到了它的帮助。

再回溯到远古的年代去。古希腊女教士希洛点燃的火炬照亮了每夜泅过海峡来的利安得尔的眼睛。有一个夜晚暴风雨把火炬弄灭了,让那个勇敢的情人溺死在海里,但是熊熊的火光至今还隐约地亮在我们的眼前,似乎那火炬并没有跟着殉情的古美人永沉海底。

这些光都不是为我燃着的,可是连我也分到了它们的一点点恩泽——一点光,一点热。光驱散了我心灵里的黑暗,热促成它的发育。一个朋友说:"我们不是单靠吃米活着,"我自然也是如此。我的心常常在黑暗的海上飘浮，要不是得着灯光的指引，它有一天也会永沉海底。

我想起了另一位友人的故事：他怀着满心难治的伤痛和必死之心，投到江南的一条河里。到了水中，他听见一声叫喊（"救人啊！"），看见一点灯光，模糊中他还听见一阵喧闹，以后便失去知觉。醒过来时他发觉自己躺在一个陌生人的家中，桌上一盏油灯，眼前几张诚恳、亲切的脸。"这人间毕竟还有温暖，"他感激地想着，从此他改变了生活态度。"绝望"没有了，"悲观"消失了，他成了一个热爱生命的积极的人。这已经是二三十年前的事了。我最近还见到这位朋友。那一点灯光居然鼓舞一个出门求死的人多活了这许多年，而且使他到现在还活得健壮。我没有跟他重谈起灯光的话。但是我想，那一点微光一定还在他的心灵中摇晃。

在这人间，灯光是不会灭的——我想着，想着，不觉对着山那边微笑了。

佳作点评

灯不仅能驱散黑暗，给人们带来光亮，它也是一种希望和光明的象征。读巴金的《灯》，不管是白天，还是夜晚读，每一次读都有温暖的感觉。

巴金说："我半夜从噩梦中惊醒，感觉到窒闷，便起来到廊上去呼吸寒夜的空气。"在这样的时候，不但物质的灯光不见了，而且引导他离家的心灵之灯也不见了。作家努力地摆脱人生的困境，继续寻找，"在这人间，灯光是不会灭的——我想着，想着，不觉对着山那边微笑了"。

灯光对于不同的人，有不一样的意义。看到灯光下归家的人，巴金得到了鼓舞，有了一种信心和希望。

草叶集序言

□ [美国] 惠特曼

别的国家在代表者身上表现它们自己——但是美利坚合众国却与众不同,在它的行政或立法上,在它的大使、作家、学校、教堂或者会客室里,甚至在它的报纸或者发明家上表现得不多,也不是最优秀的——而一直最多的表现在普通人民身上。

在所有的国家中,美国由于血管里充满了诗的素材,所以最需要诗人,因此会产生最伟大的诗人,而且十分重视他们也不足为奇了。总统不应该是共同的公断人,诗人才是。在人类中,伟大的诗人总是保持均衡的人。放错位置的东西没有一件是好的,恰到好处的东西没有一件是坏的。对每一件事物或每一种品德,诗人总予以相称的比例:多一分太重而少一分又太轻。如果时代变得停滞而沉重,他知道如何使它振奋起来……他能使他说的每个字一针见血。尽管一切停滞在习俗、顺从或者法律的平面上,他却从不停滞。顺从不能控制他,而他能控制顺从。因为他看得最远,他也就最有信心。他的思想是赞美事物的颂歌。与他不在同一水平上的东西,什么灵魂、永恒和上帝,他闭口不谈。他眼里的永恒,不像是一出有首有尾的戏……他在男人与女人中看到永恒……信心是灵魂的防腐剂——它渗透了普通的人民，同时又保护了他们——他们永不放弃信仰、期望与信任。那种无法描绘的新鲜活力和纯真存在于不识字的人身上，只有表现力最崇高的天才感到相形见绌。诗人清楚地看到：一个人，虽然不是伟大的艺术家，但却与伟大的艺术家同样神圣和完美。

大地和海洋、走兽、鱼、鸟、天空和天体、森林、山川，都是相对较大的主题——可人们希望诗人表现的，不只是这些不能说话的实物所固有的优美和庄严——他们希望他揭示出沟通现实与他们的灵魂的道路。普通人都很欣赏美——说不定和诗人一样能欣赏。打猎的人、伐木的人、早起的人、培栽花园和果园的人与种田的人所表现的热烈的意志，健康的女人对于男子形体、航海者、骑马者的喜爱，对光明和户外空气的热爱。这一切的一切，历来都是多样地标志着无穷无尽的美感和户外劳动的人们所蕴藏的诗意。他们感受美时不需要诗人的帮助——有些人也许可以得到这样的帮助，但是这些人决不可能得到帮助。诗的实质不是用韵律、格式一致或者对事物的抽象的倾慕，也不是可以用哀诉或者好的训诫展列出来。诗的实质是生命，是蕴藏在灵魂里面的……最好的诗篇、音乐、演说或者朗诵的流畅与文采，不是独立的，而是有所依附的。一切美来自美的血液和美的头脑，如果一个男人或一个女人具有种种伟大的结合，那也就够了——这一事实会永存于宇宙；但一百万年的插科打诨与装点涂饰却是徒劳无功。若是单单为文采或流畅所困惑，那么他将终日感受失败的痛苦。这是你应该做的：爱大地、太阳和动物，藐视财富，救济每一个求你的人，替笨人和弱者说话，把你的收入和劳动献给旁人，憎恨暴君，不去争论关于上帝的事，对人们要有耐心和宽容，对已知的或未知的事物或任何人都不屈从——与有力量而却未受教育的人、年轻人、孩子们的母亲自由交往——你对在学校里、教堂里或书中所知道的一切，都要重新检查，并抛弃一切侮辱你灵魂的东西；那么，你就是一首伟大的诗篇，不但在字句中，而且在口唇和面部的无声线条里，在你双眼的睫毛之间，在你身上每一个动作和关节之中,最丰富、最流畅的表现将会展露出来……

……过去、现在与将来,不是脱节的,而是相联的。最伟大的诗人根据过去和现在构成了将来的一致。他把死人从棺材里拖出来,给他们重生的机会。他对过去说:起来,走在我前面,使我可以认识你。他学到了教训——他把自己放在这样一个场合,在那里将来变成现在。最伟大的诗人不只是在人物、环境和激情的描写上放出耀眼的光芒——他终于上升,并完成一切。

质朴对于艺术的艺术、表达的光辉和文字的光彩都是重中之重。没有什么能超过质朴——任何冗繁或含混都不是无法补救的。鼓起冲动的感情、钻入思想的深处和表达一切的主题,既不是平凡的能力,也不是超凡的能力。可是,在文学中,采用动物的十分正确而又漫不经心的运动和林间树木与路旁青草的纯正的感情,作为表达手段,是艺术十全十美的胜利。若是你发现谁已经做到这一点,那么所有民族、所有时代的一位艺术大师就是你所发现的。灰色的海鸥在海面上飞翔,或骏马的暴躁的动作,或向日葵高高地倒悬在它的茎上,或太阳经过天空的壮观,或后来月亮的露面,——你观察这一切而感到的高兴,也不会超过你从对这位艺术大师的观察上所感到的高兴。伟大的诗人的优点不在引人注目的文体,而在不曾粗略地表达思想与事物,自由地表达诗人自己。他对自己的艺术宣誓:我决不多费唇舌,我决不在我的写作中使典雅、效果或新奇成为隔开我和别人的帘幕。我决不容许任何障碍,哪怕是最华丽的帘幕。我想说什么,就不加任何修饰地说出来。让人家去高兴、吃惊、着迷或者宽心吧,我却自有我的目的,正像健康、热度或白雪各有它的目的一样,我也不理会别人的批评。我应该凭我的气质来经受,来描写,而又不带有我气质的一点儿影子。我要使你站在我的身旁,和我一起照镜子。

伟大的诗篇对于每个男人和女人的使命是:你和我们平等相待,只有这样,你才能了解我们。我们并不比你优越些,我们所含有的,你也含有；我们所享受的，你也可以享受；难道你认为优越的人只能是一个吗？我们肯定地说：优越的人不计其数，这个优越的人与那个优越的人不相抵触，正像两只眼睛的视力不相抵触一样……

　　在大师们的形成过程中，绝不可缺少政治自由的思想。有男人和女人的地方，英雄总是追随着自由——但是诗人又比其他的人更追随和更欢迎自由。他们是自由的声音，自由的解释。他们在一切时代中当得起这一伟大的概念——它既被托付于他们，他们就必须支持它。没有比它更重要的东西，也没有什么能歪曲它，贬低它。使奴隶高兴、使暴君害怕是伟大诗人的目的所在……

佳作点评

　　这是惠特曼的诗集《草叶集》初版的序言，作家仿佛用木匠的大手，握着粗壮的大笔，写下对艺术的本质的诠释，"质朴对于艺术的艺术、表达的光辉和文字的光彩都是重中之重。没有什么能超过质朴——任何冗繁或含混都不是无法补救的"。惠特曼用质朴无饰的语言，以大自然的节奏，唱出了心中的诗歌。他的诗像生长在草地上的草，带来清新的感觉。惠特曼选择"草叶"做书名，这其中蕴藏了他的创作思想，树起了"草叶"的大旗，开启了现代诗歌的序幕。

禽　鸟

□ ［美国］霍桑

在春天的赏心乐事之中，我们是不能忘记禽鸟的。就连乌鸦也会受人欢迎，因为它们正是更多美丽可爱的羽族的鸟衣信使。白雪还没有融化时，它们便已经前来看望我们了，虽然它们一般喜欢隐居树荫深处，以消暑夏。我常去拜访它们，但见到它们高栖树端的那副如作礼拜的虔敬神情，我又感到自己的拜访来得唐突。它们偶然引颈一鸣，那叫声倒也与夏日午后的岑寂无比相合，其声大而且宏亮，且又响自头顶高处，非但不致破坏周遭的神圣肃穆，反会使那宗教气氛有所增加。然而乌鸦虽然有一副道貌和一身法衣，其实却并无多大信仰；不仅素有拦路抢劫之嫌，甚至不无渎神之讥。

相比之下，在道德方面，鸥鸟的名声倒是更好听些。这些海滨岩穴中的住户与滩头上的客人正是赶趁这个时节飞来我们内陆水面，而且总是那么轩轩飘举，奋其广翼于晴光之上。在禽鸟中，它们是最值得观看的；当其翔驰天际，那浮游止息几乎与周遭景物凝之一处，化为一体。人的想象不愁从容去熟悉它们，它们不会转瞬即逝，你简直可以高升入云，亲去致候，然后万无一失地与它们一道逍遥浮游于汗漫之九部之上。至于鸭类，它们的去处则是河上幽僻之所，另外也常成群翔集于河水淹没的草原广阔腹地。它们的飞行往往过于疾迅和过于目标明确，因而看起来并无多大兴味，不过它们倒是大有竞技者们的那副死而无悔的拼命精神。现在它们早已远去北方，但入秋以后还会回到我们这里。

说到小鸟——亦即林间以其歌喉著称的鸣禽，以及好来人们宅院、好在檐前筑巢因而与人颇为友善的一些鸟类——想要在笔下形容，那就不仅仅需要一支十分精致的笔，而且还必须具备一颗饱富同情的心。它们那些曲调的发音仿佛一股春潮从那严冬的禁锢之下骤然溃决出来的。所以把这些音籁说成是奉献给造物者的一首颂歌，也的确不过分，因为大自然对这回归的春天虽然从来不惜浓颜丽彩多方予以敷饰点缀，但在凭借音响以表达生之复苏这番意思上却是比不上一声鸟鸣的。不过，此刻它们的抒放还仅仅带点偶发或漫吟的意味，但却并不是刻意要这么做的。它们只是在泛泛论着生活、爱情以及今夏的栖处与筑巢等问题，现在还不方便站立枝头，长篇大套地谱制种种颂歌、序曲、歌剧、圆舞或交响音乐。这之中，它们偶尔也会把一两件重大的急事提出来，然后通过匆忙而热烈的讨论，加以解决，但是偶有个不同意的观点，一派浓郁繁富的细乐也会嘤然逸出，恍若金波银浪一般地滚滚流溢于天地之间。它们的娇小身躯也像它们的歌喉一样忙个不停。总是上下翻飞，永无宁日。就算有时它们只是三三两两飞避到树梢去议论什么，也总是摇头摆尾，没个安闲，仿佛天生注定只该忙忙碌碌，因而其命虽短，所进行的活动却往往比一些懒人所做的事还多。

在我们所有的禽羽族中，有几个最喜欢鼓噪的，那便是燕八哥了。它们享有很高的盛名，是因为它们常成群结伴，啸聚树端，而那喧嚣吵闹的激烈实在不亚于乱哄哄的政治议会。政治当然是造成这类舌战激辩的主要原因，不过与其他的政客不同，它们毕竟还是在彼此的发言当中注入了一定的乐调，这样的效果听起来倒也不失和谐。在这一切鸟语之中，让我感到最优美欢快的是在阳光微弱的大房子里传来的燕子喂哺,那沁人心脾的感染力甚至可以和知更鸟相提并论。当然所有这些栖居于住宅附近的禽羽之族仿佛都略通几分人性,也许它们如同我们一样有个不死的灵魂。早晚晨昏之际,我们都能听到它们在吟诵着优美祷文。可能就在刚才,当那夜色还是昏昏,一声响亮而激越的嘤鸣已经响彻周道树端——那音调之美真是最适合去迎接艳紫的晨涛和融入橙黄的霞曙。为什么这些小鸟会在午夜吐放出这般艳歌呢?或许那乐音是自它的梦中涌出,此时它正与其佳偶双双登上天国而不想醒来,自己却只不过是瑟缩在新英格兰的一个寒枝之上,周身全被夜露浸透,以致不胜其幻灭之感。

佳作点评

纳撒尼尔·霍桑是美国19世纪杰出的浪漫主义作家,他的文字抒情,带着浪漫色彩。他对大自然的爱,对动物的细微观察,体现了作家的精神品质。"早晚晨昏之际,我们都能听到它们在吟诵着优美祷文。可能就在刚才,当那夜色还是昏昏,一声响亮而激越的嘤鸣已经响彻周道树端——那音调之美真是最适合去迎接艳紫的晨涛和融入橙黄的霞曙。"霍桑不是在赏玩似地听动物们的鸣叫,而是把它们的声音当作吟诵的"优美祷文"。作家独特的眼光,使他对世界与人生的看法别具一格,他深刻地思考着面对的世界。

马

□ ［俄国］阿·托尔斯泰

佛洛是一匹中等身材的马，从养马者的观点看来，并非没有可以指责的地方。它周身骨骼细小，虽然它的胸膛极端地向前突出，但却是窄狭的。它的臀部稍稍下垂，前腿显著地弯曲，后腿则弯曲得更厉害。前后腿的筋肉虽然不怎样丰满，但是这匹马的肋骨却特别宽，这特点是因为它被训练得消瘦了的缘故。它的膝以下的脚骨，从正面看上去，不过手指那么大小，但从侧面看却是非常粗大的。它的整个身体，除开肋骨以外，看上去好像是被两边挟紧，挟成了一长条似的。但是它却具有使人忘却它的一切缺点的最大的长处。那长处就是它是一匹纯种马，……筋肉在覆盖着一层细嫩、敏感、像缎子一般光滑的皮肤的那血管的网脉下面很突出地隆起着，像骨一般坚硬。它那长着一双突出的、闪耀的、有生气的眼睛的美好的头，在那露出内部软骨里面的红血的张开的鼻孔那里扩大起来。在它的整个姿体，特别是它的头上，有某种富有精力的同时也是柔和的表情。它是那样一种动物，仿佛它不能说话的原因，仅仅是因为它的口的构造不方便说话而已。

佳作点评

雅斯纳雅·波良纳是托尔斯泰的庄园，也是他的出生地。在这里，这位文学巨匠的心灵宁静与和谐：在大地上思考，在树荫下读书，伴着虫鸣声写作。托尔斯泰爱马、写马，他把马视为亲人，并且坚信"这匹马能思考并且是有感情的"。托尔斯泰对马的感情，不是停留在肤浅的表面上，而是用生命去热爱。他对马的每一根血管，每一块肌肉，鼻孔里喷出的气息，眼睛里闪现的东西都极其熟悉。在质朴简练的描写中，显露深刻的内涵。人与动物、人与自然的相处，是托尔斯泰的创作主题之一，他通过描绘一匹马，确切地反映生活的真实，表达他的思想脉络。

美的真谛

□ [俄国]邦达列夫

什么是美的真谛？是否是人对大自然反映的感知？

有时候我想，假若地球无可补救地变成了一个"无人村"，在城市的大街上，在荒野的草地上，没有人的笑声、说话声，甚至没有一声绝望的叫喊，那么这宇宙中鲜花盛开的神奇花园，连同它的日出日落、空气清新的早晨、星光闪烁的夜晚、冰冻的严寒、炎热的太阳、七月的彩虹、夏秋的薄雾、冬日的白雪将又会是一种怎样的景象呢？

我想，在这空旷的冰冷的寂静中，地球立即会失去作为宇宙空间里人类之舟和尘世谷地的最高意义，而且它的美丽也将毫无意义，消失得无影无踪。因为没有了人，美也就不能在他的身上和意识里反映出来，不能被他所认识。难道美能被其他没有生命的星球去感知、去认识吗？

美更不可能自我认识。美中之美和为美而美是毫无意义的，是荒谬的和不切实际的。事实上这就像为理智而理智一样，在这种消耗性的内省中没有自由的竞争，没有吸引或排斥，没有生命的参与，因而它注定要消亡。

美不该是僵化的，她应有明智的评价者，或赞赏的旁观者。须知美感——这是生活、爱和希望的感受——是对永生的臆想和信心，会唤起我们生的愿望和博大的爱心。

美与生命是紧密相连的，生命与爱也同样密不可分，而爱和人类则是密切相连的。一旦这些联系的纽带中断，大自然中的美就会变得空洞直至消亡。

死亡是地球上最后一位艺术家所写的书，可能也充满了最富有天才的和谐的美，但它至多只能算是无人欣赏的一堆垃圾。因为书的作用不是对着虚无喊叫，而是在另一个人心灵中引起反应，是思想的传递和感情的转移。

世界上所有的展示着全部美的博物馆，所有的绘画杰作，如果离开了人类，都不过是一些可怕的、五颜六色的破板棚。

假如地球上没有了人类，那么，艺术的美会变得丑陋怪诞，甚至比自然的丑更令人恶心。

佳作点评

1924年3月15日，尤·邦达列夫生于奥尔斯克市的一个职员家庭，1931年随家迁居莫斯科。反法西斯卫国战争期间一直在炮兵部队服役，曾两度负伤，经受了血与火的考验。这在他以后的创作中留下了深深的痕迹。

经受过残酷战争的邦达列夫，曾经直面生与死的交锋，在《美的真谛》中，他在阐述什么是美的时候，更多地传达出自己的思想："美与生命是紧密相连的，生命与爱也同样密不可分，而爱和人类则是密切相连的。一旦这些联系的纽带中断，大自然中的美就会变得空洞直至消亡。"在他温暖的笔下，流露出一种对生命、对自然的大爱。

音乐

□ [法国] 罗曼·罗兰

生命飞逝。肉体与灵魂像流水似的过去。岁月镌刻在老去的树身上。整个有形的世界都在消耗、更新。不朽的音乐,唯有你常在。你是内在的海洋,你是深邃的灵魂。在你明澈的眼瞳中,人生决不会照出阴沉的面目。成堆的云雾,灼热的、冰冷的、狂乱的日子,纷纷扰扰、无法安宁的日子,见了你都逃避了,唯有你常在。你是在世界之外的,你自个儿就是一个完整的天地。你有你的太阳,领导你的行星,你的吸力,你的数,你的律。你跟群星一样的平和恬静,它们在黑夜的天空画出光明的轨迹,仿佛由一头无形的金牛拖曳着银锄。

音乐,你是一个心地清明的朋友,你的月白色的光,对于被尘世的强烈的阳光照得眩晕的眼睛是多么柔和。大家在公共的水槽里喝水,把水都搅浑了;那不愿与世争饮的灵魂却急急扑向你的乳房,寻他的梦境。音乐,你是一个童贞的母亲,你纯洁的身体中积蓄着所有的热情,你的眼睛像冰山上流下来的青白色的水,含有一切的善,一切的恶——不,你是超乎恶,超乎善的。凡是栖息在你身上的人都脱离了时间的洪流,所有的岁月对他不过是一日,吞噬一切的死亡也没有用武之地了。

音乐，你抚慰了我痛苦的灵魂；音乐，你恢复了我的安静、坚定、欢乐，恢复了我的爱，恢复了我的财富；音乐，我吻着你纯洁的嘴，我把我的脸埋在你蜜也似的头发里，我把我滚热的眼皮放在你柔和的手掌中。咱们都不作声，闭着眼睛，可是我从你眼里看到了不可思议的光明，从你缄默的嘴里看到了笑容。我蹲在你的心头，听着永恒的生命跳动。

佳作点评

罗曼·罗兰是一位作家，但他对音乐格外偏爱，有着独特的理解。作家写了很多关于音乐的文章，他说："想到音乐永恒，是令人欣慰的，在这普天下动荡不安中宛如一位和平者。"罗曼·罗兰把音乐比作母亲，在人类经受痛苦的时候，人们能在音乐中找到积蓄的温暖和爱。在时间面前，什么都可以消失，只有音乐是不可能被死亡吞噬的。

罗曼·罗兰没有故意地渲染，他虔诚地说："我蹲在你的心头，听着永恒的生命跳动。"他把自己放在音乐的心头，这样会永远地听音乐的心跳。

鹰

□ [法国] 布封

鹰在体质上与精神上和狮子有好几点相似：首先是气力，因此也就是它对别的鸟类所享有的威势，正如狮子对别的兽类所享有的威势一样。其次是度量，它和狮子一样，不屑于和那些小动物计较，不在乎它们的欺侮，除非鸦、鹊之类喧吵得太久，扰得它不耐烦了，它才决意惩罚它们，把它们处死；而且，鹰除了自己征服的东西而外不爱其他的东西，除了自己猎得的食品之外不贪其他的食品。再次是食欲的节制，它差不多经常不把它的猎获品完全吃光，它也和狮子一样，总是丢下一些残余给别的动物吃；它不论是怎样饥饿，也从来不扑向死动物的尸体。此外，它是孤独的，这又和狮子一样，它住着一片荒漠地区，保卫着入口，不让其他飞禽进去打猎；在山的同一部分发现两对鹰也许比在树林的同一部分发现两窝狮子还要稀罕些；它们彼此离得远远的，以便它们各自分占的空间能够供给它们足够的生活资料；它们只依猎捕的生产量来计算它们王国的价值和面积。鹰有闪闪发光的眼睛，眼珠的颜色差不多与狮子的眼珠相同，爪子的形状也是一样的，呼吸也同样地强，叫声也同样地有震慑力量。

既然二者都是天生就为着战斗和猎捕的，它们自然都是同样地凶猛，同样地豪强而不容易制伏，除非在它们很幼小的时候就把它们捉来，否则就不能驯服它们。像这种小鹰，人们必须用很大的耐性、很多的技巧，才能训练它去打猎；就是这样，它一长大了，有了气力，对于主人还是很危险的。我们在许多作家的记载里可以知道，古时，在东方，人们是用鹰在空中打猎的；但是现在，我们的射猎场中不养鹰了：鹰太重，架在臂上不免使人吃力；而且永远不够驯服，不够温和，不够可靠，它一时高兴或者脾气一上来，可能会使主人吃亏的。它的嘴和爪子都和铁钩一般，强劲可怕；它的形象恰与它的天性相符。除掉它的武器——嘴、爪而外，它还有壮健而厚实的身躯，十分强劲的腿和翅膀，结实的骨骼，紧密的肌肉，坚硬的羽毛，它的姿态是轩昂而英挺的，动作是疾骤的，飞行是十分迅速的。在所有的鸟类中，鹰飞得最高，所以古人称鹰为"天禽"，在鸟占术中，他们把鹰当作大神朱彼特的使者。

　　鹰的视力极佳，但是和秃鹫比起来，嗅觉就不算好：因此它只凭眼力猎捕，当它抓住猎获品的时候，它就往下一落，仿佛是要试一试重量，它把猎获品先放到地上，然后再带走。虽然它的翅膀很强劲，但是，由于腿不够灵活，从地上起飞不免有些困难，特别是载着重的时候：它很轻易地带走鹅、鹤之类；它也劫取野兔，乃至小绵羊、小山羊；当它搏击小鹿、小牛的时候，那是为着当场喝它们的血，吃它们的肉，然后再把零碎的肉块带回它的"平场"；"平场"是鹰窝的特称，它的确是平坦的，不像大多数鸟巢那样凹下去。鹰通常把"平场"建在两岩之间，在干燥而无法攀登的地方。有人肯定地说，鹰做了一个窝就够用一辈子：那确实也是个一劳永逸的大工程，够结实、能耐久。它建得差不多和楼板一样，用一些五、六尺长的小棍子架起来的，小棍子两端着实，中间横插一些柔软的树枝，上面再铺上几层灯心草、石南枝之类。这样的楼板，或者说这样的窝，有好几尺宽广，并且很牢固，不但可以经得住鹰和它的妻儿，还可以载得起大量的生活物资。鹰窝上面没有盖任何东西，只凭伸出的岩顶掩护着。雌鹰下卵都放在这"平场"中央，它只下两三个卵，据说，它每孵一次要三十天的工夫；但是这几个卵里还有不能化雏的，因此人们很少发现一个窝里有三只雏鹰：通常只有一两只。人家甚至于还说，雏鹰稍微长大一点，母亲就把最弱的一个或贪馋的一个杀死。也只有生活艰难才会产生出这种反自然的情感：父母自己都不够吃了，当然要设法减少家庭人口；一到雏鹰长得够强壮、能飞、能自己觅食的时候，父母就把它们赶得远远的，永远不让它们再回来了。

佳作点评

布封是法国博物学家、作家，贵族家庭出身，从小受教会教育，爱好自然科学。1739年起，他用毕生精力经营皇家花园，并用40年时间写成36卷巨著《自然史》。

在布封的作品中，他写了很多的动物，把它们当做人来描摹，赋予人性的光彩。《鹰》是一篇简短的文章，写了鹰的特质，把它的神态、性情、勇敢淋漓尽致地表现出来。

布封不是用老套子的写法来完成一篇科普文章，而是借物抒自己的真情实感，用生命的爱为鹰画了一幅像。

狗

□ [法国] 布封

身材的高大，形状的清秀，躯体的有力，动作的灵活，这一切外在的品质，就一个动物来说，都不能算是它的最高贵的部分；正如我们论人，总是认为精神重于形貌，勇气重于体力，情感重于妍美，同样地，我们也认为内在的品质是兽类的最高尚的部分；就是由于有这些内在的品质它才与傀儡不同，才能超出植物界而接近于人类；动物生命之所以能够升华是由于它有情感，是情感统治着它的生命、使它的生命活跃起来，是情感指挥着它的官能、使它的肢体积极起来，是情感产生着欲望，并赋予物质以进展运动、以意志、以生气。

所以，兽类的完善程度要看它的情感的完善程度：情感的幅度愈广，这个兽就愈有能力，愈有办法，愈能肯定自己的存在，愈能多与宇宙的其他部分发生关系；如果它的情感再是细致的、锐敏的，如果这情感还能由教育而获得改进，则这种兽就配与人为伍了；它就会协助人完成计划，照顾人的安全，帮助人，保卫人，谄媚人；它会用勤勉的服务，用频繁的亲热表示来笼络主人、媚惑主人，把它的暴君改变为它的保护者。

狗，除了它的形体美以及活泼、多力、轻捷等优点而外，还高度地具有一切内在的品质，足以吸引人对它的注意。在野狗方面，有一种热烈的、善怒的，乃至凶猛的、好流血的天性，使所有的兽类都觉得它可怕；而家狗，这天性就让位于最温和的情感了，它以依恋为乐事，以得人欢心为目的；它匍匐着把它的勇气、精力、才能都呈献于主人的脚前；它等候着他的命令以便使用自己的勇气、精力和才能，它揣度他，询问他，恳求他，使个眼色就够，它懂得主人意志的轻微表示；它不像人那样有思想的光明，但是它有情感的全部热烈；它还比人多一个优点，那就是忠诚，就是爱而有恒；它没有任何野心、任何私利、任何寻仇报复的欲望，它什么也不怕，只怕失掉人的欢心；它全身都是热诚、勤奋、柔顺；它敏于感念旧恩，易于忘掉侮辱，它遇到虐待并不气馁，它忍受着虐待，遗忘掉虐待，或者说，想起虐待是为了更依恋主人；它不但不恼怒，不脱逃，准备挨受新的苦痛，它舐着刚打过它的手，舐着使它痛楚过的工具，它的对策只是诉苦，总之，它以忍耐与柔顺逼得这只手不忍再打。

  狗比人更驯良，比任何走兽都善于适应环境，不论学什么都很快就会，甚至对于指挥它的人们的举动、态度和一切习惯，都能迁就，都能配合；它住在什么人家里就有了那人家的气派；正如一切的门客仆从一样，它住在阔老家里就傲视一切，住在乡下就有村俗气；它经常忙于奉承主人，只逢迎主人的朋友，对于无所谓的人就毫不在意，而对于那些被社会地位所决定的、生来就只会讨人嫌的人们就是生死冤家；它看见衣服、听见声音、瞟到他们的举动就认得出是那班人，不让他们走近。当人家在夜里嘱咐它看家的时候，它就变得更自豪了，并且有时还变得凶猛；它照顾着，它巡逻着；它远远地就知道有外人来，只要外人稍微停一停，或者想跨越藩篱，它就奔上去，进行抗拒，以频频的鸣吠，极大的努力，恼怒的呼声，发着警报，一面通知着主人，一面战斗着；它对于以劫掠为生的人和对于以劫掠为生的兽一样，它愤激，它扑向他们，咬伤他们，撕裂他们，夺回他们抢去的东西；但是它一胜利就满意了，它伏在夺回的东西上面，就是心里想吃也不去动它，它就是这样，同时做出了勇敢、克制和忠诚的榜样。

我们只要设想一下，如果世上根本没有这类动物，是一种什么情况，我们就会感觉到它在自然界里是如何的重要了。假使人类从来没有狗帮忙，他当初又怎么能征服、驯伏、奴役其他的兽类呢？就是现在，没有狗，他又怎么能发现、驱逐、消灭那些有害的野兽呢？人为了自己获得安全，为了使自己成为宇宙中有生物类的主宰，就必须先在动物界里造成一些党羽，先把那些显示能够依恋、服从的动物用柔和和亲热的手段拉拢过来，以便利用它们来对付其他动物。因此，人的第一个艺术就是对狗的教育，而这第一个艺术的成果就是征服了、占有了大地。

大部分的动物都比人更敏捷、更有力、甚至于更勇敢些；大自然给它们配备的、给它们武装的，都比人要优越些；它们的感官也都比人的更完善，特别是嗅觉。人拉拢到了像狗这样勇敢而驯良的兽类，就等于获得了新的感官，获得了我们所缺乏的机能。我们为了改善我们的耳目，扩大视听的范围，曾发明许多器械，许多工具，但是器械也好，工具也好，就功效而论，也都远比不上大自然送给我们的这种现成的器械——狗，它补充我们的嗅觉之不足，给我们提供出战胜与统治一切物类的巨大而永恒的力量；忠于人类的狗，将永远对于其他畜类保持着一部分的权威和高一等的身份；它指挥着其他畜类，它亲自率领着牧群，统治着牧群，它使牧群听从它，比听从牧人的话还有效；安全、秩序与纪律都是它戒慎辛勤的成绩；那是归它节制的一群民众，由它领导着、保护着，它对民众永远不使用强力，除非是要在它们中间维护和平……

▎佳作点评▎

"那就是忠诚，就是爱而永恒；它没有任何野心、任何私利、任何寻仇报复的欲望，它什么也不怕，只怕失掉人的欢心；它全身都是热诚、勤奋、柔顺。"布封在《狗》一文中，不但赞扬了狗的形体美，以及活泼可爱的优点，还进一步地概括出狗的"忠诚、勤奋、柔顺、驯良"的品质。布封高举着人文精神的大旗，彰显他的艺术和道德观念。

什么最有意义

□ [德国] 爱因斯坦

假若没有孜孜追求的一种志向,假若不去探求客观世界里那个在艺术和科学领域里永远达不到的境界,那么在我看来,再长的人生也是没有意义的。

俗世人们所努力追求的一切——财产、虚荣、奢侈的生活,我都不屑一顾。我从来不把安逸和享乐看作是生活目的的惟一目标;这种伦理的基础,可以说与动物无异。

指引我前进,并且不断地鼓舞我去创造生活和正视生活的,是真、善、美。

生活百味来源于自然界,而坚强的个性却来自一个人的自我努力。我所做的一切事情都是我自己的本性使然。现在经常有一些品格高尚的人慨然弃世,以致我们对于这样的结局不再感到震惊和奇怪了。然而要做出死别的决定,一般都是由于无法适应新的生存环境,感到内心绝望而了结自己的生命。今天,在精神健全的人中间,极少发生这种事情,偶然出现的例外发生在那些最清高、道德最高尚的人身上。

也许我们并不知道,什么才是生活中最有意义的,正如终生都游荡于水中的鱼儿，不是对水的世界也一无所知吗？

佳作点评

阿尔伯特·爱因斯坦，现代物理学的开创者，同时也是一位著名的思想家和哲学家。

他在这篇不长的文章中，提出人生的意义，这是一直困扰人类的问题。"假若没有孜孜追求的一种志向，假若不去探求客观世界里那个在艺术和科学领域里永远达不到的境界，那么在我看来，再长的人生也是没有意义的。"在爱因斯坦看来，人生的价值不在于人生的长与短，而在于是否有意义地追求目标。人如果是物质的活着，一生无法找到精神的家园，这样的人生是虚度无意义的。

光荣的荆棘路

□［丹麦］安徒生

很久很久以前，有一个古老的故事："在布满荆棘的路上，一个叫作布鲁德的猎人曾经遇到极大的困难，历经千难万险，但他却得到了崇高的荣誉，维护了猎人的尊严。"我们很多人在小时候已经听到过这个故事，可能长大后又读到过它，并且非常遗憾自己没有类似的经历。其实，故事和真事没有很大的分界线。不过故事在我们这个世界里经常人为的有一个愉快的结尾，而真事则常常事与愿违，所以人们只好到故事里寻找结果。

历史的进程就像一部巨型的幻灯片，它在现代的黑暗背景上，放映出清晰的片子，说明那些造福人类的伟人和无私的殉道者所走过的荆棘路。

这部客观的幻灯片把各个时代、各个国家都反映给我们看。每张片子只映短短的几秒钟，但是它却能反映整个人的一生——充满了斗争和胜利的一生。让我们来看看这些殉道者吧——只要这个世界没有灭亡，这个行列就永远不会穷尽。

我们现在来看看一个挤满了观众的圆形剧场吧。讽刺和幽默的语言像潮水一般地从阿里斯托芬的"云"喷射出来。雅典最了不起的一个人物，在人身和精神方面，都受到了舞台上的嘲笑。他是保护人民反抗三十个暴君的战士，名叫苏格拉底，他在混战中救援了阿尔西比亚得和生诺风，他的胆识和智慧超过了古代的神仙。他本人就在场。面对不堪的语言他从观众席上站起来，走到前面去，让那些正在哄堂大笑的人看看，他究竟是不是他们嘲笑的那种人。他站在他们面前，犹如身材伟岸的一个巨人。

你，多汁的、绿色的毒胡萝卜，雅典的阴影不是遍街栽种的橄榄树而是你！

在荷马死了以后，七个城市国家在彼此争辩，都说荷马是出生在自己的城市。请看看他活着的时候吧！他每天在这些城市里流浪，靠朗诵自己的诗篇像乞丐似的讨着生活。他一想起明天的早餐，他的头发就变得灰白起来。这个伟大的先知者，活着时，不过是一个孤独的瞎子。无情的荆棘把这位诗中圣哲刺的遍体鳞伤。然而他的思想、他的歌却是不朽的；通过这些歌，古代的英雄和神仙栩栩如生地站在人们面前。

东西方的图画一幅一幅展现出来。这些国家彼此相距很远，然而它们的荆棘路却惊人地相似。生满了刺的花枝只有在它装饰着坟墓的时候，才会有鲜花绽放。

一队满载着靛青和贵重的财宝的驼队长途跋涉在棕榈树下，这些东西是这国家的君主送给一个人的礼物——这个人是人民的骄傲，是国家的光荣。但嫉妒和毁谤却使他背井离乡，直到现在人们才发现他。当骆驼队走到他避乱的那个小镇，城里抬出一具可怜的尸体，骆驼队停下来了。这个死人就正是他们所要寻找的费尔杜西——他已光荣地走完了他的荆棘路。

在葡萄牙繁华的京城里，在奢侈的王宫的台阶上，坐着一个圆脸、厚嘴唇、黑头发的非洲黑人，他是加莫恩的忠实的奴隶，他在向人求乞。如果没有他和他求乞得到的许多铜板，叙事诗《路西亚达》的作者加莫恩恐怕早就饿死了。具有讽刺意味的是贫穷的加莫恩的墓地却极尽豪华。

请看另一幅图画！

疯人院里关着一个人，他的面容像死一样的惨白，长着一脸又长又乱的胡子。

这个人说:"我发明了一件东西——一件几百年以来最伟大的发明,但是人们却把我关了二十多年!"

人们若问他是谁。"一个疯子!"疯人院的看守说。"这些疯子的怪念头可真多!他说人们可以用蒸汽推动东西!"

这人名叫萨洛蒙·德·高斯,由于无人能读懂他的预言性的著作,因此他只能在疯人院里了此残生。

还有一个扬帆远航的人是哥伦布。许多人常常跟在他后面讥笑他,因为他想发现一个新世界——而且他的梦想也实现了。欢乐的钟声迎接着他凯旋归来,但嫉妒的破锣敲得比这还要响亮。这个发现新大陆的人,这个把美洲黄金的土地从海里捞起来的人,这个把毕生奉献给航海事业的人,所得到的酬报竟是一条铁链。他希望把这条链子放在他的墓碑上,让后人给予他一个公正的评价。

一幅接着一幅的画面,连接着无穷无尽的荆棘路。

许多人都只知道天上只有上帝,一个人却想量出月亮里山岳的高度。他探索星球与行星之间的太空,他能感觉到地球在他的脚下转动,这人就是伽利略。老年的他,又聋又瞎,坐在那儿,在身体的苦痛和人间的轻视中挣扎。当人们不相信真理的时候,他在灵魂的极度痛苦中曾经在地上跺着抬起的双脚,高喊着:"但是地在转动呀!"

还有一位怀着一颗童心的女子,这颗心充满了热情和信念。她在一个战斗的部队前面高举着旗帜;她为她的祖国带来胜利和解放。然而她却落入了魔鬼之手,在一片狂乐的声音中,一堆大火烧起来了:大家在烧死一个巫婆——冉·达克。在接着的一个世纪中,人们唾弃鄙视这朵纯洁的百合花,但却被人们爱戴的诗人伏尔泰歌颂为"拉·比塞尔"。

一群丹麦的贵族冲进城堡的宫殿里,烧毁了国王的法律。火焰升起来,克利斯仙二世的时代结束了。但这把火把这个立法者和他的时代都照亮了，他的头发斑白，腰也弯了；但这个形容枯槁的人曾经统治过三个王国。他是一个深受民众爱戴的国王，他是市民和农民的朋友，他是粗犷豪放的平民君王。他的一生曾经有血腥的罪过，但他也为之付出了二十七年被囚禁的代价。

一个人站在船上，留恋地望着渐渐远去的祖国，他是杜却·布拉赫。他把丹麦的名字提升到星球上去，但他却被讥笑和迫害，万般无奈下，他跑到国外去。他说："处处都有天，我还要求什么别的东西呢？"这位最有声望的人在国外得到了尊荣和自由。

这是一张什么画片呢？这是格里芬菲尔德——丹麦的普洛米修斯——被铁链锁在木克荷尔姆石岛上的一幅图画。人们在几百年来反复地听到他的呼喊："主啊！愿我身体中难以忍受的苦难早日解脱！"

在美洲的一条大河的旁边，有一大群人来参观，据说有一艘船可以在坏天气中逆风行驶，因为它本身具有抗拒风雨的力量。这个试验者名叫罗伯特·富尔登。他的船开始航行，但不久它忽然停下来了。观众大笑起来，连他自己的父亲也跟大家一起"嘘"起来："自高自大！糊涂透顶！他现在得到了报应！就该把这个疯子关起来才对！"

其实，刚才机器不能动是一根小钉子摇断了的缘故。稍加修理轮子转动起来了，轮翼在水中向前推动，船在逆风中向前开行！蒸汽机的杠杆拉近了世界各国间的距离。

人类的灵魂只有懂得它的使命，才能感到真正的幸福，才会忘却光荣的荆棘路上所遇到的一切苦难，恢复健康、力量和愉快，使噪音变成谐声；而人们可以在一个人身上看到上帝的仁慈，这仁慈再通过一个人普渡众生。

光荣的荆棘路其实就是环绕着地球的一条美丽的光环。并非每个人都能在这环中行走，因为那是一条连接上帝与人间的非凡之路。

时间的年轮，已辗过了许多世纪，在黯淡的荆棘路上，也出现了些许明亮的色彩,来鼓起我们的勇气,给予我们安慰,促进我们内心的平安。这条光荣的荆棘路,不是童话,不会有一个辉煌或愉快的终点,但它终将超越时代,永垂不朽!

佳作点评

经历过人生磨难的人,才会写出如此的文字,安徒生也是走在荆棘路上的一员。安徒生没有夸大其辞,没有以一个救世主的形象来发表长篇大论的演讲。他用平淡的文字,描叙了一个个悲壮的故事,在讲述这样一些历史中的人时,传达出自己的思想。《光荣的荆棘路》不同于一般的童话,它超越了时代。正如文中所说"鼓起我们的勇气,给予我们安慰,促进我们内心的平安",人生如同一条布满荆棘的道路,我们每个人都走在路上,行走时要鼓足勇气,不用害怕和气馁,因为人生是强者的希望。

超山的梅花 ·[中国]郁达夫

夜莺 ·[中国]戴望舒

一种云 ·[中国]瞿秋白

生 ·[中国]许地山

绿 ·[中国]朱自清

一群蝌蚪 ·[中国]柔石

……

头发里的世界

千万不要过高地估计现在，千万不要寄希望于现在；幸福和愉快只能是对幸福未来的美好憧憬。

——契诃夫

超山的梅花

□［中国］郁达夫

凡到杭州来游的人，因为交通的便利，和时间的经济的关系，总只在西湖一带，登山望水，漫游两三日，便买些土产，如竹篮纸伞之类，匆匆回去；以为雅兴已尽，尘土已经涤去，杭州的山水佳处，都曾享受过了。所以古往今来，一般人只知道三竺六桥，九溪十八涧，或西湖十景，苏小岳王；而离杭城三五十里稍东偏北的一带山水，现在简直是很少有人去玩，并且也不大有人提起的样子。

在古代可不同；至少至少，在清朝的乾嘉道光，去今百余年前，杭州人的好游的，总没有一个不留恋西溪，也没有一个不披蓑戴笠去看半山（即皋亭山）的桃花，超山的香雪的。原因是因为那时候杭州和外埠的交通，所取的路径都是水道；从嘉兴上海等处来往杭州，运河是必经之路。舟入塘栖，两岸就看得到山影；到这里，自杭州去他处的人，渐有离乡去国之感，自外埠到杭州来的人，方看得到山明水秀的一个外廓；因而塘栖镇，和超山、独山等处，便成了一般旅游之人对杭州的记忆的中心。

超山是在塘栖镇南，旧日仁和县（现在并入杭县了）东北六十里的永和乡的，据说高有五十余丈，周二十里（咸淳《临安志》作三十七丈），因其山超然出于皋亭黄鹤之外，故名。

　　从前去游超山，是要从湖墅或拱宸桥下船，向东向北向西向南，曲折回环，冲破菱荇水藻而去的；现在汽车路已经开通，自清泰门向东直驶，至乔司站落北更向西，抄过临平镇，由临平山西北，再驰十余里，就可以到了；"小红唱曲我吹箫"的船行雅处，现在虽则要被汽车的机器油破坏得丝缕无余，但坐船和坐汽车的时间的比例，却有五与一的大差。

　　汽车走过的临平镇，是以释道潜的一首"风蒲猎猎弄轻柔，欲立蜻蜓不自由，五月临平山下路，藕花无数满汀洲"的绝句出名；而超山北面的塘栖镇，又以南宋的隐士，明末清初的田园别墅出名；介与塘栖与超山之间的丁山湖，更以水光山色，鱼虾果木出名；也无怪乎从前的文人骚客，都要向杭州的东面跑，而超山皋亭山的名字每散见于诸名士的歌咏里了。

　　超山脚下，塘栖附近的居民，因为住近水乡，阡陌不广之故，所靠以谋生的完全是果木的栽培。自春历夏，以及秋冬，梅子、樱桃、枇杷、杏子、甘蔗之类的出产，一年总有百万元内外。所以超山一带的梅林，成千成万；由我们过路的外乡人看来，只以为是乡民趣味的高尚，个个都在学林和靖的终身不娶，殊不知实际上他们却是正在靠此而养活妻孥的哩？

　　超山的梅花，向来是开在立春前后的；梅干极粗极大，枝杈离披四散，五步一丛，十步一坂，每个梅林，总有千株内外，一株的花朵，又有万颗左右；故而开的时候，香气远传到十里之外的临平山麓，登高而远望下来，自然自成一个雪海；近年来虽说梅株减少了一点，但我想比到罗浮的仙境，总也只有过之，不会不及。

　　从杭州到超山去的汽车路上，过临平山后，两旁已经有一处一处的梅林在迎送了，而汇聚得最多，游人所必到的看梅胜地，大抵总在汽车站西南，超山东北麓，报慈寺大明堂（亦称大明寺）前头，梅花丛里有一个周梦坡筑的宋梅亭在那里的周围五六里地的一圈地方。

　　报慈寺里的大殿（大约就是大明堂了罢），前几年被寺的仇人毁坏了，当时还烧死了一位当家和尚在殿东一块石碑之下。但殿后的一块刻有吴道子画的大士像的石碑,还好好地镶在壁里,丝毫也没有动。去年我去的时候,寺僧刚在募化重修大殿;殿外面的东头,并且已经盖好了三间厢房在作客室。后面高一段的三间后殿,火烧时也不曾烧去,和尚手指着立在殿后壁里的那一块石刻大士像碑说,"这都是这位大慈大悲救苦救难广大灵感观世音菩萨的福佑!"

在何春渚删成的《塘栖志略》里,说大明寺前有一口井,井水甘冽!旁树石碣,刻有"一人堂堂,二曜重光,泉深尺一,点去冰旁;二人相连,不欠一边,三梁四柱烈火然,添却双钩两日全"之碑铭,不识何意等语。但我去大明堂(寺)的时候,却既不见井,也不见碑;而这条碑铭,我从前是曾在一部笔记叫作《桂苑丛谈》的书里看到过一次的。这书记载着:"令狐相公出镇淮海日,支使班蒙,与从事诸人,俱游大明寺之西廊,忽睹前壁,题有此铭,诸宾皆莫能辨,独班支使曰:'得非大明寺水,天下无比八字乎?'众皆恍然。"从此看来,《塘栖志略》里所说的大明寺井碑,应是抄来的文章,而编者所谓不识何意者,还是他在故弄玄虚。当然,寺在山麓,地又近水,寺前寺后,井是当然有一口的;井里的泉,也当然是清冽的;不过此碑此铭,却总有点儿可疑。

大明寺前的所谓宋梅,是一棵曲屈苍老,根脚边只剩了两条树皮围拱,中间空心,上面枝干四叉的梅树。因为怕有人折,树外面全部是用一铁丝网罩住的。树当然是一株老树,起码也要比我的年纪大一两倍,但究竟是不是宋梅,我却不敢断定。去年秋天,曾在天台山国清寺的伽蓝殿前,看见过一株所谓隋梅;前年冬天,也曾在临平山下安隐寺里看见过一枝所谓唐梅:但所谓隋,所谓唐,所谓宋等等,我想也不过"所谓"而已,究竟如何,还得去问问植物考古的专家才行。

出大明堂,从梅花林里穿过,西面从吴昌硕的坟旁一条石砌路上攀登上去,是上超山顶去的大路了。一路上有许多同梦也似的疏林,一株两株如被遗忘了似的红白梅花，不少的坟园，在招你上山，到了半山的竹林边的真武殿（俗称中圣殿）外，超山之所以为超，就有点感觉得到了；从这里向东西北的三面望去，是汪洋的湖水，曲折的河身，无数的果树，不断的低岗，还有塘的两面的点点的人家；这便算是塘栖一带的水乡全景的鸟瞰。

从中圣殿再沿石级上去，走过黑龙潭，更走二里，就可以到山顶，第一要使你骇一跳的，是没有到上圣殿之先的那一座天然石筑的天门。到了这里，你才晓得超山的奇特，才晓得志上所说的"山有石鱼石笋等，他石多异形，如人兽状。"诸记载的不虚。实实在在，超山的好处，是在山头一堆石，山下万梅花，至若东瞻大海，南眺钱江，田畴如井，河道如肠，桑麻遍地，云树连天等形容词，则凡在杭州东面的高处，如临平山黄鹤峰上都用得着的，并非是超山独一无二的绝景。

你若到了超山之后，则北去超山七里地外的塘栖镇上，不可不去一到。在那些河流里坐坐船，果树下跑跑路，趣味实在是好不过。两岸人家，中夹一水；走过丁山湖时，向西面看看独山，向东首看看马鞍龟背，想象想象南宋垂亡，福王在庄（至今其地还叫作福王庄）上所过的醉生梦死脂香粉腻的生涯，以及明清之际，诸大老的园亭别墅，台榭楼堂，或康熙乾隆等数度的临幸，包管你会起一种像读《芜城赋》似的感慨。

又说到了南宋，关于塘栖，还有好几宗故事，值得一提。第一，卓氏家乘《唐栖考》里说："唐栖者，唐隐士所栖也；隐士名珏，字玉潜，宋末会稽人。少孤，以明经教授乡里子弟而养其母，至元戊寅，浮图总统杨连真伽，利宋攒宫金玉，故为妖言惑主听，发掘之。珏怀愤，乃货家具，召诸恶少，收他骨易遗骸，瘗兰亭山后，而树冬青树识焉。珏后隐居唐栖，人义之，遂名其地为唐栖。"这镇名的来历说，原是人各不同的，但这也岂不是一件极有趣的故实么？还有塘栖西龙河圩，相传有宋宫人墓；昔有士子，秋夜凭栏对月，忽闻有环珮之声，不寐听之，歌一绝云："淡淡春山抹未浓，偶然还记旧行踪，自从一入朱门去，便隔人间几万重。"

闻之酸鼻。这当然也是一篇绝哀艳的鬼国文章。

　　塘栖镇跨在一条水的两岸，水南属杭州，水北属德清；商市的繁盛，酒家的众多，虽说只是一个小小的镇集，但比起有些县城来，怕还要闹热几分。所以游过超山，不愿在山上吃冷豆腐黄米饭的人，尽可以上塘栖镇上去痛饮大嚼；从山脚下走回汽车路去坐汽车上塘栖，原也很便，但这一段路，总以走走路坐坐船更为合适。

一九三五年一月九日

（原载一九三五年二月十五日《新小说》创刊号，据《达夫游记》）

▎佳作点评▎

　　超山的梅花，在清寒料峭中观赏是极佳的时节。郁达夫钟情于梅，他对每一株梅都是爱惜的，粗大的梅干，枝枝杈杈相拥，"每个梅林，总有千株内外，一株的花朵，又有万颗左右；故而开的时候，香气远传到十里之外的临平山麓，登高而远望下来，自然自成一个雪海；近年来虽说梅株减少了一点，但我想比到罗浮的仙境，总也只有过之，不会不及"。郁达夫说去年秋天，他"曾在天台山国清寺的伽蓝殿前，看见过一株所谓隋梅"，而在"前年冬天，也曾在临平山下安隐寺里看见过一枝所谓唐梅"。不同的地点，不同的季节看梅，心情是不一样的。其实郁达夫从梅中读到的是人生，不仅是旧时文人生活中的雅事。

夜 莺

□ [中国] 戴望舒

在神秘的银月的光辉中,树叶儿啁啾地似在私语,絺絻地似在潜行;这时候的世界,好似一个不能解答的谜语,处处都含着幽奇和神秘的意味。

有一只可爱的夜莺在密荫深处高啭,一时那林中充满了她婉转的歌声。

我们慢慢地走到饶有诗意的树荫下来,悠然听了会鸟声,望了会月色。我们同时说:"多美丽的诗境!"于是我们便坐下来说夜莺的故事。

"你听她的歌声是多悲凉!"我的一位朋友先说了,"她是那伟大的太阳的使女:每天在日暮的时候,她看见日儿的残光现着惨红的颜色,一丝丝的向辽远的西方消逝了,悲思便充满了她幽微的心窍,所以她要整夜的悲啼着……"

"这是不对的,"还有位朋友说,"夜莺实是月儿的爱人:你可不听见她的情歌是怎地缠绵?她赞美着月儿,月儿便用清辉将她拥抱着。从她的歌声,你可听不出她灵魂是沉醉着?"

我们正想再听一会夜莺的啼声,想要她启示我们的怀疑,但是她拍着翅儿飞去了，却将神秘作为她的礼物留给我们。

（载《璎珞》第一期，一九二六年三月）

佳作点评

《夜莺》是戴望舒的名篇，在他的散文中溢出诗性，诗人的灵魂在散文中游荡。作为诗人的戴望舒，对每一个字都是十分讲究，不会轻易地浪费一句话。从诗体上走向散文化，诗歌的灵性和散文的朴实融为一体，无疑对他的创作产生新的影响。很多的作家都写过夜莺，但戴望舒的这篇与众不同，更显示他的个性。

"我们正想再听一会夜莺的啼声，想要她启示我们的怀疑，但是她拍着翅儿飞去了，却将神秘作为她的礼物留给我们。"他的诗歌情绪，使用散文体的表达，变得更加朴素、自然和亲切。

一种云

□［中国］瞿秋白

天总是皱着眉头。太阳光如果还射到地面上，那也总是稀微的淡薄的。至于月亮，那更不必说，他只是偶然露出半面，用他那惨淡的眼光看一看这罪孽的人间，这是孤儿寡妇的眼光，眼睛里含着总算还没有流干的眼泪。受过不止一次封禅大典的山岳，至少有大半截是上了天，只留一点山脚给人看。黄河，长江……据说是中国文明的父母，也不知道怎么变了心，对于他们的亲生骨肉，都摆出一副冷酷的面孔。从春天到夏天，从秋天到冬天，这样一年年的过去，淫虐的雨，凄厉的风和肃杀的霜雪更番的来去，一点儿光明也没有。这样的漫漫长夜，已经二十年了。这都是一种云在作祟。那云为什么这样屡次三番的摧残光明？那云是从什么地方来的？这是太平洋上的大风暴吹过来的，这是大西洋上的狂飚吹过来的。还有那些模糊的血肉——榨床底下淌着的模糊的血肉蒸发出来的。那些会画符的人——会写借据会写当票的人，就用这些符号在呼召。那些吃田地的土蜘蛛，——虽然死了也不过只要六尺土地葬他的贵体，可是活着总要吃住这么二三百亩田地，——这些土蜘蛛就用屁股在吐着。那些肚里装着铁心肝铁肚肠的怪物，又竖起了一根根的烟囱在喷着。狂飚风暴吹过来的，血肉蒸发出来的，符号呼召来的，屁股吐出来的，烟囱喷出来的，都是这种云。这是战云。

难怪总是漫漫的长夜了！
什么时候才黎明呢？

看那刚刚发现的虹。祈祷是没有用的了。只有自己去做雷公公电闪娘娘。那虹发现的地方，已经有了小小的雷电，打开了层层的乌云，让太阳重新照到紫铜色的脸。如果是惊天动地的霹雳，那才拨得开满天的愁云惨雾。这可只有自己做了雷公公电闪娘娘才办得到。要使小小的雷电变成惊天动地的霹雳！

一九三一年九月三日

佳作点评

《一种云》是瞿秋白于1931年写的一篇杂文，作家从云的阴晴圆缺，看到将要来临的风暴，体察到被摧残的光明，终有一天要云开雾散，迎来一个阳光灿烂的美好明天。

作家借用大自然的变化，抒发自己内心的情感，烘托出主题思想的核心。全文似乎都是描绘自然景象，但几乎所有的景象，无不都是某一种社会力量的象征。这篇文章虽然很短，却高度概括、鲜明地揭露了旧中国的无比黑暗及其根源，揭示了人民起来革命、改造中国的真理。

生

□［中国］许地山

　　我底生活好像一棵龙舌兰，一叶一叶慢慢地长起来。某一片叶在一个时期曾被那美丽的昆虫做过巢穴；某一片叶曾被小鸟们歇在上头歌唱过。现在那些叶子都落掉了！只有瘢楞的痕迹留在干上，人也忘了某叶某叶曾经显过底样子；那些叶子曾经历过底事迹惟有龙舌兰自己可以记忆得来，可是他不能说给别人知道。

　　我底生活好像我手里这管笛子。他在竹林里长着底时候，许多好鸟歌唱给他听；许多猛兽长啸给他听；甚至天中底风雨雷电都不时教给他发音底方法。

　　他长大了，一切教师所教底都纳入他底记忆里，然而他身中仍是空空洞洞，没有什么。

　　做乐器者把他截下来，开几个气孔，搁在唇边一吹，他从前学底都吐露出来了。

佳作点评

　　许地山的作品，透露着一股仙风道骨的气节。他的文字不肥不瘦，如同竹节一般的有气韵，有独特的美。许地山在执著地探索人生的意义，却又表现出佛教的色彩。

　　许地山把生活比作一根管笛："他在竹林里长着底时候，许多好鸟歌唱给他听；许多猛兽长啸给他听；甚至天中底风雨雷电都不时教给他发音底方法。"大自然用自己的经验和感受，教给许地山生存的道理。

绿

□［中国］朱自清

我第二次到仙岩的时候，我惊诧于梅雨潭的绿了。

梅雨潭是一个瀑布潭。仙岩有三个瀑布，梅雨瀑最低。走到山边，便听见哗哗哗哗的声音；抬起头，镶在两条湿湿的黑边儿里的，一带白而发亮的水便呈现于眼前了。我们先到梅雨亭。梅雨亭正对着那条瀑布；坐在亭边，不必仰头，便可见它的全体了。亭下深深的便是梅雨潭。这个亭踞在突出的一角的岩石上，上下都空空儿的；仿佛一只苍鹰展着翼翅浮在天宇中一般。三面都是山，像半个环儿拥着；人如在井底了。这是一个秋季的薄阴的天气。微微的云在我们顶上流着；岩面与草丛都从润湿中透出几分油油的绿意。而瀑布也似乎分外的响了。那瀑布从上面冲下，仿佛已被扯成大小的几绺；不复是一幅整齐而平滑的布。岩上有许多棱角；瀑流经过时，作急剧的撞击，便飞花碎玉般乱溅着了。那溅着的水花。晶莹而多芒；远望去，像一朵朵小小的白梅。微雨似的纷纷落着。据说，这就是梅雨潭之所以得名了。但我觉得像杨花，格外确切些。轻风起来时，点点随风飘散，那更是杨花了。——这时偶然有几点送入我们温暖的怀里，便倏的钻了进去，再也寻它不着。

梅雨潭闪闪的绿色招引着我们；我们开始追捉她那离合的神光了。揪着草，攀着乱石，小心探身下去，又鞠躬过了一个石穹门，便到了汪汪一碧的潭边了。瀑布在襟袖之间；但我的心中已没有瀑布了。我的心随潭水的绿而摇荡。那醉人的绿呀！仿佛一张极大极大的荷叶铺着，满是奇异的绿呀。我想张开两臂抱住她；但这是怎样一个妄想呀。——站在水边，望到那面，居然觉着有些远呢！这平铺着，厚积着的绿，着实可爱。她松松的皱缬着，像少妇拖着的裙幅；她轻轻的摆弄着，像跳动的初恋的处女的心；她滑滑的明亮着，像涂了"明油"一般，有鸡蛋清那样软，那样嫩，令人想着所曾触过的最嫩的皮肤；她又不杂些儿尘滓，宛然一块温润的碧玉，只清清的一色——但你却看不透她！我曾见过北京什刹海拂地的绿杨，脱不了鹅黄的底子，似乎太淡了。我又曾见过杭州虎跑寺近旁高峻而深密的"绿壁"，丛叠着无穷的碧草与绿叶的，那又似乎太浓了。其余呢，西湖的波太明了，秦淮河的也太暗了。可爱的，我将什么来比拟你呢？我怎比拟得出呢？大约潭是很深的，故能蕴蓄着这样奇异的绿；仿佛蔚蓝的天融了一块在里面似的，这才这般的鲜润呀。——那醉人的绿呀！我若能裁你以为带，我将赠给那轻盈的舞女；她必能临风飘举了。我若能挹你以为眼，我将赠给那善歌的盲妹；她必明眸善睐了。我舍不得你；我怎舍得你呢？我用手拍着你，抚摩着你，如同一个十二三岁的小姑娘。我又掬你入口，便是吻着她了。我送你一个名字，我从此叫你"女儿绿"，好么？

我第二次到仙岩的时候，我不禁惊诧于梅雨潭的绿了。

一九二四年二月八日温州作

佳作点评

朱自清的散文，节奏鲜明，音韵起伏，如一湾清流，如大珠小珠落玉盘。每一次读他的散文，都要泡一杯淡茶，慢慢地品，细细地读。朱自清的散文，特别是他的游记最妙，情和境的交融，会给你特别的艺术享受。

　　读者随便走进他的文字中，便深深地陷入，迷恋一草、一木、一水。"我的心随潭水的绿而摇荡。那醉人的绿呀！仿佛一张极大极大的荷叶铺着，满是奇异的绿呀。"作家的心和水一起荡，绿色灌醉了人的情，在大自然中抛弃了世俗的烦恼。

一群蝌蚪

□ [中国] 柔石

茫君为想建筑新校舍,邀我同至某王府看地址和旧屋。

我们向一条深的胡同闯进去,转了一个弯,看见一片长满乱草的空地。旁边有一带小屋,约数十间,大约是以前的厢房,现在是住着寥寥落落的王公子孙。

我们向一家走进去,因为要探问这地的主人和价目。但这家的男主人不在家,一位老婆婆抱着一个不满三周的小孩来招待我们,请我们里边坐一息。房子是很窄的,堆满各色的破旧物。一个约周岁的婴儿,坐在竹椅车中,旁边一个五岁模样的小孩子在逗他玩。这三个小孩子,身裹着破衣服,龌龊不堪,且都赤着脚。但他们的脸孔,一样的额角高突,鼻小眼圆,极像胎生学上绘着的六七个月的胎儿图。这时从里面又来了一个比竹车边的稍大一些的孩子,手里捧着一碗饭,站在我们的前面。而一息,又从里边来了一个和上个孩子差不多大的孩子,也两手捧着饭碗,似奇怪地瞧着我们的生面孔,站在我们的前面。但不到一会儿,随着又有一个约十岁模样的孩子出来了,两手里也有一只饭碗,滑稽而如小丑一般地面向我们站着。这三个孩子,并排地站在我们身前,更一样的额角高突,眼圆鼻小，像胎生学上绘着的六七个月的胎儿图。身子裹着破衣服，赤着两脚，臂腿都非常强壮，嘴里嚼着饭，似有韵律的，眼呆睁着我们，茫君禁不住发笑了。他向我问："怎样来了这许多模样仿佛的孩子？"我答："一群蝌蚪。"而茫君竟"哈"的一声笑了。幸得这位老婆婆不懂我们的话，一时又和我们谈着别的。以后，我向老婆婆问：

"这都是你的孙子罢？"

"是呀。"她笑眯眯地答。

我说："你的孙子很多呢！"

"是呀，已经有八个了。"

接着，她就将这一群蝌蚪的岁数告诉我们："这个二岁，这个三岁，这个五岁，这个七岁……"等，一边指着孩子，一边还加注些所生的月份；在她老年的记忆中，已经不甚清楚的了。茫君私向我说：

"我们变做调查户口的警察了。"

我答"是。"

而这位老婆婆接着大声叫：

"阿大，你再出来，给这两位先生看一看。"

随着，又有一个孩子从里面走出来，更一样的额角高突，眼圆鼻小，可是手里没有饭碗，只捻着一双筷。我问：

"他几岁了？"

老婆婆答："十三岁了。"

而茫君又要哈哈了。

这时，从里面走出一位妇人来，约三十五六的年纪，也是额突眼小的人，一望可知是他们的母亲。不料这位母亲，还膨胀着肚子，蜘蛛一般的。老婆婆说：

"她不久又要产了。"

于是我微笑的问老婆婆道：

"你说有八个孙子,连肚里也算一个么?"

"不,还有阿二,十二岁的一个,跟他阿爷出去了。"

茫君又向我私说:

"也是一个蝌蚪罢?"

"大概是的。"

我答,而茫君又要笑了。

男主人还没有回来,第八个蝌蚪不想见了。他们围绕着我和茫君,一边捧着饭碗吃饭一边看我们的生脸孔,我们又问他们话,可是他们一句都不答,甚至没有听出来。我很觉得这是一回有趣的事,但无心再看了。老婆婆虽说,男主人一定要带她的阿二回来吃中饭的。我们说:我们也要回去吃中饭了;仍可第二次再来,因为这是有趣的事。

"明天再会罢!"

我们也就别了这一群蝌蚪。

佳作点评

作家和同事为建筑新校舍,一同前往曾经的某王府察看。时间发生变化,人去屋也破落了,在"我们向一条深的胡同闯进去,转了一个弯,看见一片长满乱草的空地。旁边有一带小屋,约数十间,大约是以前的厢房,现在是住着寥寥落落的王公子孙"。人生的沧桑感,水一样地泼洒过来。

柔石是20世纪左翼文学的代表人物,是极富个性的作家。《一群蝌蚪》通过一件小事和生动细致的人物形象的塑造,体现出他对人生的思考,也寄托了他本人的情感。

取 舍

□ ［中国］张小娴

我们常说取舍，取是得到，舍是放弃。可知道有时候要舍才可以取？肯舍，才能取得更多，不懂得舍，也就不懂得取。舍，也就是取。

聪明的女人，在舍的时候，就得到她想要的东西。

女人对男人说："你不要理我，你忘了我吧。"男人偏偏不会忘记她，偏偏要理她。

女人对男人说："你不要跟她分手，我退出好了。"男人却会留在她身边。

女人说："你不要为我做任何事。"男人才会为她赴汤蹈火。

女人给男人自由，男人才肯受束缚。

女人不肯结婚，男人才会向她求婚。

女人不要男人的钱，男人才会把钱送上门。

女人不要名分，男人就给她最多爱。

女人口里说："我不恨你。"男人才觉得欠了她。

女人说不要，她将会得到最多。

女人首先了断一段不应有的关系，她将得到最大的尊严。

贪婪地取，到头来只会失去。

愿意舍弃，反而取得更多。

情场上的胜利者，通常不是那些什么都要的女人，而是那些肯舍弃某些东西的女人。

佳作点评

作家以冷静的眼光看待爱情——这是人类最常之情。一对男女从素不相识，到亲密如同一人，当他们从激情中冷却后，面临着的是真实的生活。在取和舍上，看似极普通，实则是无比重大的问题。取能得到的东西，肯舍去似乎丢失了很多，实际上会得到更多的东西。"肯舍，才能取得更多，不懂得舍，也就不懂得取。舍，也就是取。"这是一条真理，不是游戏。

合作的精神

□ [美国] 拿破仑·希尔

合作精神，就像友谊和爱情一样，必须付出才能得到。在通往快乐和幸福的路上有许多旅人，大家只有相互合作，才能愉快地到达彼岸。

人生之旅的合作精神，不但会为我们带来好处，同时也会为下一代带来好处。在我们携手共建美好未来的时刻，我们应该真诚待人，精诚团结，充分合作，共创辉煌。

在美国发展成世界上最强大、经济上最具优势地位的国家的过程中，这种合作扮演过重要的角色。我们肩负一种神圣的义务，而要保持这种优势的话，则无论遭受到什么样的挫折，我们都应以大公无私的团队合作精神，坚定不移地去完成。

当人们遇到困难或一个人难以解决的问题时，或许有人想到过合作，但在产生团队合作精神，并且认同团结和伙伴意识之前，人们很难真正地从合作中获得利益。因为贪婪和自私在团队合作精神中作祟。

真正的团队合作必须是双方自愿的、没有私欲的、能够共同承担责任的合作。团队合作是一种永无止境的过程，虽然合作的成败取决于各成员的态度，但是维系合作关系却是共同的责任。

团队合作其实不需要太多的时间和努力，就能得到巨大的成效。明白这个道理后，你也许会搞懂为什么自己以前的生活那么悲惨、无助，肯定与缺少团队合作不无关系吧？

不管何时，缺少了人与人之间的合作是不可能创造文明的，即使是像米开朗基罗一样的伟大艺术家，缺少了助手、手工艺人和顾客也不可能有他的作品。更不用说有什么传世之作了。

人类在长期的生活和工作中，有一种使人相互之间变得相类似，在不同思想之间建立和谐关系，以便和他人进行和谐团队合作的思想状态，这种状态就像其他生命资产一样，必须在共同的目标、共同的前提、共同的理想之上，才能达到。

通常达到的思想状态，具有一种传染性的特质，狂热、热情、无私，假若你能将你的这种状态传播到别人体内，就必然产生团队合作结果。

佳作点评

人类从森林中走出，群居生活在一起才有了沟通。漫长的人类发展道路就是人类创造文明的过程。在这期间，如果缺少了人和人之间的合作，是不可能创造出灿烂文明的。

有团结合作的精神，有共同奋斗的目标，内心的力量才会找到方向。人们对未来有宏大的理想，才有可能做出真正的大事业来。

自由与财富的使命

□［美国］奥里森·马登

不管在什么地方，你都能从富人的嘴里听到他由贫变富的感慨：他最得意和最快乐的日子，就是在他凭借智慧掘得第一桶金的时候；是在他的财富积少成多的过程中，第一次受到激励的时候。此时此刻他知道，贫乏再不会如影随形地伴随他。他开始设计将来的生活，他开始用挣来的钱进行自我完善、自我修养，去学习和旅游。这时，他甚至花精力和钱财使那些他所热爱的人摆脱贫穷。从此以后，他的生活质量将大大改变。他认识到他有能力使自己在生活中得到升华。他将名声远播。他的家里将会拥有名画、音乐、书籍和其他休闲品。他的孩子将会过上丰衣足食的生活。于是，他第一次感觉到，自己的强大和富有；同时感觉到，他那原本狭隘的生活圈子在不断扩大，视野在不断拓展，生活事业鹏程万里。

大量的事实表明，我们来到尘世，是为了完成伟大的事业、神圣的使命，是为了享受美丽富饶的生活而不是为了遭受贫穷。匮乏和贫困是不符合人类天性的。而我们的弱点在于，我们对那些早已为我们准备的美好东西缺乏自信心。我们不敢或不善于完完全全表达自己心灵的愿望，不敢为自己的生存权提出全部的要求，因此我们不得不节衣缩食，甚至饥寒交迫,而不敢使用与生俱来的权利去要求富有。我们要求得少,期望不高,我们抑制自己的欲望,限制自己的供给。不敢要求更多的欲望,我们不敢打开自己需求的大门让美好事物的巨流进入。我们的思想萎缩、保守,自我表达也受到压抑,我们甚至不敢去想象如何用正当手段攫取财富。不敢拿自己的灵魂乞求富足,我们不知道没有信仰,没有追求就没有一切。

上帝给我们每个人享受万物的权力是平等的,他从不厚此薄彼,问题的关键是,你是否去争取了,努力了,付出和得到历来是成正比的。

人类的造物主并不因为满足我们的请求后他自己就变得贫穷。相反,由于你需求物质所付出的劳动,上帝的供给库里日益丰盛,所以,上帝不会因为我们要求得多而有所损失。太阳不会因为玫瑰需求的那一点点热量而损失丝毫,并减少普照大地的面积,只要你能吸收。蜡烛不会因为另一支蜡烛的点燃而有所损失。为友谊而善待,为生存而竞争,为爱而付出,这只会增加社会的活力。

生命繁衍的秘诀之一就是将神圣的巨能转化为我们自己的能量,并且学会有效地运用这种能量积聚财富。一旦人学会这种神圣的转换法则,他就会成百万倍地增加自己的效能及生存能力。

每一种恶行都是通往地狱之门的阶梯,也是一层不透明的面纱,它挡住我们的视线,使我们难以看见上帝与真善。每走错一步都会使我们与上帝越来越遥远,而与地狱越走越近。

当我们学会探寻富足而不是拥抱贫穷的艺术时,当我们改变思维方式,不再在局限的思维中爬行时,我们会发现:我们追求的事物也在追寻我们,我们会和它们在途中不期而遇。

不要总是抱怨命运不公平。你每次抱怨时,你想得到的东西不一定能得到,别人拥有的东西也依然是别人的;由于沉湎其中,你也不能做成别人做过的事,去他人去过的地方。你只是自寻烦恼,越陷越深。只要你反复讲述不幸的命运,那你的命运将永远是你不幸命运的重复。

佳作点评

"生命繁衍的秘诀之一就是将神圣的巨能转化为我们自己的能量,并且学会有效地运用这种能量积聚财富。一旦人学会这种神圣的转换法则,他就会成百万倍地增加自己的效能及生存能力。"奥里森·马登说的这句话是值得我们深思和记住的。他告诫人们,成功要建立在坚实可靠的基础上,只有勤劳和积极的思考,坚韧勇敢、珍惜精力,养成良好的习惯,才能积累一生的资本。

我们的富足

□ [美国] 艾伦·弗洛姆

二十世纪中叶以后，许多有真知灼见的年轻人提出了这样的看法：我们的社会是不合格的。可能有很多人对此不以为然，说我们已经取得了举世瞩目的伟大成就，我们科学技术已经取得空前的进步。不错，但这只是事情的一个方面。另一方面是，这个社会已经证明它无力防止两次巨大的战争和许多局部战争。人与人相互残杀的野蛮行径，以及化学武器对地球的毒害，不仅纵容了而且实际上促进了导致人类走向自灭的进程。在人类的历史上，我们从来没有面临如此巨大的破坏潜力。这一事实指出了任何技术成就或尖端科学都无法阻止毁灭人类的进程，相反还有滋长的趋势。

当一个社会科学发达得足以为你提供去月球访问，却不能正视并减小自身整个毁灭的危险时，那么——不管你是否乐意——这种社会就应被贴上无能的标签。不仅如此，它在威胁到地球生物的环境退化面前也是无能的，饥饿、瘟疫时刻威胁着印度、非洲，以及所有非工业化国家，但是，我们的反应仅是几次同情的演讲和一些空洞的姿态。之后我们继续过着穷奢极侈的生活，好像我们对这种生活后果缺少预见的智能。这种能力缺乏的具体表现已经动摇了年轻一代对我们的信任，因此我感到，尽管我们这个极度成功的社会有众多长处，但这种对处理迫切问题的无能已经严重破坏了社会在民众中的形象。

通过对这种危机的观察，我想在此指出，即使在西方世界，我们也不是一个十分富足的社会。在美国，几乎有40%的人口生活在贫困线以下。那里分为两个阶层：一个阶层即上层社会人们，生活在富足之中，而另一个阶层，它的贫困程度令无数人震惊。在林肯时代，巨大的社会区别显而易见地存在于自由人和奴隶之间，今天虽然不存在自由人与奴隶的区别，但其贫富差别是有过之而无不及。

以上这些话，主要是针对富裕层面，对贫困者并不适用。他们还可能被这样的想法所迷惑：那些奢侈挥霍的人正过着天堂般的生活，穷人只是供富人们消遣和奴役的杂耍演员。这对少数民族来说同样如此，在美国对非白人来说尤其如此。超出这个范围，对于整个世界来说也不适用。对整个人类的2/3也不适用，他们还没有从家长制的权威主义的桎梏中解放出来。如果我们要为权威主义和非权威主义人口之间的关系画一个准确的图画，那就是，虽然现在富足的社会继续支配着今天的世界，但它必将面临不同的传统的冲击和一些新的能够改造现状的力量的冲击。

佳作点评

艾伦·弗洛姆站在一个更高的角度，去观察人类的贫富差距，而不是片面地下定义。他画的这幅地图，是值得人们思考和查对的理论。"如果我们要为权威主义和非权威主义人口之间的关系画一个准确的图画，那就是，虽然现在富足的社会继续支配着今天的世界，但它必将面临不同的传统的冲击和一些新的能够改造现状的力量的冲击。"在全球一体化的今天，艾伦·弗洛姆说出我们和富足的关系，教给我们如何去做。

空虚的世界

□ [美国] 艾伦·弗洛姆

现代社会的每个人在日益紧张的工作生活中，渐渐同自己疏远开来，同他的同伴们或同事们疏远开来，同自然界疏远开来。他变成了一种商品，变成了一架赚钱机器。他将自己当做一种投资来检验生命的能量，而在目前的市场条件下，这种投资必须给他带来可以获得的最高利润。否则，他的人生为之逊色。人的关系，实质上已变成异化了的机械般动作的人的关系。每个人的安全感，只有成群地聚集在一起时才有保障。每个人在思想上、情感上和行动上都是机械的、僵化的。虽然每个人尽可能地努力同其他的人紧密地保持联系，但是每个人还是极度地空虚和寂寞，每个人充满了强烈的恐惧感、焦虑感和罪恶感。如果人的空虚和寂寞如影相随，它们就总是会导致不安全感、焦虑感和罪恶感的产生。

我们的文明世界，在高度现代化的同时，提供了多种帮助人在意识中意识不到这种空虚、寂寞的镇静剂：首先，企业化与机构部门化的机械工作，其严格的规程，苛刻的制度促使人意识不到他自己具有人的最根本欲望，意识不到超越自身和结合的强烈要求。虽然这种规范的工作导致了最大化的效率，但人性却丧失了。在工作之余，人们为了摆脱空虚，通过娱乐的过程化，通过娱乐工业提供的声音和风景被动地消遣，以摆脱潜意识里的绝望。除此之外，人们为了克服孤独感和空虚感，还往往通过大量购买时髦的东西，很快地更新换旧，从中获得满足。现代人赫鲁黎在《勇敢新世界》中有一个很形象的描述：身体肥胖、衣着漂亮、情欲放荡。然而，没有自我，没有灵魂，除了与同伴们或同事们肤浅的接触之外，身心万分空乏。并且，还受那句曾被赫鲁黎简洁地说出来的箴言的影响："个人觉察到，万众齐欢跳。"或者说："今朝有酒今朝醉，明日无酒明日忧。"或者最雅致也是最圆满的说法是："现在每一个人都幸福。"

现代人从紧张、快节奏的工作中摆脱后，他的幸福就仅仅寓于"获取乐趣"之中，获取乐趣，就在于从眼花缭乱的商品的消费和"购买"中得到满足；从乱七八糟的风景、食物、酒精、香烟、人群、课堂、书籍和电影中得到满足——所有这些都被兼收并蓄，吞咽入肚。世界对我们的欲望来说，是一个巨大的客体，是一个巨大的苹果，是一只巨大的酒瓶，是一个硕大的乳房。我们只有放纵自己的身体，大吃海喝、狂购，我们的性格适合于交换、买卖和消费，尽管一切过后是一阵阵空虚，但除此之外，我们还能干什么呢？

佳作点评

我是谁？这一直是困扰人类的一个大问题。在日益紧张的现代工作和生活中，人与人之间，渐渐地疏远开来，失去了温暖的关爱。人仿佛是一架高速运转的赚钱机器，变成了一种商品，丢失了自我。人的情感和行动带着机械的气味，极度地空虚和寂寞，充满了焦虑感。

艾伦·弗洛姆在《空虚的世界》中向我们提出了一个残酷的现代问题。

不自由则勿宁死

□ ［美国］佩特瑞克·亨利

假若借鉴过去可以知道未来，那么我很想知道，过去十年来，英政府的所做所为有哪一桩哪一件，足以使我们各位先生与全体议员能够乐观和稍感安慰？是最近我们递交请愿书时接受人的那副狞笑吗？不可相信它啊，先生！那只会是使我们堕入陷阱的圈套。不可因为人家给了你假惺惺的一吻，便被人出卖。请各位好好想想，一方面是我们请愿书的蒙获恩准，一方面却是人家大批武装的肃杀登陆，这两者也是相称的吗？难道战舰与军队也是仁爱与修好所必需的吗？难道这是因为我们存心不肯和好，所以不得不派来武力，以便重新赢得我们的爱戴吗？先生们，我们要擦亮自己的眼睛。这些乃是战争与奴役的工具；是帝王们骗人不过时的贯用伎俩。请让我向先生们提一个问题，如果这些阵容武备不是为了迫我们屈从，那么它的目的又在哪里？各位先生还能另给它寻个什么别的答案吗？难道大不列颠在这片土地上还另有什么可攻之敌，因而不得不向这里广集军队、大派舰船吗？不是吧，先生？英国在此地并没有其他敌人。这一切都是为着我们而来，而不是为着别人。这一切都是英政府长期以来便已打制好的种种镣铐，以便把我们重重束缚起来。那么面对军舰大炮，我们又能用什么来抵御他们呢？靠辩论吗？先生们，辩论我们已经用过十年了。在这个问题上我们已经提不出新的东西了，因为把这个问题从各个可能想到的方面都提出过，但却一概无效。靠殷殷恳请和哀哀祈求吗？一切要说的话不是早已说尽了吗？因此我郑重敦请各位，我们再不能欺骗自己了。先生们，为了避免这场行将到来的风暴，我们确实已经竭尽了我们的最大力量。我们递过申请；提过抗辩；作过祈求；我们匍匐跪伏在国会阶前，哀告过圣上，制止政府与议会的暴行。但是我们的申请却只遭到了轻蔑；我们的抗辩招来了更多的暴行与侮辱；我们的祈求根本没有得到人家的理睬；我们所得到的不过是在遭人百般奚落之后，一脚踢开了事。在经过了这一切之后，如果我们仍不能从那委曲求全的迷梦当中清醒过来，那真是太不实际了，因为一切幻想都破灭了。如果我们仍然渴望得到自由——如果我们还想使我们这么多年一直在奋斗谋求的那些重大权利不遭侵犯——如果我们还不准备使我们久久以来便辛苦从事并且矢志进行到底的这场伟大的斗争半途而废——那么我们就必须战斗！我再重复一遍，先生们，我们必须战斗！我们要诉诸武力，诉诸那万军之主！这才是留给我们的唯一前途。

　　有人可能认为，我们的力量太弱，不足以抵御这样一支强敌。那么请问，要等到何时才能变强？等到下月还是下年？等到我们全军一齐解甲，家家户户都由英军来驻守吗？难道迟疑不决、因循守旧便能蓄集力量、转弱为强吗？难道一枕高卧、满脑幻想、坐失良机、束手就擒，便是最好的却敌之策吗？先生们，我们的实力并不软弱，如果我们能将上帝赋予我们手中的力量充分发挥出来，三百万军民能够武装起来，为着自由这个神圣事业而进行战斗，而且转战于我们这辽阔的国土之上，那么敌人派来的军队再大再强也必将无法取胜。再有，先生们，我们绝非是孤军奋战。主宰着国家命运的公正上帝必将为我作主，他必将召来友邦，助我作战。而战争的胜利，先生们，并不一定属于强者；它终将属于那主持正义、英勇善战的人们。更何况，先生们，我们已经被逼得走投无路，即使我们不想去战斗，不想去争取，现在也已为时过晚。除屈服与奴役之外，我们再也没有别的退路！我们的枷锁已经制成！镣铐的叮当声已经响彻波士顿的郊原！一场杀伐已经无可避免——既然事已至此，那就让它来吧！我们只有蓄势以待！

先生们，一切缓和事态的企图都是徒劳的。很多人可能寄希望于和平——但现在已经没有和平了。战火实际上已经燃遍了大不列颠！兵器的轰鸣即将随着阵阵的北风震动着我们的耳朵！我们的兄弟们此刻已经开赴战场！我们岂可在这里袖手旁观，坐视不动？请问，一些先生们到底心怀什么目的？他们到底希望得到什么？难道为了换取生命的苟且、屈辱的求和，就应该以镣铐和奴役作代价吗？全能的上帝啊，但愿你能阻止他们！我不知道其他人在这件事上有何高策，但是在我自己来说，不自由则勿宁死！

佳作点评

这是佩特瑞克·亨利在弗吉尼亚议会上的演讲，他精辟地阐明了自己的理想与愿望。"不自由勿宁死！"是佩特瑞克·亨利的一句名言，在他激情飞扬的话语中，思想如同奔泄的洪水，冲荡着人们的心灵。人类没有了自由，还不如死去。这不是随便发出的一段豪言壮语，而是一种声音，一种呐喊。他说："请问，一些先生们到底心怀充满什么目的？他们到底希望得到什么？难道为了换取生命的苟且、屈辱的求和，就应该以镣铐和奴役作代价吗？"一个个大问号，如同沉重的山压在人类的身上。

善生活

□ [美国] 弗兰克纳

目前流行一种非常时髦的观点，它否定或贬低满足和美德，赞成自律、可靠、义务、创造、决定、自由、自我表现、奋斗、反抗等等。我认为这种观点从人道人性的立场或其极端形式来看是站不住脚的，但它蕴藏了一个重要真理，即我们的日常生活必须具有形式——不仅仅是一种模式，而是在由某种人生态度、表现姿态或"生活风格"所引起的意义上。怀特海称之为"主观形式"，他认为在社会生活中，人与人之间尊重应该成为占支配地位的风格，尽管他也提到了其他风格。在我看来，自律和上述其他形式在这里的作用也是不可否认的。在这时，我还想补充理性以及和客观、理智的责任感等有关的品质。还要提到爱。也就是说，如果弗洛姆等心理学家是正确的，那么要使一个人的生活成为善的，就不仅应该在道德意义上、还应该在非道德意义上是善的。人们不仅要关心自我生活的善，还应该考虑与客观世界相关联的所有善生活。

善生活所具有的内容、模式和主观形式，对不同的人无疑是完全不同的。善生活的标准和定义很大程度上依赖于人们自身的体验和借助他人体验与智慧所进行的反省。我不知是否能建立起适用于每一个人的固定秩序或模式(柏拉图和罗斯是这样认为的),其实,人类的本性都异常接近,否则心理学就太高深了。然而对于有关人性的任何固定概念来说,它又显得是如此的不同,这是由人类自身的思维能力和可变性决定的。如果我们提到过的所有观点都被发现是善的,至少在某种程序上得到了所有人的承认,那么它们的排列也必然具有某种相对性——这是可能的,而且事实上也是这样。对一部分人来说,善生活似乎包括和平与安全,而对另一部分人来说,则是冒险和猎奇。尽管这些内容都是善生活的一部分。一个人必须为这种多样性留出较大的余地,如果不是在其善的表格中,至少是在他关于善生活的概念中。

经过探讨后,我们还应记住讨论公正时的一个论点,就是人的能力是如此的不同,你的善生活可以像他的善生活那样善,甚至还要超乎其上。

佳作点评

弗兰克纳是二十世纪美国著名的伦理学家,他所提出的《善生活》,张扬人的本质。他的善不仅是对某个人、某件事情上,而是对普天下的芸芸众生。"人们不仅要关心自我生活的善,还应该考虑与客观世界相关联的所有善生活。"每个人的行为,都应根据善恶概念的标准,对他长远的利益和行动做出判断。

时代的昭示

□ [美国] 佛兰西丝·威拉德

  我们研究历史时,应更深入、更深刻地去理解,这样,在我们预言未来之时,便不至于妄自尊大,目中无人,对面临的一切就更为信心十足,充满愉悦。绵长的历史向我们展示了人类的生存力量是何等的顽强坚韧!地震、饥饿、瘟疫可以肆虐一时,但流水般的岁月漫涌而来,治愈了一切创伤,弥补了所有裂痕。不停的历史脚步淹没了多少兴衰、胜败。新形式的文明簇拥着显赫的帝王风靡一时,帝王们谢世消亡后,更有伟大相继而起。一些弱小的民族被战争吞没,随之而去的还有希望与梦想;但人类未绝,革命此起彼伏,爱国志士们血流成河;有时候,地球仿佛就要坠入深渊,世界末日即将来临;然而,春风野火,爱国者层出不穷,更加美好的愿望与梦想如同繁星闪烁,照亮了人们的心中大地。人类大踏步地跨过了黑暗时代,跨出了初期阴森幽长的洞穴,与洪荒年代已不可同日而语。从此,公理被奉为至尊,自由王国的彼岸已不再遥远不可及。

  那些对历史毫无所知者,将被历史的大潮冲垮、击溃。惟有对天才的历程熟视无睹者,才会妄称自己为前无古人的首创者。事实上,除了物质领域的某些发明,天下的一切均已为前人所经历。任何一次变革,都早已在几世纪前先辈们的心中酝酿，任何一种教义，都曾为历史上先知先觉的神父所订立。希腊的哲学家和古时的神父，早就一劳永逸地为后人指明了方向，我们尽可以在他们遗下的典籍中去挑选抉择。由此可以说，一个时代只存在两类人：一类人宣称我们的时代是有史以来最坏的时代，另一类人则反之，认为这是最好的时代。所有的新发明，所有科学和全部历史，都证明了持后一种意见是正确的，而且是永远正确的。

那些擅长于发挥自己能量的活动家，是世上最值得赞美的人，他们献身于周围世界、投入于公众之中，他们全身心地专注于对世界的奉献，以至于感觉不到个人与世界之间有任何距离……

佳作点评

佛兰西丝·威拉德是一位美国的慈善家和社会活动家，《时代的昭示》是她1890年发表的演说。她从历史的高度，重新阐述了历史的意义。人类只有对过去的历史研究得透彻，才能敢于对未来作更大胆的预言，对当下的工作更乐观。一位女人以独有的思辨能力，体悟到深刻的道理："我们研究历史时，应更深入、更深刻地去理解，这样，在我们预言未来之时，便不至于妄自尊大，目中无人，对面临的一切就更为信心十足，充满愉悦。"

我是一个现实主义者

□ [美国] 珍妮特·洛尔

在拜读巴菲特的成功投资秘诀之前,我们有必要先看一下他在过一种丰富的、满意的、有价值的生活方面说了些什么:

自由自在、无拘无束的生活
吸引我从事证券工作的原因之一,是它可以让你过你自己想过的生活。你没有必要为成功而打扮。

我想象不出生活中还有什么我想要而不能拥有的东西。

都说挣钱难花钱容易,我的感觉却恰恰相反。

拥有一种爱好
不打桥牌的年轻人都犯了一个大错误。

我打桥牌时从不让脑中有任何杂念。

我经常说，如果有三个会玩桥牌的同牢房牌友，我不介意进班房。

我从不敢碰触电脑，生怕它找我麻烦。但一旦上路之后，我发现它很简单。除了会在电脑上玩桥牌之外，我对这玩意儿一窍不通。

锁定目标，绝不放弃

我经常感到，研究商业中的失败案例，要比研究成功案例的收获多得多。而成功案例却是商学院的研究项目。但我的合伙人查理·芒格说，他最想知道的，就是他会在哪儿死——这样他就可以永远不去那儿。

让生活永远充满希望

我不会以我挣的钱来衡量我生命的价值。其他人也许会这么做，但我一定不会。

钱，在某种程度上，有时会给你些帮助，但它无法改变你的健康状况或让别人爱你。

诚实第一

如果说要建立起一个稳定的信誉，也许需要20年或者更长时间，但要摧毁它却只需眨眼之时。若明白了这一点，你做起事来就会不同了。

在商业不景气时，我们散布谣言说，我们的糖果有着春药的功效，这非常有效。但谣言是谎言，而糖果则不然。

相信你自己

我对自己从不怀疑，也从不曾灰心过。

我始终知道我会富有。对此我不曾有过一丝一毫的怀疑。

我在心里为自己设了一个成绩牌。如果我做了某些其他人不喜欢,但我感觉良好的事,我会打上对号。如果其他人称赞我所做过的事,但我自己却不满意,我会写上"㻇"。

佳作点评

珍妮特·洛尔是美国证券分析的研究专家,被誉为"当代价值投资权威"。她通过分析巴菲特的生活哲理,总结自己的处世观。这位每天和财富打交道的专家,却不是把钱财作为人生的第一目标。要让生活充满希望的话,不可能以钱多少衡量生命的价值。有些人也许会把钱当做人生追求的最高境界,但珍妮特·洛尔说,她"一定不会"。

自由的条件

□ [英国] 劳伦斯

两条河流，一条在我们的内部，一条在我们的血管。衰败之流缓缓地流向衰落之河，生命之流畅快地流向创造之河，它们流向各自的方向。它们是流向黑暗的地狱之河和流向闪光的天堂之河的分水岭。

如果我们感到羞愧，那就让我们接受那使我们羞愧的事物，理解它并与它合二为一，而不是用面纱掩盖它。如果我们从一些我们自己的令人作呕的排泄物前退缩，而不是跃起并超越我们自己，那么，我们就会堕入腐败和堕落到地狱。让我们再站起来，这次不再是腐烂发臭，而是完美和自由。当我们面对一个令人讨厌的思想或建议时，不要由于不恰当的正义感而马上否定它，让我们诚挚地承认它，接受它，对它负责。我们不应该仅仅将魔鬼驱逐出去。它们属于我们，我们必须接受它们并与它们和平共处。因为它们本来就属于我们。我们是天使，同时也是恶魔。天使与恶魔共存。在我们身上不仅如此，我们还是一个整体，富有理性的整体。正是因为理性整体的存在，才使我们可以超越天使和魔鬼。

自由的条件在于：在理解中我什么也不怕。在肉体上，我怕痛；在爱情上，我怕恨；在死亡中，我怕生。但在理解中，我既不怕爱也不怕恨，不怕死，不怕痛，不怕憎恶。我勇敢地面对甚至反对憎恨。我甚至理解憎恨并与它和平共处。我没有排斥、憎恨，仅仅是与它合作。排斥是没有希望的，因为无论我们将我们的魔鬼放置到何处，它都将最终进入我们的内心，以至于我们自己憎恨的污水池将淹没我们。

如果我们的灵魂中有一种秘密的、害羞的欲望，千万不要用棍子将它从意识中驱逐出去。如果这样，它将躲得远远的，躺在所谓下意识的沼泽里。我不能用我的棍子追逐它，让我将它带到光亮里瞧一瞧，看看它到底是什么东西。因为上帝的造物中也有恶魔，它也有它存在的理由；在它的存在中，也拥有真和美。甚至我的恐惧也是出于对它真的一个赞颂。我必须承认，我心中确实存在着恐惧，我应该接受它，而不是将它从我的心灵中排斥出去。

世界上本没有什么可羞愧的东西，地底下也不存在，只有我们悬挂在那儿的怯懦的遮羞面纱。拉下面纱，并遵从每个人自我负责的灵魂去理解一切，理解每个人，那么，我们才会获得自由。

谁使我们成为事物的判官？谁说睡莲可以在静静的池塘中轻轻摇晃，而蛇却不能在泥泞的沼泽边嘶嘶作响？我必须在那可怕的大蛇面前卑躬屈膝，并当它从我灵魂的神秘草丛中抬起它那低垂的头时，把它应得的权益交还给它。

佳作点评

劳伦斯的作品，往往在朴素文字中透着锋锐的思想。《自由的条件》是一座丰富的矿藏，贮存了大量的精神矿石。劳伦斯所说的两条河流，"一条在我们的内部，一条在我们的血管"。这样的意象，没有深厚的文化功力，是无法表达的。这两条河是一道生命的分水岭。

智 者

□ ［英国］休谟

智慧的殿堂高居于磐石之上，一切争端的怒火、所有世俗的怨气都远离它，滚滚雷声在它脚下轰鸣，对于那些狠毒残暴的人间凶器，它遥不可及、高不可攀。贤哲呼吸着清新的空气，怀着欣慰而怜悯的心情，俯视着芸芸众生：这些荒谬的人们正积极地寻找着人生之路，为了真正的幸运而追求着财富、地位、名誉或权力。贤哲看到，大多数人在他们盲目推崇的愿望面前陷入了失望：有些人后悔已被握在手中的希望却毁于太过谨慎。所有的人都在抱怨，即使他们的愿望得到满足或是他们骚乱的心灵的热望得到安慰，它们也终究不能带来幸福给予人类。

那么，是否可以这样下定义：贤哲永远都会漠视人类的苦难，永远不会致力于解除他们的苦难呢？这是不是说他就永远滥用这种严肃的智慧，以清高自命，自以为超脱于人类的灾祸，事实上却冷酷麻木而对人类与社会的利益漠不关心呢？不，不是这样的。他完全知道他的这种冷漠中不存在真正的智慧和幸福。对社会深沉的爱强烈地吸引着他，他无法压抑这种那么美好、那么自然、那么善良的倾向。甚至当他沉浸于泪水之中，悲叹于他的同胞、友人和国家的苦难，无力挽救而只能用同情给予慰藉之时，他依然心胸宽广、豁达，无视于这种痛苦而镇定自若。这种人道的情感是那么动人，它们照亮了每一张愁苦的脸庞，就像那照射在阴云与密雨之上的红日给它们染上了自然界中最艳丽、最高贵的色彩一样。

但是，并非只有在这里，社会美德才显示它们的精神。无论你把它们与什么相混合，它们都可以超出。正像悲哀困苦压制不住，同样，肉体的欢乐也掩盖不了。同情与仁爱即使是恋爱的快乐也不能代替，它们最重要的感染力正是源于这种仁慈的感情。而当那些享乐单独出现，只能使那不幸的心灵深感困倦无聊。就像这位快乐的富家公子，他说他只要有美酒、佳肴，其他一切均可抛弃。然而，如果我们将他与同伴分开，就像趁一颗火星尚未投向大火之前将它与火焰分开，那么，他的敏捷快活会顿时消失。虽然各种山珍海味环绕四周，但是他会讨厌这种华美的筵席，而宁愿去从事最抽象的研读与思辨，并感到舒心、坦荡和适意。

佳作点评

大卫·休谟是苏格兰哲学家，出生在苏格兰的一个贵族家庭，学过法律，并从事过商业活动。1734年，休谟第一次到法国，在法国他开始研究哲学，并从事著述活动。

"这种人道的情感是那么动人，它们照亮了每一张愁苦的脸庞，就像那照射在阴云与密雨之上的红日给它们染上了自然界中最艳丽、最高贵的色彩一样。"休谟是一名"自然主义"者，他将人类生命与自然相连接。休谟的思想犹如一块块青石，铺展在生命的道路上，并不只是把人类视为一种孤独的思想和灵魂。

头发里的世界

□［法国］波特莱尔

让我长久地呼吸你头发里的气息，让我将面庞沉到那里去，如口渴的人在泉水中。让我用我的手来挥动它如一条黛香的手巾，将记忆挥散在空气里。

你倘若能知道我在你头发里的一切所见，一切所感觉，一切所思吗！我的灵魂在香气之上旅行，正如别人的灵魂在音乐之上徜徉一样。

从你的头发升起一个圆满的梦，充塞着帆与樯；它容纳大海，在这上面，暖风送我向优美的国土。在那里，天空更蓝更深，大气被果实树叶和人所黛香了。

在你的头发的大洋里，我见一海港，低唱着忧郁的歌，用了各民族的强壮的人们和各种形状的船舶，在垂着永久之热的巨大的天空上，雕镂他们的微妙细巧的建筑。

在你的头发的爱抚里，在充满花朵的瓶盎和清心的喷泉中间，在大船的船室里，我为海港的波动所摇荡，不禁心神倦怠。

在你的头发的炽热的分披里，我呼吸那夹着阿片和糖和烟草的气息；在你的头发的夜里，我看见热带的天的无穷的照耀；在你的头发的茸条似的岸边，我因为柏油魔香和科科油混杂的气息而沉醉了。

让我久久地咬你浓厚的黑头发。我在啃你弹力的反逆的头发时，这似乎是我正在吞噬记忆。

佳作点评

波特莱尔是诗人，他用一个个充满奇异的意象，几乎是压迫似的感觉，冲击着读者的心。他在头发中发现了别人没有发现的东西，这种独特的观察力，不是任何人都会有的。诗人透过头发梢，向远处望去，看到另一片天地。头发只是一个载体，其实诗人是在写人的生死，从小天地看到了大世界。

大自然

□ [德国] 歌德

大自然！她四面将我们环绕，她紧紧地把我们拥抱——我们既无力从她怀中挣脱，又无法更深地进入她的肌体。既无须请求又未受警告，她就把我们纳入她自己的循环往复的舞蹈中，同我们一起继续活动，直至我们精疲力竭，从她的臂弯中滑落。

她永远创造新的形态：目前摆在我们面前的一切，过去从未出现；以前曾经存在的东西，现在不会再现——万物都是新的，然而又始终成为旧的东西。

我们生活在她的领域中间，却使她感到陌生。她喋喋不休地同我们交谈，而从未向我们透露她的任何秘密。我们持续不断地对她施加影响，却始终没有控制她的力量。

她似乎一切都着眼于个性，然而不喜欢个人。她永远从事建设，同时永远进行破坏。她的工作间则不可进入。

她生活在正直的儿女心中；而母亲，她在何处？

她是无与伦比的艺术家：用最普通的素材创造出极其强烈的对照；虽然见不到努力的外表却达到极其了不起的完美——实现了最最完全的坚

定，却总是蒙上温柔的面纱。她的每件作品都具有自己特有的本质，她的任何一种现象都有其最孤立的概念，然而，所有这一切复归为一。她表演一出戏剧，她自己是否理解它，我们并不知道，然而她却为了——处于一隅之地的——我们进行表演。

在她身上存在着永恒的生活、变化和运动，然而她却不继续移动身躯。她永远变换模样，在她身上不存在任何停滞因素。她对保持不变毫无概念，她把自己的咒骂对准了停滞。她意志坚定，她步伐稳健，她的例外极为罕见，她的规律不可改变。

她也曾思考，并且经常不断地思忖；然而不是作为一个人，而是作为大自然。她为自己保留了特有的、包罗万象的思想，没有一个人能够觉察到她的这种思想。

所有的人都置身于她的怀抱中，她也潜藏在所有人的身上。她同所有的人进行友好的比赛，人们越多地战胜她，她越高兴。她同许多人如此隐蔽地进行比赛，以致在他们觉察此事之前，她就结束比赛。

大自然也是最不自然的东西。甚至最无耻的市侩作风也具有她的某些天赋。谁不到处察看她，谁就不会在任何地方正确地理解她。

她钟爱自己，无数次地永远目不转睛地盯着自己，心心念念想着自己。她进行自我剖析，以便自我欣赏。她总是让一些新的善于享受的人长大成人，不厌其烦地倾诉衷情。

她喜欢幻想。谁破坏了自己的和别人的幻想，她就作为最严厉的专制君主对谁予以惩罚。谁信赖地听她的话，她就把谁当做儿女一样地紧紧搂在自己怀里。

她的儿女是无数的。无论在何处，任何儿女都不缺少她的爱抚，可是她有一些宠儿，她把许多精力花费在他们身上，她为他们做出了许多牺牲。她把她的保护与伟大紧密相连。

她从虚无中喷出自己的产物，她并不对他（它）们说出，他（它）们来自何方，前往何处。他（它）们只得往前走。惟有她认识道路。

她只有少量的发条，然而它们永远也不会用坏，它们一直是有效的，始终是多种多样的。

她的戏剧总是新的，因为它始终创造新的观众。生存是她的最美好的发明，死亡是她获得许多生命的手段。

她把人类笼罩在阴郁的气氛中，并且永远鼓舞人类追求光明。她使人类依赖于地球，使人类懒惰和艰难，可是又一再使其轻松。

她提供必需品，因为她喜爱运动。她如此事半功倍地实现了所有这种运动，这是个奇迹。任何需要都是令人欣慰的事。这种需要迅速得到满足，又迅速地增长。如果她多提供一种需要，那么这就是乐趣的一个新的源泉；然而她很快就会达到平衡。

她使用所有的瞬间为了最长的进程，所有的瞬间均已到达目的地。

她本身是爱虚荣的，然而不是为了我们，她已经使自己成为我们的最重要的事情。

她让每一个儿女本身从事艺术，让每一个傻瓜对自己下断语，让成千的麻木不仁者掠过自己而没有任何发现；她喜欢所有的人，并且跟所有的人算账。

人们服从她的规律，虽然人们反对它们；人们同她一起工作，虽然人们打算跟她唱对台戏。

她使提供的一切都成为令人欣慰的事，因为她使这一切都成为必不可少的。她犹豫不决，因为人们向她提出要求；她赶快，因为人们对她不厌烦。

她既无语言又无言语，然而她创造了舌头和心脏，她通过它们感觉和说话。

她的王冠是爱。人们只有通过爱才会靠近她。她在万物之间造成鸿沟，可是万物想要相互缠绕。她把万物隔离起来，然后又将它们集合在一起。由于从爱的酒杯中喝上几口美酒，她认为充满辛劳的生活没有什么损失。

她就是一切。她既自我酬谢，又自我惩罚，既自我欢乐，又自我烦恼。她既粗暴又温和，既可爱又可怕，既无力又万能。万物总是处于她的怀抱中。她既不知道过去又不知道未来。对她来说现在就是永恒。她心地善良。我赞美她及其一切作品。她既聪明又文静。人们无法揭开她自身的奥秘，也无法强行取得她并非自愿献出的礼物。她是狡猾的，这只是为了善良的目的，然而最好的做法是，不留意她的狡猾。

她是完整的，然而总是未完成的。于是她始终能够从事她要从事的事情。

每个人都感到，她以特有的形态出现。她隐藏于成千个名称和术语中，然而这一切始终是同一个。

她把我放进来，又将我引出去。我信任她。她想与我接通。她不会憎恨自己的作品。我不曾谈论她。不，什么是真的，什么是假的，她谈论了这一切。一切都是她的过错，一切都是她的功劳。

佳作点评

诗人以真实的情感，揭示了大自然和人类的关系。自然就是神，就是上帝，她无处不在，"所有的人都置身于她的怀抱中，她也潜藏在所有人的身上"。哥德在诗中歌颂了对大自然的爱："她是王冠的爱。人们只有通过爱才会靠近她。"在大自然面前，任何热爱生命的人都会被她神一般的美迷住，跌进"她的每件作品都具有自己特有的本质"，或因沉迷而"精疲力竭"。而诗人因为它的温暖和胸怀，产生一种向往和追求。

年轻时代

□［日本］池田大作

人的生命是有限的，每个人都希望在自己有限的生命里获得最高价值。然而，从某种意义上讲，人的生存同样也是艰难的。

随着社会的发展，长寿的人越来越多，但遗憾的是：对现代人来说，最重要的生命力却没有多大增长，甚至有人指出，在青年人中，有不少人受不了挫折的打击而委靡不振。还有一些人认为，现代人出现了生命力衰退的迹象。而且，自杀的死亡人数超过交通死亡人数的一倍，以此类推，轻生的倾向日趋严重，社会各界人心惶惶。同时，除事故和疾病外，精神上的压抑感、疏离感、虚脱感等一类社会现象正不断蔓延于人们的周围。

在当代，与"生"的力量相比，削弱"生"的力量正几倍、几十倍地增长。也许不少人也和我有同感吧，但是当前，最重要的是正视这样的现实，再次细细地咀嚼一下"生存"的根本意义。

据说人在临死的瞬间，一生所经历过的事情会像走马灯一样在脑海中盘旋。有的人流出悔恨的泪水，使盘旋于脑中的情景一片模糊；有的人从心底感到无限的满足，在充满欢喜中迎接人生的终结。我认为，这其实就是人生成败的分界之处了。

世上有不少身居高位或腰缠万贯的人，但其一生毫无真诚可言，对这些人来说，当然没有真正的人生胜利感，想必只有痛苦的回忆吧。而另一些人不管自己的生活条件多么的艰辛，别人又是如何评价自己，仍诚实地奋斗一生，或为某种主张、主义艰苦拼搏一生，在欢乐的心潮中迎接临终。在自己的人生中取得胜利的这些人，以强有力的步伐抵达生命的终点，以其实际行动为社会、世界和宇宙的一切做出巨大的贡献，他们死得真是伟大。这些人生业绩将在他们心中唤起无限欣喜的激情。

　　人的一生不可能一帆风顺，这期间不时会有狂风暴雨，还会出现电闪雷鸣。但深知创造之乐的生命，绝不会因此而退却。创造本身就是一项最艰难的工作，它是一场打开沉重的生命之门的残酷战斗。当然，与打开神秘的宇宙大门相比，要打开"自身的生命之门"是多么不容易的事呀！

　　尽管如此，工作显示出做人的骄傲，不，应该说这就是生命的真正意义与真正的生活态度。有的人不懂得创造生命的欢乐，我觉得没有比这更寂寞无聊的了。柏格森有一句话说得真是好，话题中心就是让生命变得更为丰富充实，它就是："通过自己的努力为世界增添了光彩的人，人格会更加高尚。"

佳作点评

　　追问为什么，这不是一个孩童发出的稚嫩的问题，而是因为生命困惑发生的询问。人的生命是有限的，不是无限度的延伸。在这短暂的一生中，每个人都希望获得更高的价值。但是事不随意，人的生存是极其艰难的，不会一帆风顺。人只有通过工作和奋斗，在这过程中体味快乐，实现自己的价值。对待生命、生活的态度是非常重要的，池田大作说："有的人不懂得创造生命的欢乐，我觉得没有比这更寂寞无聊的了。"他一语道破了生命的意义。

夜颂 ·[中国]鲁迅

狗·猫·鼠 ·[中国]鲁迅

树 ·[中国]戴望舒

马蜂的毒刺 ·[中国]郁达夫

梨花 ·[中国]许地山

蛇 ·[中国]许地山

……

多付出一点点

我们最重要的责任,就是应当努力减少人类的痛苦与残忍,使我们的社会更加幸福与和谐。

——罗曼·罗兰

夜　颂

□ [中国] 鲁迅

爱夜的人，也不但是孤独者，有闲者，不能战斗者，怕光明者。

人的言行，在白天和在深夜，在日下和在灯前，常常显得两样。夜是造化所织的幽玄的天衣，普覆一切人，使他们温暖，安心，不知不觉的自己渐渐脱去人造的面具和衣裳，赤条条地裹在这无边际的黑絮似的大块里。

虽然是夜，但也有明暗。有微明，有昏暗，有伸手不见掌，有漆黑一团糟。爱夜的人要有听夜的耳朵和看夜的眼睛，自在暗中，看一切暗。君子们从电灯下走入暗室中，伸开了他的懒腰；爱侣们从月光下走进树阴里，突变了他的眼色。夜的降临，抹杀了一切文人学士们光天化日之下，写在耀眼的白纸上的超然，混然，恍然，勃然，粲然的文章，只剩下乞怜，讨好，撒谎，骗人，吹牛，捣鬼的夜气，形成一个灿烂的金色的光圈，像见于佛画上面似的，笼罩在学识不凡的头脑上。

爱夜的人于是领受了夜所给予的光明。

高跟鞋的摩登女郎在马路边的电光灯下，阁阁的走得很起劲，但鼻尖也闪烁着一点油汗，在证明她是初学的时髦，假如长在明晃晃的照耀中，将使她碰着"没落"的命运。一大排关着的店铺的昏暗助她一臂之力，使她放缓开足的马力，吐一口气，这时才觉得沁人心脾的夜里的拂拂的凉风。

爱夜的人和摩登女郎，于是同时领受了夜所给予的恩惠。

一夜已尽，人们又小心翼翼地起来，出来了；便是夫妇们，面目和五六点钟之前也何其两样。从此就是热闹，喧嚣。而高墙后面，大厦中间，深闺里，黑狱里，客室里，秘密机关里，却依然弥漫着惊人的真的大黑暗。

现在的光天化日，熙来攘往，就是这黑暗的装饰，是人肉酱缸上的金盖，是鬼脸上的雪花膏。只有夜还算是诚实的。我爱夜，在夜间作《夜颂》。

六月八日作

佳作点评

《夜颂》是一篇杂文，它意在讥讽与批判现实，鲁迅先生选择了"夜"这个黑暗无边的象征。剖开"夜"的内核，在对于它的描写和颂赞中，表达了鲁迅先生愤激的思绪。

鲁迅先生是一个"爱夜的人"。但与那些孤独者、不战斗者、有闲者、怕光明者不一样，他对夜的爱的情怀是清醒的，他是反抗黑暗的战斗者。鲁迅先生指出："现在的光天化日，熙来攘往，就是这黑暗的装饰，是人肉酱缸上的金盖，是鬼脸上的雪花膏。只有夜还算是诚实的。我爱夜，在夜间作《夜颂》。"把夜作为一支颂歌来写，也是鲁迅先生的一种胆识。

狗·猫·鼠

□ [中国] 鲁迅

从去年起，仿佛听得有人说我是仇猫的。那根据自然是在我的那一篇《兔和猫》，这是自画招供，当然无话可说，——但倒也毫不介意。一到今年，我可很有点担心了。我是常不免于弄弄笔墨的，写了下来，印了出去，对于有些人似乎总是搔着痒处的时候少，碰着痛处的时候多。万一不谨，甚而至于得罪了名人或名教授，或者更甚而至于得罪了"负有指导青年责任的前辈"之流，可就危险已极。为什么呢？因为这些大脚色是"不好惹"的。怎地"不好惹"呢？就是怕要浑身发热之后，做一封信登在报纸上，广告道："看哪！狗不是仇猫的么？鲁迅先生却自己承认是仇猫的，而他还说要打'落水狗'！"这"逻辑"的奥义，即在用我的话，来证明我倒是狗，于是而凡有言说，全都根本推翻，即使我说二二得四，三三见九，也没有一字不错。这些既然都错，则绅士口头的二二得七，三三见千等等，自然就不错了。

我于是就间或留心着查考它们成仇的"动机"。这也并非敢妄学现下的学者以动机来褒贬作品的那些时髦，不过想给自己预先洗刷洗刷。据我想，这在动物心理学家，是用不着费什么力气的，可惜我没有这学问。后来，在覃哈特博士（Dr. O. Dahmhardt）的《自然史底国民童话》里，总算发现了那原因了。据说，是这么一回事：动物们因为要商议要事，开了一个会议，鸟，鱼，兽都齐集了，单是缺了象。大会议定，派伙计去迎接它，拈到了当这差使的阄的就是狗。"我怎么找到那象呢？我没有见过它，也和它不认识。"它问。"那容易，"大众说，"它是驼背的。"狗去了，遇见一匹猫，立刻弓起脊梁来，它便招待，同行，将弓着脊梁的猫介绍给大家道："象在这里！"但是大家都嗤笑它了。从此以后，狗和猫便成了仇家。

日耳曼人走出森林虽然还不很久，学术文艺却已经很可观，便是书籍的装潢，玩具的工致，也无不令人心爱。独有这一篇童话却实在不漂亮，结怨也结得没有意思。猫的弓起脊梁，并不是希图冒充，故意摆架子的，其咎却在狗的自己没眼力。然而原因也总可以算作一个原因，我的仇猫，是和这大大两样的。

其实人禽之辨，本不必这样严。在动物界，虽然并不如古人所幻想的那样舒适自由，可是噜苏做作的事总比人间少。它们适性任情，对就对，错就错，不说一句分辩话。虫蛆也许是不干净的，但它们并没有自鸣清高；鸷禽猛兽以较弱的动物为饵，不妨说是凶残的罢，但它们从来就没有竖过"公理""正义"的旗子，使牺牲者直到被吃的时候为止，还是一味佩服赞叹它们。人呢，能直立了，自然是一大进步；能说话了，自然又是一大进步；能写字作文了，自然又是一大进步。然而也就堕落，因为那时也开始了说空话。说空话尚无不可，甚至于连自己也不知道说着违心之论，则对于只能嗥叫的动物，实在免不得"颜厚有忸怩"。假使真有一位一视同仁的造物主，高高在上，那么，对于人类的这些小聪明，也许倒以为多事，正如我们在万生园里，看见猴子翻筋斗，母象请安，虽然往往破颜一笑，但同时也觉得不舒服，甚至于感到悲哀，以为这些多余的聪明，倒不如没有的好罢。然而，既经为人，便也只好"党同伐异"，学着人们的说话，随俗来谈一谈——辩一辩了。

现在说起我仇猫的原因来，自己觉得是理由充足，而且光明正大的。一，它的性情就和别的猛兽不同，凡捕食雀鼠，总不肯一口咬死，定要尽情玩弄，放走，又捉住，捉住，又放走，直待自己玩厌了，这才吃下去，颇与人们的幸灾乐祸，慢慢地折磨弱者的坏脾气相同。二，它不是和狮虎同族的么？可是有这么一副媚态！但这也许是限于天分之故罢，假使它的身材比现在大十倍，那就真不知道它所取的是怎么一种态度。然而，这些口实，仿佛又是现在提起笔来的时候添出来的，虽然也像是当时涌上心来的理由。要说得可靠一点，或者倒不如说不过因为它们配合时候的嗥叫，手续竟有这么繁重，闹得别人心烦，尤其是夜间要看书，睡觉的时候。当这些时候，我便要用长竹竿去攻击它们。狗们在大道上配合时，常有闲汉拿了木棍痛打；我曾见大勃吕该尔（P. Bruegeld. A）的一张铜版画 Allegorie der Woll ust 上，也画着这回事，可见这样的举动，是中外古今一致的。自从那执拗的奥国学者弗罗特（S. Freud）提倡了精神分析说——Psychoanalysis，听说章士钊先生是译作"心解"的，虽然简古，可是实在难解得很——以来，我们的名人名教授也颇有隐隐约约，检来应用的了，这些事便不免又要归宿到性欲上去。打狗的事我不管，至于我的打猫，却只因为它们嚷嚷，此外并无恶意，我自信我的嫉妒心还没有这么博大，当现下"动辄获咎"之秋，这是不可不预先声明的。例如人们当配合之前，也很有些手续，新的是写情书，少则一束，多则一捆；旧的是什么"问名""纳采"，磕头作揖，去年海昌蒋氏在北京举行婚礼，拜来拜去，就十足拜了三天，还印有一本红面子的《婚礼节文》，《序论》里大发议论道："平心论之，既名为礼，当必繁重。专图简易，何用礼为？……然则世之有志于礼者，可以兴矣！不可退居于礼所不下之庶人矣！"然而我毫不生气，这是因为无须我到场；因此也可见我的仇猫，理由实在简简单单，只为了它们在我的耳朵边尽嚷的缘故。人们的各种礼式，局外人可以不见不闻，我就满不管，但如果当我正要看书或睡觉的时候，有人来勒令朗诵情书，奉陪作揖，那是为自卫起见，还要用长竹竿来抵御的。还有，平素不大交往的人，忽而寄给我一个红帖子，上面印着"为舍妹出阁"，"小儿完姻"，"敬请观礼"或"阖第光临"这些含有"阴险的暗示"的句子，使我不花钱便总觉得有些过意不去的，我也不十分高兴。

但是，这都是近时的话。再一回忆，我的仇猫却远在能够说出这些理由之前，也许是还在十岁上下的时候了。至今还分明记得，那原因是极其简单的：只因为它吃老鼠，——吃了我饲养着的可爱的小小的隐鼠。

听说西洋是不很喜欢黑猫的，不知道可确；但 Edgar Allan Poe 的小说里的黑猫，却实在有点骇人。日本的猫善于成精，传说中的"猫婆"，那食人的惨酷确是更可怕。中国古时候虽然曾有"猫鬼"，近来却很少听到猫的兴妖作怪，似乎古法已经失传，老实起来了。只是我在童年，总觉得它有点妖气，没有什么好感。那是一个我的幼时的夏夜，我躺在一株大桂树下的小板桌上乘凉，祖母摇着芭蕉扇坐在桌旁，给我猜谜，讲故事。忽然，桂树上沙沙地有趾爪的爬搔声，一对闪闪的眼睛在暗中随声而下，使我吃惊，也将祖母讲着的话打断，另讲猫的故事了——

"你知道么？猫是老虎的先生。"她说。"小孩子怎么会知道呢，猫是老虎的师父。老虎本来是什么也不会的，就投到猫的门下来。猫就教给它扑的方法，捉的方法，吃的方法，像自己的捉老鼠一样。这些教完了，老虎想，本领都学到了，谁也比不过它了，只有老师的猫还比自己强，要是杀掉猫，自己便是最强的脚色了。它打定主意，就上前去扑猫。猫是早知道它的来意的，一跳，便上了树，老虎却只能眼睁睁地在树下蹲着。它还没有将一切本领传授完，还没有教给它上树。"

这是侥幸的，我想，幸而老虎很性急，否则从桂树上就会爬下一匹老虎来。然而究竟很怕人，我要进屋子里睡觉去了。夜色更加黯然；桂叶瑟瑟地作响，微风也吹动了，想来草席定已微凉，躺着也不至于烦得翻来覆去了。

几百年的老屋中的豆油灯的微光下，是老鼠跳梁的世界，飘忽地走着，吱吱地叫着，那态度往往比"名人名教授"还轩昂。猫是饲养着的，然而吃饭不管事。祖母她们虽然常恨鼠子们啮破了箱柜，偷吃了东西，我却以为这也算不得什么大罪，也和我不相干，况且这类坏事大概是大个子的老鼠做的，决不能诬陷到我所爱的小鼠身上去。这类小鼠大抵在地上走动，只有拇指那么大，也不很畏惧人，我们那里叫它"隐鼠"，与专住在屋上的伟大者是两种。我的床前就帖着两张花纸，一是"八戒招赘"，满纸长嘴大耳，我以为不甚雅观；别的一张"老鼠成亲"却可爱，自新郎新妇以至傧相，宾客，执事，没有一个不是尖腮细腿，像煞读书人的，但穿的都是红衫绿裤。我想，能举办这样大仪式的，一定只有我所喜欢的那些隐鼠。现在是粗俗了，在路上遇见人类的迎娶仪仗，也不过当作性交的广告看，不甚留心；但那时的想看"老鼠成亲"的仪式，却极其神往，即使像海昌蒋氏似的连拜三夜，怕也未必会看得心烦。正月十四的夜，是我不肯轻易便睡，等候它们的仪仗从床下出来的夜。然而仍然只看见几个光着身子的隐鼠在地面游行，不像正在办着喜事。直到我熬不住了，快快睡去，一睁眼却已经天明，到了灯节了。也许鼠族的婚仪，不但不分请帖，来收罗贺礼，虽是真的"观礼"，也绝对不欢迎的罢，我想，这是它们向来的习惯，无法抗议的。

老鼠的大敌其实并不是猫。春后，你听到它"咋！咋咋咋咋！"地叫着，大家称为"老鼠数铜钱"的，便知道它的可怕的屠伯已经光降了。这声音是表现绝望的惊恐的，虽然遇见猫，还不至于这样叫。猫自然也可怕，但老鼠只要窜进一个小洞去，它也就奈何不得，逃命的机会还很多。独有那可怕的屠伯——蛇，身体是细长的，圆径和鼠子差不多，凡鼠子能到的地方，它也能到，追逐的时间也格外长，而且万难幸免，当"数钱"的时候，大概是已经没有第二步办法的了。

有一回，我就听得一间空屋里有着这种"数钱"的声音，推门进去，一条蛇伏在横梁上，看地上，躺着一匹隐鼠，口角流血，但两胁还是一起一落的。取来给躺在一个纸盒子里，大半天，竟醒过来了，渐渐地能够饮食，行走，到第二日，似乎就复了原，但是不逃走。放在地上，也时时跑到人面前来，而且缘腿而上，一直爬到膝髁。给放在饭桌上，便检吃些菜渣，舐舐碗沿；放在我的书桌上，则从容地游行，看见砚台便舐吃了研着的墨汁。这使我非常惊喜了。我听父亲说过的，中国有一种墨猴，只有拇指一般大，全身的毛是漆黑而且发亮的。它睡在笔筒里，一听到磨墨，便跳出来，等着，等到人写完字，套上笔，就舐尽了砚上的余墨，仍旧跳进笔筒里去了。我就极愿意有这样的一个墨猴，可是得不到；问那里有，那里买的呢，谁也不知道。"慰情聊胜无"，这隐鼠总可以算是我的墨猴了罢，虽然它舐吃墨汁，并不一定肯等到我写完字。

现在已经记不分明，这样地大约有一两月；有一天，我忽然感到寂寞了，真所谓"若有所失"。我的隐鼠，是常在眼前游行的，或桌上，或地上。而这一日却大半天没见，大家吃午饭了，也不见它走出来，平时，是一定出现的。我再等着，再等它一半天，然而仍然没有见。

长妈妈，一个一向带领着我的女工，也许是以为我等得太苦了罢，轻轻地来告诉我一句话。这即刻使我愤怒而且悲哀，决心和猫们为敌。她说：隐鼠是昨天晚上被猫吃去了！

当我失掉了所爱的，心中有着空虚时，我要充填以报仇的恶念！

我的报仇，就从家里饲养着的一匹花猫起手，逐渐推广，至于凡所遇见的诸猫。最先不过是追赶，袭击；后来却愈加巧妙了，能飞石击中它们的头，或诱入空屋里面，打得它垂头丧气。这作战继续得颇长久，此后似乎猫都不来近我了。但对于它们纵使怎样战胜，大约也算不得一个英雄；况且中国毕生和猫打仗的人也未必多，所以一切韬略，战绩，还是全都省略了罢。

　　但许多天之后，也许是已经经过了大半年，我竟偶然得到一个意外的消息：那隐鼠其实并非被猫所害，倒是它缘着长妈妈的腿要爬上去，被她一脚踏死了。

　　这确是先前所没有料想到的。现在我已经记不清当时是怎样一个感想，但和猫的感情却终于没有融和；到了北京，还因为它伤害了兔的儿女们，便旧隙夹新嫌，使出更辣的辣手。"仇猫"的话柄，也从此传扬开来。然而在现在，这些早已是过去的事了，我已经改变态度，对猫颇为客气，倘其万不得已，则赶走而已，决不打伤它们，更何况杀害。这是我近几年的进步。经验既多，一旦大悟，知道猫的偷鱼肉，拖小鸡，深夜大叫，人们自然十之九是憎恶的，而这憎恶是在猫身上。假如我出而为人们驱除这憎恶，打伤或杀害了它，它便立刻变为可怜，那憎恶倒移在我身上了。所以，目下的办法，是凡遇猫们捣乱，至于有人讨厌时，我便站出去，在门口大声叱曰："嘘！滚！"小小平静，即回书房，这样，就长保着御侮保家的资格。其实这方法，中国的官兵就常在实做的，他们总不肯扫清土匪或扑灭敌人，因为这么一来，就要不被重视，甚至于因失其用处而被裁汰。我想，如果能将这方法推广应用，我大概也总可望成为所谓"指导青年"的"前辈"的罢，但现下也还未决心实践，正在研究而且推敲。

佳作点评

　　鲁迅先生写了童年时救养一只隐鼠，但隐鼠最终遭到摧残的经历和感受。他借此事，针对"正人君子"的攻击引发而出，表述了对"一副媚态"等特性的憎恶，在议和论的同时，表现了鲁迅先生的深厚的文化底蕴。

《狗·猫·鼠》是一篇檄文，有着特殊的背景，充满了无声的战斗性。在现实问题的激发下，鲁迅先生指向深恶痛绝"奴性十足"的奴才。他用辛辣的笔调，讽刺了文人的"媚态的猫"式的一副嘴脸。

树

□ [中国] 戴望舒

路上的列树已斩伐尽了，疏疏朗朗地残留着可怜的树根。路显得宽阔了一点，短了一点，天和人的距离似乎更接近了。太阳直射到头顶上，雨直淋到身上……是的，我们需要阳光，但是我们也需要阴荫啊！早晨鸟雀的啁啾声没有了，傍晚舒徐的散步没有了。空虚的路，寂寞的路！

离门前不远的地方，本来有一棵合欢树，去年秋天，我也还采过那长长的荚果给我的女儿玩的。它曾经娉婷地站立在那里，高高地张开它的青翠的华盖一般的叶子，寄托了我们的梦想，又给我们以清阴。而现在，我们却只能在虚空之中，在浮着云片的碧空的背景上，徒然地描画它的青翠之姿了。像现在这样的夏天的早晨，它的鲜绿的叶子和火红照眼的花，会给我们怎样的一种清新之感啊！它的浓荫之中藏着雏鸟小小的啼声，会给我们怎样的一种喜悦啊！想想吧，它的消失对于我们是怎样地可悲啊！

抱着幼小的孩子，我又走到那棵合欢树的树根边来了。锯痕已由淡黄变成黝黑了，然而年轮却还是清清楚楚的，并没有给苔藓或是芝菌侵蚀去。我无聊地数着这一圈圈的年轮，四十二圈！正是我的年龄。它和我度过了同样的岁月，这可怜的合欢树！

树啊，谁更不幸一点，是你呢，还是我？

▎佳作点评 ▎

每一篇文章都是写作者的情感年轮，绝不是随意地信手涂鸦。《树》是戴望舒作品中字数不长的一篇。诗人在倾注感情，他把树看做是朋友，是生命。作家感慨地说："我们需要阳光，但是我们也需要阴荫啊！"诗人没有说树多么的伟大，但是无那片绿阴匝地，生命会缺失很多东西。诗人陪女儿在树下游玩时，伴着树枝上小鸟的歌声，他感受到了喜悦，如同树叶一般清新。在幸福和快乐的同时，一股伤感袭上心头。诗人怀抱着幼小的孩子，来到了那棵合欢树前，发现"锯痕已由淡黄变成黝黑了，然而年轮却还是清清楚楚的，并没有给苔藓或是芝菌侵蚀去。我无聊地数着这一圈圈的年轮，四十二圈！正是我的年龄。它和我度过了同样的岁月，这可怜的合欢树！"见物思己，触景生情，这情来得太沉重了。

马蜂的毒刺

□ ［中国］郁达夫

这几年来，自己因为不能应时豹变，顺合潮流的结果，所以弄得失去了职业，失去了朋友亲人，失去了一切的一切，只剩了孤零丁的一个，落在时代的后面浮沉着。人家要我没落，但肉体却仍旧在维持着它的旧日的作用，不肯好好儿的消亡下去。人家劝我自杀，但穷得连买一点药买一支手枪的余裕都没有，而堕落颓废的我的意志也连竖直耳朵，听一听人家的劝告的毅力都决拿不起来。在这无可奈何的楚歌声里，自然而然，我便成了一个与猪狗一样的一点儿自决心责任心也没有的行尸走肉了，对这一个行尸，人家还在说是什么"运命论者"。

运命论者也好，颓废堕落也没有法子，可是像猪一样的这一块走肉中间，有时候还不能完全把知觉感情等稍为高尚一点的感觉杀死，于是突然之间，就同癫痫病者的发作一样，会有一种很深沉很悲痛的孤寂之感袭上身来。

有一天，也是在这一种发作之后，我忽而想起了一位不相识的青年写给我的几封信。这一位好奇的青年，大约也同我一样的在感到孤独罢，他写来的几封满贮着热情的信上，说无论如何总想看一看我这一块走肉。想起了他，那一天早晨，我就借得了几个零用钱，飘然坐上了车，走到了上海最热闹的一区地方去拜访了一次。

两人见到了面，不消说是各有一种欢喜之情感到的。我也一时破了长久沉默的戒，滔滔谈了许多前后不接的闲天，他也全身抖擞了起来，似乎是喜欢得不了的样子。谈了一会，我觉得饿了，就和他一同出来去吃了一点点心，吃饱了之后又同他走了一圈，谈了半天。

他怎么也不肯和我别去，一定要邀我回到他的旅馆去和他同吃午饭。但可怜的我那时候心里头又起了别的作用了，一时就想去看一回好久没有见到而相约已经有好几次的一位书店里的熟人。我就告诉他说，吃饭是不能同他在一道吃的。他问为什么？我说因为今天是有人约我吃饭的。他问在什么地方？我说在某处某地的书店楼上。他问几点钟？我说正午十二点。因此他就很悲哀地和我在马路上分开了手，我回头来看了几眼，看见他老远的还立在那里目送我的行。

和他分开之后去会到了那位书店的熟人，不幸吃饭的地点临时改变了。我们吃完饭后，坐到了两点多钟才走下楼来。正走到了一处宽广的野道上的时候，我看见前面路上向着我们，太阳光下有一位横行阔步，好像是兴奋得很的青年在走。走近来一看却正是午前我去访他和他在马路上别去的那位纯直的少年朋友。

他立在我的面前，面色涨得通红，眉毛竖了起来，眼睛里同喷火山似的放出了两道异样的光，全身和两颚骨似乎在格格地发抖，盯视住了我的颜面，半晌说不出话来，两只手是捏紧了拳头垂在肩下的。我也同做了一次窃贼，被抓着了赃证者一样，一时急得什么话也想不出来。两人对头呆立了一阵，终究还是我先破口说，"你上什么地方去？"

他又默默地毒视了我一阵，才大声的喝着说，"你为什么要骗我？你为什么要撒谎？"我看了他那双冒火的眼光，觉得知觉也没有了，神致也昏乱了，不晓回答了他几句什么样的支吾言语，就匆匆逃开了他的面前。

但同时在我的脑门的正中，仿佛是感到了一种隐隐的痛楚，仿佛是被一只马蜂放了一针毒刺似的。我觉得这正是一只马蜂的毒刺，因为我在这一次偶然的失言之中，所感到的苦痛不过是暂时的罢了，而在他的洁白的灵魂之上，怕不得不印上一个极深刻的永久消不去的毒印。听说马蜂尾上的毒刺是只有一次好用的，这是它最后的一件自卫武器，这一次的他岂不也同马蜂一样，受了我的永久的害毒了么？我现在当一个人感到孤独的时候，每要想起这一件事情来，所以近来弄得连无论什么人的信札都不敢开读，无论什么人的地方都不敢去走动了。这一针小小的毒刺，大约是可以把我的孤独钉住，使它随伴我到我的坟墓里去的，细细玩味起来，倒也能够感到一点痛定之后的宽怀情绪，可是那只马蜂，那只已经被我解除了武装的马蜂，却太可怜了，我在此地还只想诚恳地乞求它的饶恕。

一九二九年四月作

▍佳作点评 ▍

郁达夫的文字，字里行间布满了伤感，总给人淡淡的愁绪。这个调子几乎贯穿他的作品。一个江南走出的才子，并不是因为水乡的阴柔和地域的关系，创作出这么多伤感的作品。

郁达夫的人格成长，和他家庭的背景不可分，自小天分极高，贫困的家庭和现实的不如意压在他的身上。他自卑中又感到伤感，在这样的感情支配下，郁达夫选择了马蜂的毒素和螫针，表达情感中的孤独和伤感，文和情如同作家的心境一般。

梨 花

□［中国］许地山

她们还在园里玩，也不理会细雨丝丝穿入她们底罗衣。池边梨花底颜色被雨洗得更白净了，但朵朵都懒懒地垂着。

姊姊说："你看，花儿都倦得要睡了！"

"待我来摇醒他们。"

姊姊不及发言，妹妹底手早已抓住树枝摇了几下。花瓣和水珠纷纷地落下来，铺得银片满地，煞是好玩。

妹妹说："好玩啊，花瓣一离开树枝，就活动起来了！"

"活动什么？你看，花儿底泪都滴在我身上哪。"姊姊说这话时，带着几分怒气，推了妹妹一下。她接着说："我不和你玩了，你自己在这里罢。"

妹妹见姊姊走了，直站在树下出神。停了半晌，老妈子走来，牵着她，一面走着，说："你看，你底衣服都湿透了，在阴雨天，每日要换几次衣服，教人到哪里找太阳给你晒去呢？"

落下来底花瓣，有些被她们底鞋印入泥中；有些粘在妹妹身上，被她带走；有些浮在池面，被鱼儿衔入水里。那多情的燕子不歇把鞋印上的残瓣和软泥一同衔在口中，到梁间去，构成它们底香巢。

（原刊 1922 年 5 月《小说月报》第 13 卷第 5 号）

佳作点评

　　许地山的文字，不细细地读，读者不会发现什么。看似平淡的东西，其中深藏丰富的内核。妹妹说："好玩啊，花瓣一离开树枝，就活动起来了！"这话语中昭示人生的滋味，一个"离"字沉甸甸的，充满了飘泊的沧桑。而"花儿底泪都滴在我身上哪"，更是愁上愁、思上思，不经历过大起大落的磨难，是道不出这种况味的。

　　许地山在平凡的小事里，品出浓郁的味道。他没有写离别的情景，一枚落下的花瓣，被鞋印入泥土中，融入大地上。偶尔有一些沾在妹妹的身上，被她带到远方了。小小的花瓣是生命浪迹的开始和结束。

蛇

□ [中国] 许地山

在高可触天底桄榔树下。我坐在一条石凳上,动也不动一下。穿彩衣底蛇也蟠在树根上,动也不动一下。多会让我看见他,我就害怕得很,飞也似地离开那里,蛇也和飞箭一样,射入蔓草中了。

我回来,告诉妻子说:"今儿险些不能再见你的面!"

"什么原故?"

"我在树林见了一条毒蛇:一看见他,我就速速跑回来;蛇也逃走了。……到底是我怕他,还是他怕我?"

妻子说,"若你不走,谁也不怕谁。在你眼中,他是毒蛇;在他眼中,你比他更毒呢。"

但我心里想着,要两方互相惧怕,才有和平。若有一方大胆一点,不是他伤了我,便是我伤了他。

(原刊1922年4月《小说月报》第13卷第4号)

佳作点评

这是许地山的一个小品文,讲述了他在桄榔树下遇到一条蛇的经历。在短暂的相遇间,许地山体验了心理的变化,也悟出一个道理。作家同妻子讲述了和蛇的对峙的过程,妻子却说:"若你不走,谁也不怕谁。在你眼中,他是毒蛇;在他眼中,你比他更毒呢。"妻子的话字字充满了禅意,朴白中透着机锋。

柚　子

□［中国］鲁彦

秋天，是萧瑟的秋天，枪声恩惠的离耳后的第三天，战云怜悯的跨过岳麓山后的第三天。

我忧郁地坐在楼上。

无聊的人，偏偏走入了无聊的长沙！

你们要恶作剧，你们尽去作罢，你们的头生在你们的颈上，割了去不会痛到我的颈上来。你们喜欢用子弹充饥，你们就尽量去容纳罢，于我是没有关系的。

于我有关系的只有那岳麓山，好玩的岳麓山。只要将岳麓山留给我玩，即使你们将长沙烧得精光，将湘水染成了血色——换一句话说，就是你们统统打死了，于我也没有关系。

我没有能力可以阻止你们恶作剧，我也不屑阻止你们这种卑贱的恶作剧，从自由论点出发，我还应该听你们自由的去恶作剧哩。

然而不，我须表示反对，反对你们的恶作剧。这原因，不是为着杀人，因为你们还没有杀掉我，是为着你们占据了我要去玩的岳麓山，我所爱的岳麓山。

呵，我的岳麓山，相思的我的岳麓山呀！

自然，命运注定着，不论哪家得胜，我总有在岳麓山巅高歌的一天，然而对于我两个朋友匆匆而来，匆匆而去的事，我总不能忘记你们的赐予。

他们是同我一样的第一次到你们贵处来，差不多和我同时踏入你们热气腾腾的辉煌的邦国。然而你们给他们的赐予是什么呢？是战栗和失色！可怜的两位朋友，他们平生听不见枪炮声，于是特地似的跑到长沙来，饱尝了一月，整整的一月的恐怖和忧愁。

他们一样的思慕着岳麓山，但是可怜的人，战云才过岳麓山，就匆匆的离开了长沙，怕那西风又将战云吹过来。咳咳，可怜的朋友，他们不知道岳麓山从此就要属于我们，却匆匆的走了。

从很远很远的地方来到长沙，连脚尖触一触岳麓山脚下的土的机会也没有，这是何等的不幸呀！

……

我独自的坐在楼上，忧郁咬着我的心了。我连忙下了楼，找着T君说："酒，酒！"拖着他就走。

未出大门就急急的跑进来了一个孩子，叫着说："看杀人去呵！看杀人去呵！"

杀人？现在还有杀人的事情？"在哪里？在哪里？"我们急急的问。

"浏阳门外！"

呵，呵，浏阳门外！我们住在浏阳门正街！浏阳门内！这样的糊涂，住在门内的人竟不知道门外还有一个杀人场——刑场！假使有一天无意中闯入了刑场，擦的一声，头飞了去又怎样呢？——不错，不错，这是很痛快的，这是很幸福的，这绝对没有像自杀时那样的难受，又想死，又怕死！这只是一阵发痒的风，吹过颈上，于是，于是就进了幸福的天堂了！

一阵"大——帝"的号声送入我们的耳内，我们知道那就是死之庆祝了。于是我们风也似的追了去，叫着说："看杀人呀！看杀人呀！"

街上的人都蜂拥着，跑的跑，叫的叫，我们挽着手臂，冲了过去，仿佛T君撞倒了一个人，我在别人的脚上踏了一脚。但这有什么要紧呢？为要扩一扩眼界——不过扩一扩眼界罢了——看一看过去不曾碰到过，未来或许难以碰到的奇事，撞到一二个人有什么要紧呢？况且，人家的头要被割掉，你们跌了一交又算什么！托尔斯泰先生说过，"自由之代价者，血与泪也。"那末，我们为要得到在这许多人马中行走的自由，自然也只好请你们出一点血与泪的代价了。

牵牵扯扯的挽着臂跑，毕竟不行，要去看一看这空前的西洋景——不，这是东洋景，不得不讲个人主义，我便撇了T君拚着腿跑去。

测阳门外的城基很高，上面已站满了人，跑上去一看，才知道刑场并不在这里，那一伙"大——帝"着的兵士被一大堆人簇拥着在远远的汽车路上走。

"呵，呵！看杀人，看杀人呀！"许多人噪杂的嚷着，飞跑着。

这些人，平常都是很庄严的，我从没有看见他们这样的扰嚷过。三天前，河干的枪炮声如雷一般的响，如雨一般的密，街上堆着沙袋，袋上袋旁站着刺刀鲜明的负枪的兵，有时故意将枪指一指行人，得得的扳一扳枪机，他们却仍很镇静，保持着庄严的态度，踱方步似的走了过去。偶然，有一个胆怯的人慌头慌脑的走过，大家就露出一种轻笑。平常我和T君跳着嚷着在街上走，他们都发着酸笑，他们的眼珠上露着两个字：疯子！现在，现在可是也轮到你们了，先生们！——不，我错了，跳着嚷着的不过是一般青年人和小孩们罢了，先生们确实还保持着人类的庄严呢；

我和T君跟着许多人走直径，从菜田中穿到汽车路上。从人丛中，我先看见了鲜明的刺刀，继而灰色的帽，灰色的服装。追上这排兵，看见了着黄帽黄衣，挂着指挥刀，系着红布的军官们。

"是一个秃头！是一个强壮的人！"T君伸长着头颈，一面望着，一面这样的叫着说。

"在哪里？在哪里？"我跑着往前看，只是看不见。

"那高高的，大概坐在马上，或者有人挟着走吧，你看，赤着背，背上插着旗！——呵，雄赳赳的！"

"唔，唔，秃头，一个大好的头颅！"我依稀的从近视镜中望见了一点。

"二十年后又是一个好汉！"

忽然，在我们前后面跑的人都向左边五六尺高的墓地跳了上去，我知道到了。

"这很好，杀了头就葬下，看了杀，就躺下！来罢，来罢，朋友，到坟墓里去！"我一面叫着T君，一面就往上跳。

"咦，咦，等我一等，不要背着我杀，不要辜负了我来看的盛意，不要扫我的兴！"我焦急的暗祷着，因为只是跳不上那五六尺高的地方。

"快来，快来！"T君已跳上，一面叫着，一面却跑着走了。

"咳，咳，为了天下的第一件奇事，就爬罢，就如狗一样的爬吧！"我没法，便决计爬了。毕竟，做了狗便什么事情都容易，这五六尺高并不须怎样的用力，便爬上了。

大家都已一堆一堆的在坟尖上站住，我就跑到T君旁边，拖着他的臂站下，说：

"要杀头了！要杀头了！"

"要杀头了！要杀头了！"T君和着说。

我的眼用力的睁着，光芒在四面游荡，寻找着那秃头。

果然，那秃头来了！赤着背，反绑着手，手上插着一面旗。一阵微风，旗儿"轻柔而美丽的"飘扬着。

一柄鲜明的大刀，在他的后面闪烁着。

"他哭吗？他忧愁吗？"我问T君说。

"没有——还忧愁什么？"T君看了我一眼。

"壮哉！"

多付出一点点

137

只见——只见那秃头突然跪下，一个人拔去了他的旗子，刀光一闪，说时迟，那时快，只听见"好！"的一声，秃头像皮球似的从颈上跳了起来，落在前面四五尺远的草地上，鲜红的血从空颈上喷射出来，有二三尺高，身体就突的往前扑倒了。

"呵，咳！呵，咳！……"我和T君战栗的互抱着，仿佛我们的颈项上少了一件东西。

"不，不要这样的胆怯，索性再看得仔细一点！"T君拖着我，要向那人群围着的地方去。

"算了罢，算了罢。"我钉住了脚。

于是T君独自的跑去了。

"不错，不错，不要失了这千载难逢的机会！"我念头一转，也跑了过去。

人们围着紧紧的，我不敢去挤，只伸长了脖子，踮着脚尖，望了下去：有一双青白的脚，穿着白的布袜，黑的布鞋，并挺在地上，大腿上露着一角蓝色的布裤。

"走，走！"有人恐怖的喝着，我吓了一跳，拔起脚就跑。

回过头去一看，见别人仍静静的站在那里，我才又转了回去，暗暗埋怨着自己说："这样的胆怯！"

这时一个久为风雨所侵染的如棺材似的东西，正向尸身上罩了下去，于是大家便都嚷着"去，去"，走了。

"呵，咳！呵，咳！"我和T君互抱着，离开了那里，仿佛颈项上少了一件东西。

有一只手，红的手，拿着一团红的绳子，在我们的眼前摇过。

重担落在我们的心上，我们的脚拖不动了，我们怕在坟墓里，也怕离开坟墓，只是徐缓的摇着软弱的腿。

"这人的本领真好，只是一刀！"有一个人站在坟尖上和一个年轻的人谈论着。

"的确,的确,这人的本领真好,这样的一刀痛快得很,不要一分钟,不要一秒钟,不许你迟疑,不许你反悔,比忸忸怩怩的自杀好得多了。这样的死法是何等的痛快,是何等的幸福呀!"我对T君说。

"而且光荣呢,有许多人送终!"T君看了我一眼说。

"不错,我们从此可以骄傲了,我们的眼睛竟有看这样光荣而幸福的事情的福气!"我说。

"然而也是我们眼睛的耻辱哩!"T君说,拖着我走到汽车路上。

路的那一边有几间屋子,屋外围着许多人,我们走近去一看:前面有一块牌,牌上贴着一张大纸,上面横书着"罪状"二字,底下数行小字:

查犯人王……向……今又当军事紧急……冒充军人,入县署强索款项……斩却示众!……

"呵,他还与我同姓呢,T君!"我说。

"而且还和你一样的强壮哩!"T君的眼光箭似的射在我的眼上。

我摸一摸自己的头,骄傲的说:"我的头还在我的颈项上呢!小心你自己的罢!"

T君也摸了一摸,骄傲的摇了一摇头。

"仿佛记得许多书上说,从前杀头须等圣旨,现在县知事要杀人就杀人,大概是根据自由论罢。这真是革命以后的进步!"我挽着T君的臂,缓缓的走着,说。

"从前杀头要等到午时三刻,还要让犯人的亲戚来祭别,现在这些繁文都省免了,真是直截了当!"T君说。

"真真感激湖南人,到湖南才一月,就给我们看见了这样稀奇的一幕,在故乡,连听一听关于杀头的新闻也没有福气!"

"这就是革命发源地的特别文化!——哦,太阳看见这文化也羞怯了,你看!"T君用手指着天空。

西南角的惨淡的云中，羞怯的躲藏着太阳。

"看见这样灿烂的湖南，谁敢不肃静回避！"

"呵，咳，怎么呢？我走不动了！"T君靠着我站住了。

"是不是你的脚和他的一样青白了？"我说。

"唔，唔……"T君又勉强的走了。

"你们从什么地方来？"一个湖南有名的音乐家在浏阳门外碰到我们。

"看东洋景——不，湖南景，杀人！"我们回答说。

"难过吗？"

"哦，哦……"

"回去做一个歌来，填上谱子，唱！"他笑着说，走了过去。

"艺术家的残忍！"T君说。

"这不算什么，"我说，"我回去还要做一篇小说公之于世呢！"

"这什么价钱？"路上摆着担柚子，我拿起一个问卖柚子的说。

"四个铜子。"

"真便宜！湖南的柚子真多，而且也真好吃！买一二个罢？"我向T君说。

的确，柚子的味道真好，又酸又甜，价钱又便宜。我和T君都喜欢吃酸的东西：今年因为怕兵摘，所以种柚子的人家在未熟时就都摘来出卖了，这未成熟的柚子酸得更利害，凑巧配我们两人的胃口，我们到湖南后第一件合意的就是这柚子，几乎天天要吃一个。

"你说这便宜的东西像什么？"T君拿起一个，右手丢起，左手接下，说，"又圆又光又便宜！"

呵，呵，这抛物线正如刚才那颗秃头落下去的样子，我连忙放下自己手中的一个，拔起脚步就跑。

"湖南的柚子呀！湖南人的头呀！"我和T君这样的叫着跑回了学校。

"你还要吃饭，你的头还在吗？"吃晚饭时我看着T君说。

"你呢？留心那后面呵！一霎那——"

我们都吃不下饭去，仿佛饭中有一颗头，带着鲜红的血。

"这在我们不算什么，这里差不多天天要杀人，况且今天只杀了一个！"坐在我们的对面一个人说。

"呵，原来如此，多谢你的指教！"

"柚子呀，湖南的柚子呀！"T君叹息似的说。

"这样便宜的湖南的柚子呀！"

佳作点评

《柚子》以长沙地方军阀混战为背景，作家偶然看见杀人的一幕，这时他从柚子联想到人头。作家的心情变化了，叙述调子也就沉痛了，表达了对军阀草菅人命的不满和愤懑。

作家细腻地描写了看客们的心态，通过描绘他们的语言及表情，竟然如此地麻木，让人不禁要感叹：我们的民族怎么了？还有谁来拯救？作品表现了作家的无奈之情。无奈之余，唯有通过文章，唤醒沉睡中的人们。

梅花小鹿

——寄晶清

□［中国］石评梅

我是很欣慰的正在歌舞：无意中找到几枝苍翠的松枝，和红艳如火的玫瑰；我在生命的花篮内，已替他们永久在神前赞祝且祈祷。

当云帷深处，悄悄地推出了皎洁的明月；汩汩地溪水，飘着落花东去的时候：我也很希望遥远的深林中，燃着光明的火把，引导我偷偷踱过了这荒芜枯寂的墓道。虽是很理想的实现，但在个朦胧梦里，我依稀坐着神女的皇辇，斑驳可爱的梅花小鹿驾驰在白云迷漫途中。愿永远作朋友们的疑问？晶清！在你或须不诅咒我的狂妄吧？

绮丽的故事，又由我碎如落花般的心思，默默地浮动着。朋友，假如你能得件宝贵而可以骄傲的礼赠时；或者有兴迫你由陈旧的字笼里，重读这封神秘不惊奇而平淡的信。

我隔绝了那银采的障幕，已经两个月了：我的心火燃成了毒焰的火龙，在夜的舞宴上曾惊死了青春的少女！在浓绿的深林里，曾误伤了Cupid的翅膀！当我的心坠在荆棘丛生的山涧下时，我的血染成了极美丽的杜鹃花！但我在银幕的后面，常依稀听到遥远的旅客。由命运的铁链下，发出那惨切恐怖的悲调！虽然这不过仅是海面吹激的浪花，在人间的历程上，轻轻地只拨弹了几丝同情的反应的心弦！谁能想到痛苦的情感所趋，挂在颊上的泪珠，就是这充满了交流的结果呵！确是应该诅咒的，也是应该祝福的，在我将这颗血心掷在山涧下的时候：原未料到她肯揭起了隔幕，伸出她那洁白的玉臂，环抱着我这烦闷的苦痛的身躯，呵！朋友，我太懦弱了！写到这里竟未免落泪……或须这是生命中的创伤？或须这是命运的末日？当这种同情颁赐我的时候，也同是苦恼缠绕的机会吧？

晶清：我很侥幸我能够在悲哀中，得到种比悲哀还要沉痛的安慰，我是欣喜的在漠漠的沙粒中，择出了血斑似的珍珠！这样梦境实现后，宇宙的一切，在我眼底蓦然间缩小，或须我能藏它在我生命的一页上。

生命虽然是倏忽的，但我已得到生命的一瞥灵光，人世纵然是虚幻的，但我已找到永存的不灭之花！

人间的事，每每是起因和结果，适得其反比，惟其我能盛气庄容的误会我的朋友，才可由薄幕下渗透那藏在深处，不易揭示的血心！以后命运决定了：历史上的残痕，和这颗破缺的碎心！

三年前的一个夏天，我和梅影同坐在葡萄架下，望那白云的飘浮，听着溪流的音韵：当时的风景是极令人爱慕的。他提出个问题，让我猜他隐伏在深心内的希望和志愿；我不幸——都猜中之后，他不禁伏在案上啜泣了！在这样同心感动之下，他曾说过几句耐人思索的话：

敬爱的上帝！将神经的两端，一头给我，一头付你：纵然我们是被银幕隔绝了的朋友，永远是保持着这淡似水的友情，但我们在这宇宙中，你是金弦，我是玉琴，心波协和着波动，把人类都沉醉在这凄伤的音韵里。

是的，我们是解脱了上帝所赐给一般庸众的圈套，我们只弹着这协和的音韵，在云头浮飘！但晶清：除了少数能了解的朋友外，谁能不为了银幕的制度命运而诅咒呢？

朋友：在这样人间，最能安慰人的，只有空泛的幻想，原知道浓雾中看花是极模糊的迹象；但比较连花影都莫有的沙漠，似乎已可少慰远途旅客的孤寂。人类原是估有性最发达的动物，假如把只心燕由温暖的心窠，捉入别个银丝的鸟笼，这也是很难实现的事。晶清！我一生的性情执拗处最多，所以我这志愿恐将笼罩了这遥远的生之途程：或者这是你极怀疑的事？

三点钟快到了：我只好抛弃了这神经的紫想，去那游戏场上，和一般天真可爱的少女，捉那生之谜去。好友！当你香云拖地，睡眼朦胧的时候；或能用欣喜而抖颤的手，接受这香艳似碧桃一般的心花！

佳作点评

这是作家写给好友陆晶清的一封书信，在信中石评梅没有谈家长里短，而是抒发生命中的痛苦和欢乐。

1902年出生的石评梅，原名石汝璧。由于热爱植物，尤其是独爱梅花，自取笔名石评梅，寓所名为"梅巢"，《梅花小鹿》中的小鹿便是友人陆晶清。

陆晶清是石评梅生前最好的朋友，她们同在女高师读书，她俩如同鸟儿的一对翅膀。在她们相处的日子里，都把自己内心的情感变化，向对方倾诉。在纯真的友谊中，她们一起约定了一生相伴，互相安慰，走完漫长的生命旅途。

乞 丐

□ [中国] 朱自清

"外国也有乞丐",是的;但他们的丐道或丐术不大一样。近些年在上海常见的,马路旁水门汀上用粉笔写着一大堆困难情形,求人帮助,粉笔字一边就坐着那写字的人——北平也见过这种乞丐,但路旁没有水门汀,便只能写在纸上或布上——却和外国乞丐相像;这办法不知是"来路货"呢,还是"此心同,此理同"呢?

伦敦乞丐在路旁画画的多,写字的却少。只在特拉伐加方场附近见过一个长须老者(外国长须的不多),在水门汀上端坐着,面前几行潦草的白粉字。说自己是大学出身,现在一寒至此,大学又有何用,这几句牢骚话似乎颇打动了一些来来往往的人,加上老者那炯炯的双眼,不露半星儿可怜相,也教人有点肃然。他右首放着一只小提箱,打开了,预备人往里扔钱。那地方本是四通八达的闹市,扔钱的果然不少。箱子内外都撒的铜子儿(便士);别的乞丐却似乎没有这么好的运气。

画画的大半用各色粉笔,也有用颜料的。见到的有三种花样。或双钩 To Live(求生)二字,每一个字母约一英尺见方,在双钩的轮廓里精细地作画。字母整齐匀净,通体一笔不苟。或双钩 Gook Luck(好运)二字,也有只用 Luck（运气）一字的。——"求生"是自道；"好运""运气"是为过客颂祷之辞。或画着四五方风景，每方大小也在一英尺左右。通常画者坐在画的一头，那一头将他那旧帽子翻过来放着，铜子儿就扔在里面。

这些画丐有些在艺术学校受过正式训练，有些平日爱画两笔，算是"玩艺儿"。到没了落儿，便只好在水门汀上动起手来了。一九三二年五月十日，这些人还来了一回展览会。那天晚报（The Evening News）上选印了几幅，有两幅是彩绣的。绣的人诨名"牛津街开特尔老大"，拳乱时做水手，来过中国，他还记得那时情形。这两幅画绣在帆布（画布）上，每幅下了八万针。他绣过英王爱德华像，据说颇为当今王后所赏识；那是他生平最得意的时候，现在却只在牛津街上浪荡着。

晚报上还记着一个人。他在杂戏馆（Halls）干过三十五年，名字常大书在海报上。三年前还领了一个杂戏班子游行各处，他扮演主要的角色。英伦三岛的城市都到过；大陆上到过百来处，美国也到过十来处。也认识贾波林。可是时运不济，"老伦敦"却没一个子儿。他想起从前朋友们说过静物写生多么有意思，自己也曾学着玩儿；到了此时，说不得只好凭着这点"玩艺儿"在泰晤士河长堤上混混了。但是他怕认得他的人太多，老是背向着路中，用大帽檐遮了脸儿。他说在水门汀上作画颇不容易；最怕下雨，几分钟的雨也许毁了整天的工作。他说总想有朝一日再到戏台上去。

画丐外有乐丐。牛津街见过一个，开着话匣子，似乎是坐在三轮自行车上；记得颇有些堂哉皇也的神气。复活节星期五在冷街中却见过一群，似乎一人推着风琴，一人按着，一人高唱《颂圣歌》——那推琴的也和着。这群人样子却就狼狈了。据说话匣子等等都是赁来；他们大概总有得赚的。另一条冷街上见过一个男的带着两个女的，穿著得像刚从垃圾堆里出来似的。一个女的还抹着胭脂，简直是一块块红土！男的奏乐，女的乱七八糟的跳舞，在刚下完雨泥滑滑的马路上。这种女乞丐像很少。又见过一个拉小提琴的人，似乎很年轻，很文雅，向着步道上的过客站着。右手本来抱着个小猴儿；拉琴时先把它抱在左肩头蹲着。拉了没几弓子，猴儿尿了；他只若无其事，让衣服上淋淋漓漓的。

牛津街上还见过一个，那真狼狈不堪。他大概赁话匣子等等的力量都没有；只找了块板儿，三四尺长，五六寸宽，上面安上条弦子，用只玻璃水杯将弦子绷起来。把板儿放在街沿下，便蹲着，两只手穿梭般弹奏着。那是明灯初上的时候，步道上人川流不息；一双双脚从他身边匆匆的跨过去，看见他的似乎不多。街上汽车声脚步声谈话声混成一片，他那独弦的细声细气，怕也不容易让人听见。可是他还是埋着头弹他那一手。

几年前一个朋友还见过背诵狄更斯小说的。大家正在戏园门口排着班等买票；这个人在旁背起《块肉余生述》来，一边念，一边还做着。这该能够多找几个子儿，因为比那些话匣子等等该有趣些。

警察禁止空手空口的乞丐，乞丐便都得变做卖艺人。若是无艺可卖，手里也得拿点东西，如火柴皮鞋带之类。路角落里常有男人或女人拿着这类东西默默站着，脸上大都是黯淡的。其实卖艺，卖物，大半也是幌子；不过到底教人知道自尊些，不许不做事白讨钱。只有瞎子，可以白讨钱。他们站着或坐着；胸前有时挂一面纸牌子，写着"盲人"。又有一种人，在乞丐非乞丐之间。有一回找一家杂耍场不着，请教路角上一个老者。他殷勤领着走，一面说刚失业，没钱花，要我帮个忙儿。给了五个便士（约合中国三毛钱），算是酬劳，他还争呢。其实只有二三百步路罢了。跟着走，诉苦，白讨钱的，只遇着一次；那里街灯很暗，没有警察，路上人也少，我又是外国人，他所以厚了脸皮，放了胆子——他自然不是瞎子。

1935 年 10 月 26 日作

佳作点评

朱自清费了很多的笔墨写乞丐，他的寓意并不是在嘲笑，对这些沿街乞讨的人，更多的是关爱和同情。朱自清描写形象各异的乞丐，他们对待生活的态度是认真，而不是颓废。每个人的命运不同，结果不可能一样，但他们都是人。给他们一点温暖的关爱，在可能的情况下，给他们物质的施予，也可以给一个真挚的眼神或无声的关怀，这些比虚情假意更能入人心。

猫

□ ［中国］胡也频

一

猫的毛是黄和白相间的……

这是在一天下午，无意中，厨子忽见到它，那时候正落雨。猫蹲在屋檐下，蹉着尾巴，毛淋湿了，雨还不断地打到它身上；看样子，是在忧愁，恐怖吧，微微的觳觫着。厨子就可怜它。

"咪！咪！……"他扁起嘴尖声的学猫叫，去招呼。

猫转过头来，眼睛在浓雨中很困难的张开，看厨子，尾巴就弯弯地伸直去。

"咪！……"是很脆弱的。

"咪！咪！"厨子却大声叫。

"咪！……"猫又应。

厨子笑了；他跑进厨房里，装了半碗饭，又混和一些肉和鱼，出来了，向着猫，用筷子在碗边铿铿锵锵的打响。

"咪！咪！"他一面在呼唤。

猫是显然快活了，抖起精神，腰背隆起，后脚用力着，把腹儿朝着厨子。铿铿锵锵的碗声打得更响了。

猫的眼光充满着观察和考虑。它认定了厨子是好人，于它有益的，就脚儿一蹬，奋勇的，向厨子奔去；落到地面时它微微地跛着身子。

厨子打着碗，引它到房去；猫跟在他脚后，不住的抖着毛，弄掉雨水。

灶里面的煤火还未熄，微微地在燃，为了温暖，猫就走到灶下面，要烤干它的毛：黄和白相间的。

猫并且饥饿，翘起尾巴，馋馋地吞吃那厨子喂它的饭，它时时哼出一种本能的关于饮食时的腔调。

厨子含笑在旁边看它。他觉得这个猫的颜色很美，毛又长，身段又匀整……

猫因了急促，把饭或是鱼肉，塞住食管了，便连连地打哼，也像人的咳嗽一般的。

厨子走近它身边，坐在白木变黑的矮凳上，用手去抚摩。猫喷出了几粒饭，又继续它的馋食。

吃饱了，猫便懒懒地躺到灶下面，把脚儿洗着脸，渐渐地，眼睛迷蒙了。然而厨子愈喜欢它。

于是，在默默中，无条件的，猫便归到厨子，他成了猫的主人，负有喂养和看护责任。

这样的就经过许多时。

二

猫很瘦。

因此，厨子在每天的早上从菜场回来，那竹筐子里面，总替猫买了二十个铜子的小鱼和猪肝：这是花了他份内的外水五分之一。他本来是非常省俭的，但对于这每天固定的为猫所耗费，却不吝惜，并且还是很乐意的，因为他喜欢猫——尤其是这一个。

猫嗅着了肉和鱼的腥气，就欢迎他，缠绕在他脚边，偏起脸，伸直尾巴，低声的叫，跟着他走来走去：这正是给厨子认为这个猫特别的地方，通人性，知道他，和他要好。

他不愿称呼这个猫也用普通的语调，于是想……为了一种他自己的嗜好，他是最善于吃梨的，就把"梨子"做了猫的名字。

"梨子！"他开始呼唤。

可是猫不懂。

厨子就想了一个方法，他一面用手指头弹着碗边，一面这样大声的呼唤："梨子！"虽说猫就在他脚边。习惯了，这个猫，渐渐的，当主人叫着"梨子"的时候，就回应："咪！……"

厨子非常得意这个聪明的猫。

三

猫不上瓦去，终日的只在厨房里游步或睡觉。但是这，却正合厨子的心意。因为他是一个五十多岁的人，而且是单身的，带了一点孤僻，和几个年青的同事都不好，差不多除了关于职务上不得已的回答，从不曾说一两句别的闲话：这是他们不喜欢他，而他又看不上那些举动轻率，音语佻薄，只说着女人女人的青年人。所以，每当他做完了所应做的事，这就是开完饭，把厨房收拾得清楚干净了，为要消闲，就（上）东四牌楼去，在关帝庙旁边的大成茶馆里，花了五个铜子，喝茶和听说书。

现在，有了这个猫，茶馆就不去了，除了到市场去买菜，他的脚几乎不出大门外，只在厨房里伴着猫。他把猫放到大腿上，抚摩它，替它搔痒,并且拿了一块布,去擦它身上的灰,及别的污浊。

"梨子!"他问或温和地叫了一声。

"咪!……"猫却懒懒的回应。

有时,他拿了一条绳子,或顺便解下自己身上的裤带,上上下下的,飘来飘去,向着猫,逗他玩耍;猫于是就施展它的本能,伏到地上,夹住尾巴,脚用力的抓土,眼睛狠望着,一会儿,猛然奔前,想捕获那活动的绳子或裤带。但它也常常不用力!只把脚儿轻轻地去接触,做出谨慎的样子,仿佛要对付某种危险物似的。像这两种,稳健和突兀的动作;对于猫,厨子是一样的赞赏和喜悦。他觉得和这个猫是异样的奇遇,也等于上帝的一种赐福,同时又是可爱的,极其柔顺,终日伴着他,解去他的忧闷,寂寞,给他欢喜的宝贝。他承认这个猫是他惟一的好朋友。

"咪!……"

猫一叫,厨子就笑了。

四

猫的身体渐渐地肥壮,毛发光。

于是它就想到本能的各种活动,和每个动物全有一种需要;猫到屋上去了。

这真是给厨子很大的惆怅!当他发觉猫不在他脚旁,也不睡在灶下面,他又感到寂寞,闷闷的,一个人在灶门口的矮凳上,不乐的吃着不常吸的旱烟;烟丝从嘴边飘到头上去,像云雾,这使他想到落雨天,那时候这个猫是水淋淋的蹲在屋檐下。

起初,不见猫在厨房里,他吃惊,忧虑着有什么不幸的事件加到猫,就屋前屋后的呼唤:"梨子!梨子!……"这是在一天的午饭之前。

"咪!……"但没有这样可爱声音的回应。

他惶恐了。他幻想着许多可怕的景象：猫跌到水井里，水淹住它全身，只剩一小段尾巴浮在水上面；和一个大狗把猫咬着，猫的四脚在长牙齿底下挣扎；以及猫给什么粗鲁的佣妇捕去，把麻绳缚在他颈项。………

"天咧！别把我的这个猫给掉了。……"

他祷告。

然而猫，它经历了各种本能的活动之后，游倦了，懒懒的，从对着厨房的那屋上，拖着尾巴，便慢步的回来了。

厨子快乐着，把饭喂它，猫是特别的饥饿，也像初次那样的，翘起尾巴，馋馋地吞吃。

他用手去抚摩，很慈爱的，并且低声说："梨子！以后别悄悄地跑了，知道么？梨子！……"

猫只哼它本能的关于饮食时那含糊的语调。

五

因天气渐冷，厨子向自己床上添上了一条棉被，同时他想到猫！就把一个木箱子，（这是他装衣用的，）改做猫的睡房，其中垫了许多干净的破布和旧棉花……。

"梨子！今夜睡在这里，很暖和的。……"他把猫放到箱子里，一面说。

"咪！……"猫望他叫。

"这个猫特别的通人性……"他想。

随后，猫打了一个滚，跳开了。

到夜间，当就睡时，他把猫放到箱子里，……可是，第二天，他又照样的发现猫在灶门边，睡得极浓的：这又得他用布去擦掉那身上的灰。

但厨子却不恼，只想："把灶门口用东西堵住，猫自然就来睡了。"

六

　　箱子里的棉花又不动，依样是平平的，这显然猫不曾来睡；然而那灶门口的木板还堵着。

　　"猫到哪里去呢？"

　　厨子想。

　　这时从厨房的瓦上，突然走出了猫儿求欢的一种喊叫；厨子就跑到院子里，向屋上去看。

　　那里聚着四个猫；两个纯黑和一个花白色，其余的那个就是梨子。花白色的猫蹲在瓦上面，尾巴垂着，怯怯的，是抵抗那对方压迫的姿势，望着梨子，可怕的喊叫就是从它的小嘴中哼出来的。梨子却耸起肩，脚有力的站着，尾巴竖直，想狂奔过去似的，也哼着本能的语调——却是异常的，只限于求欢时才有的声音。那两只纯黑色的猫，就闲散地坐在墙头上，安安静静地在旁观：这是猫族特有的现象，完全反乎人类的。

　　厨子看着这情境，就不觉的，想着自己的梨子是属于雄，而那只花白色的猫却是……他笑了。

　　"这东西也坏……"他想。

　　猫的喊叫渐厉起来。

　　梨子终于猛扑过去，就征服了它的对手——那肥硕的花白色的猫，柔软了。纯黑色的两个猫还继续在旁观。

　　"喂，老王！"这声音响在耳后，是出乎意外的。厨子转过脸，看见那人是阿三——一个无耻的，善于迎逢，巴结，差不多把东家的屎可当做雪花膏来擦的所谓上海小白脸。

　　"干什么？"他很不高兴的问。

"干什么？"阿三也冷冷的。"对你说吧，花厅的沙发上疴了一泡猫尿，这是你应负的责！"

"我的猫不会到花厅去，那尿不是梨子疴的。"

"不会？你瞧这——"阿三更冷的鄙视他，一面从手指间就现出十多根猫毛。

的确，毛的颜色完全是梨子身上的，厨子就哑口了；他无法的把那些毛看来又看去。

"倒像是——"

"简直就是的！……好，你自己瞧吧，给大人知道了，我可担当不起呀！"

阿三在得意。

厨子忍辱着，耐心的，低声和气地向阿三说了许多陪礼，认错，以及求他原谅，帮忙等等觉得羞惭的话。起初，阿三就故意的揶揄，推托，谦让，其中却满含着胁逼，随后因寻机夹带的泄过了许多愤怨，讥讽和谩骂，这才答应不禀知东家，让厨子自己去洗刷那泡尿。

于是他跟着阿三走去。

到转来，他怒极了，想狠狠的把猫拿来抽打一阵：为什么单单把尿疴到花厅的沙发上，以致给那个最看不上眼的阿三当面的侮辱到顶？……

但是一进门，他看猫躺在桌厨边，欲醒似睡的，现着不曾有过的异常的疲倦；因此，他想到猫是刚经历过性的奋斗，身体很弱，倘受打，生出病来是无疑的，于是他就宽恕了它。

猫很久都在欲醒似睡里疲倦着。

七

猫不吃东西，似乎是病了。

抱它到腿上，身体是软软的，无力而且发烧，眼睛眯着。

"梨子！梨子！"厨子抚摩它，又连连地呼唤。

猫隔了很久才低弱的叫了一声。

"梨子一定是病了！"他想。"这怎样办呢？啊，对了，人家说有一个兽医院，是完全诊牲畜的，那末猫——"然而猫忽然有力起来，在他的腿上挣扎，同时那瓦上就连续的响起一种异声的喊叫。

猫奋勇的跑去了。

八

这一天，厨子的东家来了几个乡客，于是由阿三的传达，命令他办了两桌家常的酒席；厨子从早上起就一直忙着。因了要杀鸡，切肉，剖鱼，以及不间断的做着菜之类的事，厨子无暇去抚摩他的猫，虽然他不能确定的说，猫是在厨房里，抑是这东西又跑到屋上追逐那个花白色的——或别的配偶。

"梨子！……"厨子有时也呼唤。

但几次都不曾听到猫的应声。

这是当酒席开始的时候：上了四炒盘，两大碗，然而正是这一瞬，厨子煮好鱼丸转身来，那桌上，密密措措摆满着食物中间，忽然发现到不见了一只烧鸡；厨子就不禁的猛然惊诧。他清清白白的把两只烧鸡放在一块，并且在第一大碗菜上去时还看见，他坚定的认他的记忆没有错，眼睛也不会看花的。

那末，只剩下一只烧鸡，这是怎么的？

"见鬼……"厨子想。

他又向桌上，灶上，架上以及这周围，几乎不漏一个空隙的寻觅着，到结果，却只增加他更大的惊异和疑惑。"莫是阿三这小子，来拿菜时悄悄地把烧鸡偷走了？"他猜。

"莫是……那些人都对我没有好心眼的！"

可是猫，这东西却从极黑暗的菜橱底下，哼出吃饭时的那种声音。

厨子恍然想到，但还疑。

"梨子！"他呼唤。

然而猫回应的，不是可爱的"咪……"却是使厨子觉悟的那种"唔唔……"

于是厨子用火通子向菜橱下去横扫。

猫跑开了。

由火通扫出来的，正是所不见的那只烧鸡，不过已经满着尘土，极腌臜的，并且被猫咬得非常的凌乱了；是完全成了废物。

厨子没有法，只得把剩下的烧鸡分做两半，扁扁的摆在盘子上。

他怒恨的望着窗子外，从十二夜的月光中，他看见梨子正坐在水落边，闲散地，慢慢轻轻的用脚洗它的脸和吃了烧鸡的那个油嘴。

九

厨子又抚摩猫，因为他已经饶恕那偷鸡的过错了。

"梨子！"他快乐的呼唤。

"咪！……"猫就应。

"好朋友！"

"咪！……"

厨子笑了。

"咪！……咪！……"这是另外的一种声音，粗鲁的，还带着嘲笑，忽然响在厨子的背后。

他转过脸。

"干什么？"见是阿三，他就不高兴。

"没有事当然不来……"阿三又嘲笑的学猫叫："咪！……咪！……"

"有什么事？"

"告诉你吧！三姨太昨天新做好的一件法兰绒衣服，放在房里的椅子上，还不曾穿，今早上就发现给猫疴了一泡尿。……"

"我的猫昨夜是和我在一块儿睡。"

"谁管你……那里面现在正拷问，等一会儿，事情就会知道的。"

阿三鄙夷的看一下厨子，就走了。

"咪！……咪！……"他还粗声的学猫叫。

这消息，毫无虚饰的传来，是极其恶劣的，但厨子却不因此忧虑，因为他的猫，昨夜是通宵的睡在他的床上，天亮后还是跟着他。

于是他又安静的继续他的抚摩。

"梨子！"

"咪！……"

"咪！……咪！……"然而这一种粗鲁的声音又来了。

"老王！"阿三就站在背后。

"干什么？"

"大人在书房里叫你：喂，赶快去！"

厨子这时才想到那必定于他不利的事，他踌躇了。

"赶快！"阿三又催促。

厨子于是跟着他。

大人是做过司令的，平常就威武，这时又带点怒，看样子，厨子的心便怯了。

"你养了一只猫，对不对？"大人的声音非常洪亮。

"是，"厨子恭恭敬敬的回答。

大人的眼睛就熠熠的望他。

"我是非常讨厌猫的，你知道么？我只喜欢外国狗……"

"是。"

"你养猫，敢不告诉我，你这混蛋！花厅的沙发疴了猫尿，昨夜三姨太的新衣服又给这东西疴了，据说你的猫在前天还偷了一只烧鸡，所以你把那剩下的一只就分做两半……对不对？你这混蛋！滚出去！马上就滚！把厨房里面的家伙交给阿三，少一件就小心你的脑袋！滚去！"

厨子想辩，但不知怎的，脚步却自自然然退了出来；他看见许多同事们在门外向他冷笑。

"这全是阿三这小子弄的鬼！"

厨子想：他不怨猫，却只恨那个和他作对头的上海小白脸。

回到厨房里，他忽然嗅到一种臭气，那是猫正睡在切肉的砧板边，桌上面现着一小团猫疴的稀稀的尿。

十

厨子找不到职业，他赋闲在家里。

然而对于猫，他依样的喜欢它，不异从前，不间断的每天买了十个铜子的小鱼和十个铜子的猪肝。他差不多尽日的和猫相处。猫因是改了一个陌生的地方，也不上瓦去。厨子常常抚摩它，有时用绳子或裤带，飘飘的吊着，逗它玩耍。

"梨子！"

"咪！……"

猫是一听见呼唤便回应。因此，厨子差不多把所有的时间都消磨于这种的快乐里面，他简直愿意就这样的生活下去，那是极自由，清静而且有趣的。

这时的猫也确然格外的柔顺。

十一

不久，这个忘忧的厨子终于皱起眉头，这是被那种不可避免的生计困难所致的。

然而猫的身体依样肥壮，毛发光。

十二

猫又不吃东西了。

但厨子的心里却明白，猫所以不吃东西的缘故是完全因为肉和鱼——这两种东西缺少了。

可是厨子已用尽了他的喂养的能力；他自己在很早以前就只吃窝窝头了，那雪白的西贡米是专为猫预备的。

猫不吃干白饭，厨子却不恼怒它，只觉得这是自己一种无用，惭愧，一个人竟养不起一个猫，而猫又是这样驯良可爱的。

他希望猫能够勉强的吃一些饭，便用手指头弹着饭碗，一面呼唤："梨子！来，吃点吧，再饿可要饿死的。"

"咪！……"

猫叫了，站起来，但走到碗旁边，把鼻子嗅了一下干白饭，摇摇头，便转过身来，又恹恹地睡下了。

厨子在苦闷……。

猫始终固执着它的意志。

十三

于是猫上瓦了，连着三天三夜不回来，厨子又忧虑……。

"梨子！"

但是这呼唤只等于一种无限伤感的叹息。

十四

这是猫上瓦去的第五天。

厨子的一个旧朋友来看他，他迎头就叹气："唉，我的梨子不见了！"

"对了，"客含笑说，"我正要和你说，我昨天到司令公馆去，看见你的猫却在阿三那里。"

"这小子！"

厨子大怒；他不管客，自己就匆匆忙忙地走了。

厨子的家和司令的公馆只隔了两条街，不到两里路吧，一会儿他就走到了，然而阿三不在门房里。

找到他昔日相处许久的厨房，他看见，梨子正翘着尾巴在吃饭——自然是有鱼肉的，阿三坐在矮凳上，看它。

"你怎么把我的猫偷来？"

"谁偷你的？你的猫自己跑到这里来，我看它饿得怪可怜，还喂它……你这个人怎么这样的不讲理？"

厨子想给阿三两个耳光，忽而他又顾虑到这是司令公馆，并且他的同伙还多，闹起了，只有自己吃亏的，于是改为恨恨的怒目而视。

"你要，你拿回去，我才不要哩。"

阿三带着嘲笑，冷冷的。

厨子走近猫身边，弯下腰去抚摩。

"梨子！梨子！"

他连声呼唤。

但是猫，它转过脸来望厨子，接着就哼出"唔唔"的声音，又张开嘴去吃饭了。

十五

第二天，这个猫又从厨子的家里跑掉！

▎佳作点评▎

《猫》讲了一个养猫的厨子的凄凉故事，从中可以找到爱与同情，却不是将感情崇高化，"因天气渐冷，厨子向自己床上添上了一条棉被，同时他想到猫！就把一个木箱子（这是他装衣用的），改做猫的睡房，其中垫了许多干净的破布和旧棉花……"。厨子把自己和猫平等对待，倾注真诚的情爱，不是当做一只玩物。

胡也频在艺术上有独特的感悟，他拒绝猫染上人的影子，这使他的叙事散发着逼人的冷峻。

猫

□ [中国] 夏丏尊

白马湖新居落成，把家眷迁回故乡的后数日，妹就携了四岁的外甥女，由二十里外的夫家雇船来访。自从母亲死后，兄弟们各依了职业迁居外方，故居初则赁与别家，继则因兄弟间种种关系，不得不把先人有过辛苦历史的高大屋宇，售让给附近的暴发户，于是兄弟们回故乡的机会就少，而妹也已有六七年无归宁的处所了。这次相见，彼此既快乐又酸辛，小孩之中，竟有未曾见过姑母的。外甥女也当然不认得舅妗和表姊，虽经大人指导勉强称呼，总都是呆呆地相觑着。

新居在一个学校附近，背山临水，地位清静，只不过平屋四间，论其构造，连老屋的厨房还比不上，妹却极口表示满意："虽比不上老屋，总究是自己的房子，我家在本地已有许多年没有房子了！自从老屋卖去以后，我多少被人瞧不起！每次乘船行过老屋的面前，真是……"

妻见妹说时眼圈有点红了，就忙用话岔开："妹妹你看，我老了许多了罢？你却总是这样后生。"

"三姊倒不老！——人总是要老的，大家小孩都已这样大了，他们大起来，就是我们在老起来。我们已六七年不见了呢。"

"快弄饭去罢！"我听了他们的对话，恐再牵入悲境，故意打断话头，使妻走开。

妹自幼从我学会了酒，能略饮几杯。兄妹且饮且谈，嫂也在旁羼着。话题由此及彼，一直谈到饭后，还连续不断。每到妹和妻要谈到家事或婆媳小姑关系上去，我总立即设法打断，因为我是深知道妹在夫家的境遇的，很不愿在难得晤面的当初，就引起悲怀。

忽然，天花板上起了嘈杂的鼠声。

"新造的房子，老鼠就这样多了吗？"妹惊讶了问。

"大概是近山的缘故罢。据说房子未造好就有了老鼠的。晚上更厉害，今夜你听，好像在打仗哩，你们那里怎样？"妻说。

"还好，我家有猫。——快要产小猫了，将来可捉一只来。"

"猫也大有好坏，坏的猫，老鼠不捕，反要偷食，到处撒屎，还是不养好。"我正在寻觅轻松的话题，就顺了势讲到猫上去。

"猫也和人一样，有种子好不好的，我那里的猫，是好种，不偷食，每朝把屎撒在盛灰的畚斗里。——你记得从前老四房里有一只好猫罢。我们那只猫，就是从老四房讨去的小猫。近来听说老四房里已断了种了，——每年生一胎，附近养蚕的人家都来千求万恳地讨，据说讨去都不淘气的。现在又快要生小猫了。"

老四房里的那只猫向来有名。最初的老猫，是曾祖在时，就有了的。不知是那里得来的种子，白地，小黄黑花斑，毛色很嫩，望去像上等的狐皮"金银嵌"，善捉鼠，性质却柔驯得了不得，当我小的时候，常去把来玩弄，听它念肚里佛，挖看它的眼睛，不啻是一个小伴侣。后来我由外面回家，每走到老四房去，有时还看见这小伴侣——的子孙。曾也想讨一只小猫到家里去养，终难得逢到恰好有小猫的机会，自迁居他乡，十年来久不忆及了。不料现在种子未绝，妹家现在所养的，不知已是最初老猫的几世孙了。家道中落以来，田产室庐大半荡尽，而曾祖时代的猫，尚间接地在妹家留着种子,这真是一种不可思议的缘,值得叫人无限感兴的了。

"哦!就是那只猫的种子!好的,将来就给我们一只。那只猫的种子是近地有名的。花纹还没有变吗?"

"你欢喜那一种?——大约一胎多则三只,少则两只,其中大概有一只是金银嵌的,有一二只是白中带黑斑的,每年都是如此。"

"那自然要金银嵌的啰。"我脑中不禁浮出孩时小伴侣的印象来。更联想到那如云的往事,为之茫然。

妻和妹之间,猫的谈话,仍被继续着,儿女中大些的张了眼听,最小的阿满,摇着妻的膝问"小猫几时会来?"我也靠在藤椅子上吸着烟默然听她们。

"小猫的时候,要教它会才好。如果撒屎在地板上了,就捉到撒屎的地方,当着它的屎打;到碗中偷食吃的时候,就把碗摆在它的前面打,这样打了几次,它就不敢乱撒屎多偷食了。"

妹的猫教育论,引得大家都笑了。

次晨,妹说即须回去,约定过几天再来久留几日,临走的时候还说:"昨晚上老鼠真吵得厉害,下次来时,替你们把猫捉来罢。"

妹去后,全家多了一个猫的话题。最性急的自然是小孩,他们常问"姑妈几时来?"其实都是为猫而问,我虽每回答他们"自然会来的,性急什么?"而心里也对于那与我家一系有二十多年历史的猫,怀着迫切的期待,巴不得妹——猫快来。

妹的第二次来,在一个月以后,带来的只是赠送小孩的果物和若干种的花草苗种,并没有猫。说前几天才出生,要一月后方可离母,此次生了三只,一只是金银嵌的,其余两只,是黑白花和狸斑花的,讨的人家很多,已替我们把金银嵌的留定了。

猫的被送来,已是妹第二次回去后半月光景的事,那时已过端午,我从学校回去,一进门,妻就和我说:"妹妹今天差人把猫送来了,她有一封信在这里。说从回去以后就有些不适。大约是寒热，不要紧的。"

我从妻手里接了草草一看，同时就向室中四望：

"猫呢？"

"她们在弄它。阿吉、阿满，你们把猫抱来给爸爸看！"

立刻，柔弱的"尼亚尼亚"声从房中听得阿满抱出猫来："会念佛的，一到就蹲在床下，妈说它是新娘子呢。"

我在女儿手中把小猫熟视着说："还小呢，别去捉它，放在地上，过几天会熟的。当心碰见狗！"

阿满将猫放下。猫把背一耸就踉跄地向房里遁去。接着就从房内发出柔弱的"尼亚尼亚"的叫声。

"出去看看它躲在什么地方。"阿吉和阿满蹑了脚进房去。

"不要去捉它啊！"妻从后叮嘱她们。

猫确是金银嵌，虽然产毛未褪，黄白还未十分夺目，尽足依约地唤起从前老四房里小伴侣的印象。"尼亚尼亚"的叫声，和"咪咪"的呼唤声，在一家中起了新气氛，在我心中却成了一个联想过去的媒介，想到儿时的趣味，想到家况未中落的光景。

与猫同来的，总以为不成问题的妹的病消息，一二日后竟由沉重而至于危笃，终于因恶性疟疾引起了流产，遗下未足月的女孩而弃去这世界了。

一家人参与丧事完毕从丧家回来，一进门就听到"尼亚尼亚"的猫声。

"这猫真不利，它是首先来报妹妹的死信的！"妻见了猫叹息着说。

猫正在檐前伸了小足爬搔着柱子，突然见我们来，就踉跄逃去，阿满赶到厨下把它捉来了，捧在手里："你还要逃，都是你不好！妈快打！"

"畜生晓得什么？唉，真不利！"妻呆呆地望着猫这样说，忘记了自己的矛盾。倒弄得阿满把猫捧在手里瞪目茫然了。

"把它关在伙食间里，别放它出来！"我一壁说一壁懒懒地走入卧室睡去。我实在已怕看这猫了。

立时从伙食间里发出"尼亚尼亚"的悲鸣声和嘈杂的搔爬声来。努力想睡，总是睡不着。原想起来把猫重新放出，终于无心动弹，连向那就在房外的妻女叫一声"把猫放出"的心绪也没有，只让自己听着那连续的猫声，一味沉浸在悲哀里。

从此以后，这小小的猫，在全家成了一个联想死者的媒介，特别地在我，这猫所暗示的新的悲哀的创伤，是用了家道中落等类的怅惘包裹着的。

伤逝的悲怀，随着暑气一天一天地淡去，猫也一天一天地长大，从前被全家所诅咒的这不幸的猫，这时渐被全家宠爱珍惜起来了，当作死者的纪念物。每餐给它吃鱼，归阿满饲它，晚上抱进房里，防恐被人偷了或是被野狗咬伤。

白玉也似的毛地上，黄黑斑错落得非常明显，当那蹲在草地上或跳掷在凤仙花丛里的时候，望去真是美丽。每当附近四邻或路过的人见了称赞说"好猫！"的时候，妻脸上就现出一种莫可言说的矜夸，好像是养着一个好儿子或是好女儿。特别地是阿满：

"这是我家的猫，是姑母送来的，姑母死了，只剩了这只猫了！"她当有人来称赞猫的时候，不管那人陌生与不陌生，总会睁圆了眼起劲地对他说明这些。

猫做了一家的宠儿了，每餐食桌旁总有它的位置，偶然偷了食或是乱撒了屎，虽然依妹的教育法是要就地罚打的，妻也总看妹面上宽恕过去。阿吉阿满一从学校里回来就用了带子逗它玩，或是捉迷藏似地在庭间追赶它。我也常于初秋的夕阳中坐在檐下对了这跳掷着的小动物作种种的遐想。

那是快近中秋的一个晚上的事：湖上邻居的几位朋友，晚饭后散步到了我家里，大家在月下闲谈，阿满和猫在草地上追逐着玩。客去后，我和妻搬进几椅正要关门就寝，妻照例记起猫来：

"咪咪！"

"咪咪！"阿吉阿满也跟着唤。

可是却不听到猫的"尼亚尼亚"的回答。

"没有呢！哪里去了？阿满不是你捉出来的吗？去寻来！"妻着急起来了。

"刚刚在天井里的。"阿满瞠了眼含糊地回答，一壁哭了起来。

"还哭！都是你不好！夜了还捉出来做什么呢？——咪咪，咪咪！"妻一壁责骂阿满一壁嘎了声再唤。

"咪咪，咪咪！"我也不禁附和着唤。

可是仍不听到猫的"尼亚尼亚"的回答。

叫小孩睡好了，重新找寻，室内室外，东邻西舍，到处分头都寻遍，哪有猫的影儿？连方才谈天的几位朋友都过来帮着在月光下寻觅，也终于不见形影。一直闹到十二点多钟，月亮已照屋角为止。

"夜深了，把窗门暂时开着，等它自己回来罢，——偷是没有人偷的，或者被狗咬死了，但又不听见它叫。也许不至于此，今夜且让它去罢。"我宽慰着妻，关了大门，先入卧室去。在枕上还听到妻的"咪咪"的呼声。

猫终于不回来。从次日起，一家好像失了什么似地，都觉到说不出的寂寥。小孩从放学回来也不如平日的高兴，特别地在我，放妻女所感得的以外，顿然失却了沉思过去种种悲欢往事的媒介物，觉得寂寥更甚。

第三日傍晚，我因寂寥不过了，独自在屋后山边散步，忽然在山脚田坑中发现猫的尸体。全身黏着水泥，软软地倒在坑里，毛贴着肉，身躯细了好些，项有血迹，似确是被狗或野兽咬毙了的。

"猫在这里！"我不觉自叫了说。

"在哪里？"妻和女孩先后跑来，见了猫都呆呆地几乎一时说不出话。

"可怜！一定是野狗咬死的。阿满都是你不好！前晚你不捉它出来，哪里会死呢？下世去要成冤家啊！——唉！妹妹死了。连妹妹给我们的猫也死了。"妻说时声音呜咽了。

阿满哭了，阿吉也呆着不动。

"进去罢，死了也就算了，人都要死哩，别说猫！快叫人来把它葬了。"我催她们离开。

妻和女孩进去了。我向猫作了最后的一瞥，在黄昏中独自徘徊。日来已失了联想媒介的无数往事，都回光返照似地一时强烈地齐现到心上来。

佳作点评

白马湖新居落成，夏丏尊把家眷迁回故乡后，不过数日，他的妹妹就携带了四岁的外甥女，由二十里外，雇一条船来看他。吃饭饮酒的时候，忽然间，天花板上响起了老鼠的跑动声。后来妹妹托人送来一只猫，不久妹妹因恶性虐疾引发流产而死去。

夏丏尊讲述了命运，一只猫的生死，其实隐含了生命的凄苦和无奈。在阅读中不仅感受到一个悲凉的故事，更是一种生与死的悲情。

我若为王

□ [中国] 聂绀弩

在电影刊物上看见一个影片的名字:《我若为王》。从这影片的名字，我想到和影片毫无关系的另外的事。我想，自己如果做了王，这世界会成为一种怎样的光景呢？这自然是一种完全可笑的幻想，我根本不想做王，也根本看不起王，王是什么东西呢？难道我脑中还有如此封建的残物么？而且真想做王的人，他将用他的手去打天下，决不会放在口里说的。但是假定又假定，我若为王，这世界会成为一种怎样的光景？

我若为王，自然我的妻就是王后了。我的妻的德性，我不怀疑，为王后只会有余的。但纵然没有任何德性，纵然不过是个娼妓，那时候，她也仍旧是王后。一个王后是如何地尊贵呀，会如何地被人们像捧着天上的星星一样捧来捧去呀，假如我能够想象，那一定是一件有趣的事情。

我若为王，我的儿子，假如我有儿子，就是太子或王子了。我并不以为我的儿子会是一无所知，一无所能的白痴；但纵然是一无所知一无所能的白痴，也仍旧是太子或王子。一个太子或王子是如何地尊贵呀，会如何地被人们像捧天上的星星一样地捧来捧去呀。假如我能够想象，倒是件不是没有趣味的事。

我若为王，我的女儿就是公主；我的亲眷都是皇亲国戚。无论他们怎样丑陋，怎样顽劣，怎样……也会被人们像捧天上的星星一样地捧来捧去，因为他们是贵人。

我若为王，我的姓名就会改作："万岁"，我的每一句话都成为："圣旨"。我的意欲，我的贪念，乃至每一个幻想，都可竭尽全体臣民的力量去实现，即使是无法实现的。我将没有任何过失，因为没有人敢说它是过失；我将没有任何罪行，因为没有人敢说它是罪行。没有人敢呵斥我，指摘我，除非把我从王位上赶下来。但是赶下来，就是我不为王了。我将看见所有的人们在我面前低头，鞠躬，匍匐，连同我的尊长，我的师友，和从前曾在我面前昂头阔步耀武扬威的人们。我将看不见一个人的脸，所看见的只是他们的头顶或帽盔。或者所能够看见的脸都是谄媚的，乞求的，快乐的时候不敢笑，不快乐的时候不敢不笑，悲戚的时候不敢哭，不悲戚的时候不敢不哭的脸。我将听不见人们的真正的声音，所能听见的都是低微的，柔婉的，畏葸和娇痴的，唱小旦的声音："万岁，万岁，万万岁！"这是他们的全部语言："有道明君！伟大的主上啊！"这就是那语言的全部内容。没有在我之上的人了，没有和我同等的人了，我甚至会感到单调，寂寞和孤独。

为什么人们要这样呢？为什么要捧我的妻，捧我的女儿和亲眷呢？因为我是王，是他们的主子，我将恍然大悟：我生活在这些奴才们中间，连我所敬畏的尊长和师友也无一不是奴才，而我自己也不过是一个奴才的首领。

我是民国国民，民国国民的思想和生活习惯使我深深地憎恶一切奴才或奴才相，连同敬畏的尊长和师友们。请科学家们不要见笑，我以为世界之所以还大有待于改进者，全因为有这些奴才的缘故。生活在奴才们中间，作奴才们的首领，我将引为生平的最大的耻辱，最大的悲哀。我将变成一个暴君，或者反而正是明君：我将把我的臣民一齐杀死，连同尊长和师友，不准一个奴种留在人间。我将没有一个臣民，我将不再是奴才们的君主。

我若为王，将终于不能为王，却也真的为古今中外最大的王了。"万岁，万岁，万万岁！"我将和全世界的真的人们一同三呼。

佳作点评

这篇千余字的短文，无异，无奇，作家的文字朴实无华，从中却透出振聋发聩的力量，引人深思。作家用了一连串的设想，若把自己为王，我的妻子，"纵然没有任何德性，纵然不过是个娼妓，那时候，她也仍旧是王后"；我的儿子，"纵然是一无所知一无所能的白痴，也仍旧是太子或王子"；我的女儿，亲眷，"无论他们怎样丑陋，怎样顽劣，怎样……"，这一系列的排比段，是为进而抨击奴才思想作一步步的铺垫和着意蓄势，引发读者深入思考。文章事近旨远，给人以回味和启迪。

旁若无人

□ ［中国］梁实秋

在电影院里，我们大概都常遇到一种不愉快的经验。在你聚精会神的静坐着看电影的时候，会忽然觉得身下坐着的椅子颤动起来，动得很匀，不至于把你从座位里掀出去，动得很促，不至于把你颠摇入睡，颤动之快慢急徐，恰好令你觉得他讨厌。大概是轻微地震罢？左右探察震源，忽然又不颤动了。在你刚收起心来继续看电影的时候，颤动又来了。如果下决心寻找震源，不久就可以发现，毛病大概是出在附近的一位先生的大腿上。他的足尖踏在前排椅撑上，绷足了劲，利用腿筋的弹性，很优游的在那里发抖。如果这拘挛性的动作是由于羊癫疯一类的病症的暴发，我们要原谅他，但是不像，他嘴里并不吐白沫。看样子也不像是神经衰弱，他的动作是能收能发的，时作时歇，指挥如意。若说他是有意使前后左右两排座客不得安生，却也不然。全是陌生人无仇无恨，我们站在被害人的立场上看，这种变态行为只有一种解释，那便是他的意志过于集中，忘记旁边还有别人，换言之，便是"旁若无人"的态度。

"旁若无人"的精神表现在日常行为上者不只一端。例如欠伸，原是常事，"气乏则欠，体倦则伸"。但是在稠人广众之中，张开血盆巨口，作吃人状，把口里的獠牙显露出来，再加上伸胳臂伸腿如演太极，那样子就不免吓人。有人打哈欠还带音乐的，其声呜呜然，如吹号角，如鸣警报，如猿啼，如鹤唳，音容并茂，礼记："侍坐于君子，君子欠伸，撰杖履，视日蚤莫，侍坐者请出矣。"是欠伸合于古礼，但亦以"君子"为限，平民岂可援引，对人伸胳臂张嘴，纵不吓人，至少令人觉得你是在逐客，或是表示你自己不能管制你自己的肢体。

邻居有叟，平常不大回家，每次归来必令我闻知。清晨有三声喷嚏，不只是清脆，而且洪亮，中气充沛，根据那声音之响我揣测必有异物入鼻，或是有人插入纸捻，那声音撞击在脸盆之上有金石声！随后是大排场的漱口，真是排山倒海，犹如骨鲠在喉，又似苍蝇下咽。再随后是三餐的饱嗝，一串串的咯声，像是下水道不甚畅通的样子。可惜隔着墙没能看见他剔牙，否则那一份刮垢磨光的钻探工程，场面也不会太小。

这一切"旁若无人"的表演究竟是偶然突发事件，经常令人困恼的乃是高声谈话。在喊救命的时候，声音当然不嫌其大。除非是脖子被人踩在脚底下，但是普通的谈话似乎可以令人听见为度，而无需一定要力竭声嘶的去振聋发聩。生理学告诉我们，发音的器官是很复杂的，说话一分钟要有九百个动作，有一百块筋肉在弛张，但是大多数人似乎还嫌不足，恨不得嘴上再长一个扩大器。有个外国人疑心我们国人的耳鼓生得异样，那层膜许是特别厚，非扯着脖子喊不能听见，所以说话总是像打架。这批评有多少真理，我不知道。不过我们国人会嚷的本领，是谁也不能否认的。电影场里电灯初灭的时候，总有几声"嗳哟，小三儿，你在哪儿哪？"在戏院里，演员像是演哑剧，大锣大鼓之声依稀可闻，主要的声音是观众鼎沸，令人感觉好像是置身蛙塘。在旅馆里，好像前后左右都是庙会，不到夜深休想安眠，安眠之后难免没有橡皮底的大皮靴毫无惭愧的在你门前踱来踱去。天未大亮，又有各种市声前来侵扰。一个人大声说话，是本能；小声说话，是文明。以动物而论，狮吼、狼嗥、虎啸、驴鸣、犬吠，即是小如促织蚯蚓，声音都不算小，都不会像人似的有时候也会低声说话。大概文明程度愈高，说话愈不以声大见长。群居的习惯愈大，愈不容易存留"旁若无人"的幻觉。我们以农立国，乡间地旷人稀，畎亩阡陌之间，低声说一句"早安"是不济事的，必得扯长了脖子喊一声"你吃过饭啦？"可怪的是，在人烟稠密的所在，人的喉咙还是不能缩小。更可异的是，纸驴嗓，破锣嗓，喇叭嗓，公鸡嗓，并不被一般的认为是缺陷，而且麻衣相法还公然的说，声音洪亮者主贵！

叔本华有一段寓言：

一群豪猪在一个寒冷的冬天挤在一起取暖；但是他们的刺毛开始互相击刺，于是不得不分散开。可是寒冷又把他们驱在一起，于是同样的事故又发生了。最后，经过几番的聚散，他们发现最好是彼此保持相当的距离。同样的，群居的需要使得人形的豪猪聚在一起，只是他们本性中的带刺的令人不快的刺毛使得彼此厌恶。他们最后发现的使彼此可以相安的那个距离，便是那一套礼貌；凡违犯礼貌者便要受严词警告——用英语来说——请保持相当距离。用这方法，彼此取暖的需要只是相当的满足了；可是彼此可以不至互刺。自己有些暖气的人情愿走得远远的，既不刺人，又可不受人刺。

逃避不是办法。我们只是希望人形的豪猪时常的提醒自己：这世界上除了自己还有别人，人形的豪猪既不止我一个，最好是把自己的大大小小的刺毛收敛一下，不必像孔雀开屏似的把自己的刺毛都尽量的伸张。

▎佳作点评▎

梁实秋在本文中，采用诙谐幽默的手法，将"旁若无人"缺乏社会公德和文明修养的"豪猪",痛快地骂了一场。梁实秋不愧是一代文学大师,将人的劣根性描写得绘声绘色,使看者如身临其境。在日常生活里,这种没有道德修养的人,经常能遇到,使人深恶痛绝。"我们只是希望人形的豪猪时常的提醒自己:这世界上除了自己还有别人,人形的豪猪既不止我一个,最好是把自己的大大小小的刺毛收敛一下,不必像孔雀开屏似的把自己的刺毛都尽量的伸张。"梁实秋笔下的人形豪猪隐藏的含义只是希望,人们应该相互关心、相互理解,从而和谐相处在一起。

多付出一点点

□ [美国] 拿破仑·希尔

倘若你把服务看做是一种快乐，不计报酬的多少，你早晚会得到回报。你所播下的每一颗种子都必将会发芽并带来硕果。

你的超出所得的点滴服务必将带来更多的回报。想想种植小麦的农夫吧！如果种植一株小麦只能收成一粒麦子，那根本就是在浪费时间。然而，事实上一株小麦可结出多枝麦穗，每枝麦穗上又可收获许多麦子。尽管有些小麦不会发芽，不会结穗，但无论农夫面临什么样的困难，他的收成必定多出他所种植的好几倍。

多付出一点点是一种经过几个简单步骤之后，即可付诸行动的原则。它其实是一种你必须好好培养的心境；你应使它变为成就每一件事的必要因素。

如果你不是以心甘情愿的心态付出，那你可能得不到任何回报，如果你是看在报酬或某种利于自己的利益上实施付出，那你可能"赔了夫人又折兵"。

享受到你服务的人，总是会给你一些回报，你必定不是能满足客户要求的惟一供应者，你应如何使消费者特别注意你呢？其中的窍门就在于提供物超所值的服务。

员工也好，老板、经理也罢，只要你多付出一点点都可使你成为公司里不可缺少的人物：你能为公司提供其他人无法提供的服务。也许其他人具备更多的知识、技术或人气，但是，惟你能提供公司不可缺少的服务。在强手如林的公关行业中，如果你能容忍在半夜三点时被叫醒，并且以"愿意做"的态度提供服务时，则客户们将会记住你并会给你高度评价。

多付出一点点还意味着强化自己的工作能力，并在工作上精益求精。想一想，如果你每时都以最佳心态，提供最优秀的服务，那么你的技术还有什么理由不为你争光进取。借着有规律的自律行动，你将会愈来愈了解多付出一点点的整个过程，并会在潜意识中出现对"高品质工作"的要求。"力量和奋斗是息息相关的因素"这句格言就是写照。

多付出一点点，就像一盏明亮的大灯一样照着你自己，并使你有机会和他人进行有益的比较。

哪怕没有立刻得到回报，也以一种自愿而且畅快的态度提供更多服务，就是在培养你积极且愉悦的心态，而这正是培养引人注目的个性基础。

上进心既是人最珍贵，同时也是最容易被遗忘的个性。多付出一点点可培养你的个人上进心，因为你不是在等待事情的发生，而是主动使事情发生。

多付出一点点使你确信你正在做正确而且有益的事情，它使你更能对自己的良知负责并且增强信心。

我设计了一个非常简单的公式，以提醒你时时不忘多付出一点点，如下：

$Q_1 + Q_2 + MA = C$

Q_1(Quality) ＝表示服务品质

Q_2(Quantity) ＝表示服务量

MA(Mental Aititude) ＝表示提供服务的心态

C(Compensation) ＝表示你的报酬

这里所谓的"报酬",是指所有进入你生命的东西：金钱、欢乐、协调人际关系、精神上的启发、信心、开放的心胸、耐性,或其他你认为值得追求的东西。

佳作点评

拿破仑·希尔是伟大的成功学大师,他说多付出一点点,说起来容易,做起来难。就这一点后再加一点,却是一种态度和成功的秘诀。如果没有这一点点,绝不会有实现自己理想的未来。"多付出一点点是一种经过几个简单步骤之后,即可付诸行动的原则。它其实是一种你必须好好培养的心境；你应使它变为成就每一件事的必要因素。"

不论做任何事情,坚持和心态是成败的关键因素。一个人如果不愿多付出一点点,永远得不到更多的回报。

真实的高贵

□ [美国] 海明威

在波澜不惊的海平面上，你、我，甚至任何一个人都可以驾驭船只远航。

但是，如果只有阳光而没有阴影，只有快乐而没有苦难，那就全然不是人生。即使以最幸福的人的境况来说，那也是一团缠结的纱线。

经历了失去亲人的痛苦又迎来幸运之事，让我们一阵悲哀，一阵愉快。甚至死亡本身会使人生更为可爱。在人生中的清醒时刻，在悲哀及伤心的暗影之下，人们最接近他们的真我。

我们必须承认，所有事物或事业中，智慧所发生的作用，不如品格；头脑不如心情；天资不如由判断力所节制的自制、耐心和规律。

我始终认为，如果一个人越追求内心深处的生活，他外在的生活就越简单，越朴素。在奢侈浪费的时代，我愿向世人表明，人类真正需求的东西应该是极少的。

懊悔自己的错误而不至于重犯，才是真实的悔悟。比别人强，并不算真正的高贵。比以前的自己强，才是货真价实的高贵。

佳作点评

海明威三百多字的短文中,蕴含了巨大思想,他认为真实是一种宝贵的品质,"如果一个人越追求内心深处的生活,他外在的生活就越简单,越朴素。在奢侈浪费的时代,我愿向世人表明,人类真正需求的东西应该是极少的"。在当下真实是人们急需的,如若有一天,完全失去了真实的高贵,那么这个社会是非常可怕的。

海明威的真实,值得我们回味。

我们的责任

□ [美国] 理查德·费曼

我们还处在人类的初级阶段，因此难免要遇到困难、问题。好在未来还有千千万万年。我们的责任是学所能学、为所可为，探求更好的办法，并相传子孙。我们的责任是给未来的人们一双没有束缚的自由的双手。在人类年少好胜时期，人们常会制造巨大的错误而导致长久的停滞。倘若我们自以为对众多的问题都已掌握、控制，年轻而无知的我们一定会犯这样的错误。如果我们压制批评，不许讨论，大声宣称："看哪，朋友们，这便是正确的答案，人类得救啦！"我们必然会把人类限制在权威的朋友和现有想象力之中。这种错误屡见不鲜。

科学家们知道，伟大的进展都源于承认无知，源于思想的自由。我们有责任宣扬思想自由的价值，教育人们不要惧怕质疑而应该欢迎它、讨论它，而且毫不妥协地坚持拥有这种自由，这也是我们对未来千秋万代所负有的责任。

佳作点评

理查德·费曼是20世纪美国最伟大的物理学家,一个独辟蹊径的思考者。他从全新的角度看问题,观察最普通的自然现象,并找出其中的道理。

"科学家们知道,伟大的进展都源于承认无知,源于思想的自由。我们有责任宣扬思想自由的价值,教育人们不要惧怕质疑而应该欢迎它、讨论它,而且毫不妥协地坚持拥有这种自由,这也是我们对未来千秋万代所负有的责任。"理查德·费曼有责任感,铁肩担负着对人类的思考。他理解了科学本身,更着眼于世界的未来。

正义至上

□ [美国] 艾德勒

　　由于某些错误的存在，便酿成了自由与平均主义者的极端行为。不纠正这些错误，持不同意见的极端主义者之间，并非自由与平等之间的矛盾就不能解决。而要扭转这些错误，就必须承认自由与平等都不是第一位的，两者都是好事，但不是无限制的。同时还要认识到，只有在正义的支配下，两者才能相对地扩展到最大限度。

　　一个人应不应该享有绝对的行动自由或工作的自由？或者说，是否应在不伤害他人、不剥夺他人自由、不使他人因不平等而产生严重的被剥夺感的情况下，享有他为所能达的最大限度的自由呢？总之，一个人是否应该拥有比他所能够公正行使的更多的自由？

　　回答若是否定的，会让人认识到，一个人绝不能拥有超越正义所允许的最大限度的自由。

　　一个制度健全的社会应不应该尽可能达到一种人人都有，但程度上又有不同的条件平等？这个社会应否无限制地扩大这种条件平等，即使那样会造成对个人自由的严重剥夺？是否可以忽略人不论在天赋上还是在才能上都是既平等又不平等的？应不应该不计较他们对社区福利的贡献不同的事实？

用"不应该"对这些问题做出回答会让人认识到，一个社会，应在正义所要求的限度内达到最大的平等。这个限度不能超越，超越了就是不正当的。正如不能超越正义所允许的自由那样，超越了就是扭曲地行使被允许的自由。

正义与自由和平等的意义不等同。

对自由而言，如果自由的行使是正当的而不是不正当的，那么，正义对它所允许的个人自由就是有限量的。

对平等而言，如果社区能公正地对待其所有成员，那么，正义就会对其所要求的平等与不平等的类别和程度有所限制。

如此，当自由与平等受正义支配、制约时，就能在限定的范围内和谐地扩展到最大限度。自由主义者和平均主义者中那些错误的、极端主义的、无法解决的冲突就会消失，其原因就在于正义至上纠正了这些错误，缓解了它们之间的矛盾。

佳作点评

艾德勒是美国著名学者，他致力于通俗哲学的研究，提出应该把哲学从学院的桎梏和艰涩的术语中解脱出来。艾德勒对正义至上做了精辟的推论，讲出了一个深刻的道理。

艾德勒没有用抽象的哲学形式表达，他在平白的文字中，阐明了自己的指导思想，他指出"对自由而言，如果自由的行使是正当的而不是不正当的，那么，正义对它所允许的个人自由就是有限量的"。艾德勒把哲学通俗化，使其具有更广泛的社会意义。

道德的真理

□［俄国］阿·托尔斯泰

如果你把你在各学科领域中所知晓的东西，完全告诉一个在这些方面一无所知的人，他因为得到了全新的知识，故绝不会说"这有什么新鲜！不是所有的人都知道吗？我老早就知道了！"之类的话。但是，如果你要告知他们关于高尚的道德真理，那么你最好试着用仿佛未曾有人表现过的、极其简洁易懂的方式来表达。绝大多数的人，特别是不关心道德问题的人，或是在听了你有关道德真理的阐述之后产生不快的人，一定会说：难道谁还不懂这些吗？你跟所有人说的有什么不一样吗？他们认为这些全是"陈芝麻烂谷子"。

只有重视、尊敬道德真理的人，才会了解道德的真理，才会使道德的真理简单明了化——亦即从冷漠茫然中意识到的希望和想象，以及从漠然捕风捉影的表现，转移到积极要求某种适当作为的明确表现。这是极其宝贵的作为。他们知道，要想达到这个目标，必将"劳其筋骨，苦其心志"。

人们经常把道德上的真理观念看作是陈腐的东西，认为在这当中不可能会有新鲜有趣的事物。但是，在被人们认为与道德似乎没什么关系的各种必须的行为当中，包括政治的、科学的、艺术的、商业的活动等，人类生活的全部，渐渐地在发扬光大道德的真理，并渐渐地化道德的真理为简单明确的道理。至此，人类似乎也别无他求。

佳作点评

托尔斯泰在本文中并不是故弄玄虚、高谈阔论，也没有告诉我们什么真理，他只是讲了人们应该有的道德。"只有重视、尊敬道德真理的人，才会了解道德的真理，才会使道德的真理简单明了化——亦即从冷漠茫然中意识到的希望和想象，以及从漠然捕风捉影的表现，转移到积极要求某种适当作为的明确表现。"托尔斯泰讲述了这个道理，给我们留下了一笔宝贵的财富。

对 话

□ [俄国] 屠格涅夫

天论是在少女峰上，或是黑鹰峰上，都不曾有过人类的足迹。

阿尔卑斯山的峰巅……连绵的峭壁……群山的最中央。

群山之上是一片淡青色、清朗、沉静的天空。寒气严酷，冰雪坚硬，风吹冰盖的沉郁的峰顶上，几块威严的巨石从雪被下耸出。

地平线的两边耸立着两个巨物，这便是少女峰与黑鹰峰。

少女峰对它的邻居说："你可以跟我讲些什么新鲜事吗？你看见得比我多。那儿下边可有些什么？"

两三千年过去了，那不过是一分钟的时间。黑鹰峰用它的吼声答道："密云盖着大地……等一会儿吧。"

又过了几千年，还只是一分钟的时间。

"喂，现在呢？"少女峰问道。

"现在，我看见了，下面一切仍旧是那样：青的流水，黑的树林，灰的石堆。虫儿在其间爬来爬去，全是无谓的纷扰，那就是从来没有亵渎过你我的两脚动物呢。"

"是人们吗？"

"是的，人们。"

几千年过去了，还只是一分钟。

"喂，现在呢？"少女峰又问。

"小虫好像少了些啦，"黑鹰峰雷响般回答，"下边看得清楚多了。水退了些，树林也稀疏了。"

几千年又过去了，还只是一分钟。

"现在你看见什么？"少女峰说。

"我们四周像是更干净了，"黑鹰峰答道，"可是远远的山谷里仍还有一些点子，还有什么东西在动。"

"现在呢？"再过几千年（还是一分钟）后，少女峰又问。

"现在好了，"黑鹰峰回答，"到处都清爽了，什么地方都是白的。……到处都是我们的雪，还有冰。什么东西都给冻住了。现在好了，安静啦。"

"好，"少女峰说，"不过我们话也讲够了，老朋友，是睡觉的时候了。"

"是睡觉的时候了。"

大山睡去了，清澄的碧天在永寂的大地的上空睡去了。

佳作点评

屠格涅夫是抒情大师，他对自然中的草木，一滴露珠，一团雾气，一阵轻风，都有自己的感悟和细腻的描写。

大师对世界的独特看法，这是人们无法预料到的。作家把两座山峰，拟化成睿智的人，通过它们的对话，在时空穿越中，表达了生命在时间中的变化和延续。

希 望

□［俄国］邦达列夫

现代文明无论走过了多么虚假的曲线，无论它曾以多么丰厚的物质偷换人们的灵魂，以种种廉价的快乐的小玩意儿暗中替换道德，但最主要的一点依然未变，那就是百转轮回的人生。

试想，地球上毫无生气，一贫如洗，徒有它的存在又将如何呢？

它为什么而存在？它为谁而存在？有谁需要它的森林、草原、河流和田野？如果没有人类，所有这一切连同存在着的美都将变为不必要的、荒废的、死亡的东西。而具有呼吸和生命的人类才真正使宇宙结构获得了意义和目的。

人类目前既被隔离，又被联结，联结的本身即是地球。因为在我们力所能及和认识能达到的范围里，没有第二个地球，没有类似的第二种生命。有时听到某些富于幻想的哲学家兴高采烈地宣告我们即将征服宇宙，征服太阳系的各星球以建立新的生活，我就感到很奇怪。要建立什么样的生活？为什么？难道地球无力再负载人类了吗？

各式各样的"征服"最终是反人类的，因为它要破坏自然的、生存所必需的一切：水、空气和星球本身。

19世纪曾有某彗星将擦及地球的预测，说到那时地球将会被整个翻转过来，毒气蒸发，30分钟内人们就将没有空气可呼吸，人类将迎来历史的终点。可现在问题不在于彗星，而在于原子战争的威胁。这种战争能把我们的星球变为一粒死沙，飘扬在没有生命气息的宇宙空间。今天我们每一个地球上的居民已经分摊到10吨炸药和以百万单位来计量的爆炸品，这是何等的疯狂！这难道不是对人类的生存的最大威胁吗？人类的未来系于千钧一发。今天，通向希望的钥匙还没有完全失落，明天却可能会丧失。但我们毕竟是满怀希望地生活着，怀着希望在地球上行走，我们同时也满怀希望地相爱、高兴、痛苦、传宗接代、行善行恶、羡慕、妒忌、谩骂、建设，并且展望未来，相信人生。

我在写作一部描述我们今天忧虑不安生活的小说时，想到的就是这一希望，我鄙视虚伪的乐观，相信理智，信奉健康的思想，信赖人类的互相凝聚，而不是疏远。

佳作点评

邦达列夫始终在关注人与自然，这是大主题，关系到人类的生存与毁灭。

邦达列夫告诫人们："今天，通向希望的钥匙还没有完全失落，明天却可能会丧失。"在地球这个大村庄里，人们高兴、痛苦、相爱、行善、羡慕、建设的时候，带着希望地生活，并且相信未来。这是邦达列夫思想中最清晰的脉络。希望是一条道路，也是人们渴望的生活目标。

世界像一个舞台

□ [英国] 莎士比亚

世界是一个舞台，一切的男女都不过是演员：他们有他们的登场和退场，而且一个人在他的时代里扮演许多的角色，他的角色的扮演分七个时期。

最初婴孩在乳母怀抱里啼哭呕吐。于是带着书包啼哭的学童，露着早上明澈的脸，像一只蜗牛般很勉强地爬向学校；于是长吁短叹的恋人以哀伤的短歌呈献给他的情人的娥眉；于是爱好离奇的咒骂的军人，胡须长得像一只豹，爱惜名誉，急于争吵，甚至于在炮口内觅取如泡沫幻影的名誉；于是法官饱食了困难，挺着美观的圆肚子，张着庄严的眼睛，留着规规矩矩的胡须，他的发言充满着聪明的格言和时新的例证，他这样扮演他的角色。

第六个时期转入消瘦的、穿着拖鞋的丑角。鼻上架着眼镜，身边挂着钱袋，好好节省下来的青年时代的袜子，穿在他的瘦缩的小腿上，大得难以使人相信，他的壮年洪亮的声音转成小孩子尖锐的声音，在他的声音里充满竹笛的尖声。

最后一幕结束这怪事层出的传记是第二个婴孩时期，并且仅仅是湮没无闻,没有牙齿,没有眼睛,没有味觉,没有一切的东西。

佳作点评

莎士比亚是伟大的剧作家、诗人,欧洲文艺复兴时期人文主义文学的集大成者。

人一出生,他的舞台就准备好了。在命运这幕戏中,人类尽情地表演自己的一生,不管是喜剧也好,悲剧也好,有一天终将会谢幕的。莎士比亚把人生分成了阶段:"世界是一个舞台,一切的男女都不过是演员:他们有他们的登场和退场,而且一个人在他的时代里扮演许多的角色,他的角色的扮演分七个时期。"我们在回味莎士比亚的作品,也在审视自己的生命。

论称赞

□ [英国] 培根

称赞常常被当做标尺，用来衡量人的才华和品德。其实这正如镜子里的幻象。由于这种称誉来自凡夫俗子，因而常常是虚伪，未必反映真价值。因为凡夫俗子是难以理解真正伟大崇高的美德的。

最底层的品德最易被发现，并得到称赞。

稍高一点的德行则引来惊叹。

但对于那种最上乘的伟德，他们却是最缺乏识别力的。

所以，人们成了最大的受害者，把称赞拱手奉予伪善。因此名誉犹如江河，它所漂起的常是轻浮之物，而不是确有真份量的实体。真正的称赞其实在真知灼见之士那里。这种称赞正如《圣经》所说："名誉强如美好的膏油，死后超过生前。"只有它才能荡漾四方并且流芳百世。

怀疑称赞并非罪人，因为以虚誉钓人的事实在太多了。

假如称颂你的人只是一个平庸的献谄者，那么他们对你说的就不过是他常可对任何人说的俗套之语。

但如果这是一个高超的献谄者，那么他必定会针对你常自鸣得意的地方施展谄术。

而更高超的献谄术则为公然称颂你内心中深以为耻的弱点,把你的最大弱点说成最大的优点,最大的愚笨说成最高的智慧,以"麻木你的知觉"。

还有一种是"鼓励性的称赞"。它常被许多贤臣用于他们的君主身上。当称颂某人是怎样时,其实他们是在暗中指点他应当怎样。

有些称赞最后防不胜防,这就是那种煽动别人嫉恨你的称赞。此即所谓"最狠的敌人就是正在称颂你的敌人"。正如希腊古人说:"谨防鼻上有疮却被恭维为美。"犹如我们俗语所说的"舌上生疮,谨防说谎"一样。

称赞也要尊重事实,适可而止。所罗门曾说:"每日早晨,大夸你的朋友,还不如诅咒他。"要知道对好事的称颂过于夸大,就反会招来嫉妒和谩骂。

当然除了少数几个外,自吹自擂、自称自赞的大多数人,更是会适得其反。人惟一可以自我夸耀的只有职责。因承担重大的职责是有权引以自豪的。罗马的哲学家和大主教们,非常看不起从事实际事务的军人和政治家,称他们为"世俗之辈"。其实这些"世俗之辈"所承担的职责比他们于世有用得多。所以圣保罗在自夸时常先说一句:"我说句大话";而在谈到他的使命时,却自豪地说:"那是我光荣而骄傲的职责!"

佳作点评

培根是英国十七世纪著名思想家、政治家和经验主义哲学家。这是一篇关于"称赞"的经典之作,语言简洁,内涵深刻,值得思索。培根发现,"称赞"这个不大的词,常常被当做一个标尺,衡量人的才华和品德。其实这正如镜子里的幻象。由于这种称誉来自凡夫俗子,因而常常"是虚伪,未必反映真价值。因为凡夫俗子是难以理解真正伟大崇高的美德的"。人的一切行动,不是依靠一两个赞美之词所能鉴定的。

群体意志

□ [英国] 劳伦斯

比不易改变且不易洞察的个人意志更糟糕的是骇人的群体意志。它们阿谀奉承，夹着尾巴就像鬣狗一样。它们是一群畜生，一群令人作呕的牧群，在整体上坚持一个恒定的温度。它们只有一个热度、一个目标、一个意志，把它们包含进一个晦涩的"一"中，就像一群昆虫或羊群或食腐动物。它们的目的是什么？它们是想保持自己与生死相分离的状态。它们的愿望已宣告了它们的绝对。它们自以为了不起，自以为难被攻克，自以为无所不能。它们是它，不折不扣的它。它们是封闭的、完美的，它们在整个牧群中有自己的完美，在整个群体中有自己的整体。在众多的群体中有自己的整体。牧群是如此，人类也是如此。一个晦涩的整体，它本不是整体，而只是一个多重无价值的存在。但是，它们的多重性强大至极，它们能够在一段时间内公然对抗生和死，就像那些弱小的昆虫以庞大的群体威慑攻击者。

向它们讨饶是毫无意义的。它们既不懂生的语言也不懂死的语言。它们是肥胖的、多产的、不可计数的、力量无比的。但事实上，它们是令人恶心的衰败的奴隶。但现在，这种奴隶却占了上风。然而，面对峰回路转的境况，我们只有仿效旧时的首领，带着鞭子前去。刀剑不能恐吓它们，它们太多了。但无论如何，我们应不惜任何代价征服这无价值的牧群。它们是最坏的弱者。这奴隶的牧群已经胜利了。它们的残暴就像一群豺狼的残暴。但是我们可以将它们吓回到原来的位置上，因为它们十分傲慢，也十分怯懦。

可爱的、纯洁的死神来助我们一臂之力吧！请闯入牧群中，在它的孤独的完整中开出一条沟来；甜蜜的死神，给我们一个机会吧！让我们逃避牧群，和另外一些生物聚集到一起与它抗衡。哦，死神，用死来净化我们吧！清洗去我们身上的霉腐气息和那无法忍受的、带有否定意义的人类大众的"一"。为我们打破这恶臭的监狱，在这儿，在这一群活的死亡的腐气中，我们几乎要窒息而死。美丽而具有破坏力的死神，去摧毁那一群人的完美的意志，那专顾自己的臭虫的意志。摧毁那晦涩的一致。死神，你显示神威与力量的时候到了。它们那么久地蔑视，它们在它们疯狂的自负中甚至已开始拿死神做交易，就好像死神也会降服似的。它们以为自己可以利用死，就好像它们这么久地利用生一样，来达到它们毫无意义的基本目的。飞来横祸有助于它们这种封闭的、傲慢的自以为是。死是为了帮助它们按原样维持它们自己，永远成为那种假仁假意、自以为大公无私的人类大众的臭虫。

▎佳作点评▎

劳伦斯是一个复合型的作家，他的随笔仍然延续着对生命的探索和思考，而不是发几句小牢骚，弄出一些格言警句。

从群体中劳伦斯在寻找每个个体的灵魂，寻求独立的精神。"甜蜜的死神，给我们一个机会吧！让我们逃避牧群，和另外一些生物聚集到一起与它抗衡。哦，死神，用死来净化我们吧！清洗去我们身上的霉腐气息和那无法忍受的、带有否定意义的人类大众的'一'。"这是一种呐喊。

笔　记

□［意大利］达·芬奇

一

能创造发明的和在自然与人类之间做翻译的人，比起那些只会背诵旁人的书本又爱大肆吹嘘的人，就如同实物与镜子里的影像，一个本身是实在的东西，而另一个只是空幻的。那些人从自然那里得到的好处很少，只是碰巧具有人形，如果不是因为这一点，他们就可以列在畜生一类。

许多人认为他们有理由责备我，说我的证明和某些人的权威是对立的，而这些人之得到尊敬却是由于他们缺乏经验根据的判断。他们并不知道我是从简单明白的经验中得到我的结论的，而经验才是真正的教师。

爱好者受到所爱好的对象的吸引，正如感官受到所感觉的对象的吸引，两者结合，就变成一体。这种结合的头一胎婴儿便是作品。如果所爱好的对象是卑鄙的，它的爱好者也就变成卑鄙的。如果结合的双方和谐一致，结果就是喜悦，愉快和心满意足。当爱好者和所爱好的对象结合为一体时，他就在那对象上得到安息；好比在哪里放下重担，就在哪里得到安息。

这种对象是凭我们的智力认识出来的。我们的一切知识都发源于感觉。

欣赏——就是为着一件事物本身而爱好它，不为旁的理由。

对作品进行简化处理的人，对知识和爱好都有害处，因为对一件东西的爱好是由知识产生的，知识愈准确，爱好也就愈强烈。要想准确，就须对所爱好的事物全体及所组成的每一个部分都有透彻的知识。

二

眼睛被称为心灵的窗子，它是用来最完满最大量地欣赏自然的无限的作品的主要工具；耳朵处在其次，它就眼睛所见到的东西来听一遍，它的重要性也就在此。

你们历史家、诗人或是数学家如果没有用眼睛去看过事物，你们就很难描写它们。诗人啊，如果你用笔去描述一个故事，画家用画笔把它画出来，就会更能令人满意而且也不那么难懂。你如果把绘画叫做"哑巴诗"，画家也就可以把诗人的艺术叫做"瞎子画"。究竟哪个更倒霉，是瞎子还是聋子呢？

虽然在选材上诗人也有和画家的一样广阔的范围，诗人的作品却比不上绘画那样使人满意，因为诗企图用文字来再现形状、动作和景致，画家却直接用这些事物的准确的形象来再造它们。试想一想，究竟哪一个对人是更基本的，他的名字还是他的形象呢？名字随国家而变迁，形象是除死亡之后不会变迁的。

如果诗人通过耳朵来服务于知解力，画家就是通过眼睛来服务于知解力，而眼睛是更高贵的感官。

举个例子来说明这一点：如果一个有才能的画家和一个诗人都用一场激烈的战斗做题材，试把这两位的作品向公众展览，且看谁的作品吸引最多的观众，引起最多的讨论，博得最高的赞赏，产生更大的快感。毫无疑问，绘画在效用和美方面都远远胜过诗，在所产生的快感方面也是如此。试把上帝的名字写在一个地方，把它的图像就放在对面，你就会看出是名字还是图像引起更高的虔敬！在艺术里，我们可以说是上帝的子孙。如果诗所处理的是精神哲学，绘画所处理的就是自然哲学；如果诗描述心的活动，绘画就是研究身体的运动对心所生的影响；如果诗借地狱的虚构来使人惊惧，绘画就是展示同样事物在行动中，来使人惊惧。假定诗人要和画家竞赛描绘美、恐惧、穷凶极恶或是怪物的形象，假定他可以在他的范围之内任意改变事物的形状，结果更圆满的还不是画家么？难道我们没有见过一些绘画酷肖实人实物，以至人和兽都误信以为真吗？

如果你会描写各种形状的外表，画家却会使这些形状在光和影配合之下显得活灵活现，光和影把面孔的表情都渲染出来了。在这一点上，你就不能用笔去表达画家用画笔所达到的效果。

画家的心应该像一面镜子，永远把它所反映事物的色彩摄进来，前面摆着多少事物，就摄取多少形象。明知除非你有运用你的艺术对自然所造出的一切形状都能描绘（如果你不看它们，不把它们记在心里，你就办不到这一点）的那种全能，就不配作一个好画师，所以你就应铭记在心，每逢到田野里去，须用心去看各种事物，细心看完这一件再去看另一件，把比较有价值的事物选择出来，把这些不同的事物捆在一起。

画家应该研究普遍的自然，就眼睛所看到的东西多加思索，要运用组成每一事物的类型的那些优美的部分。用这种办法，他的心就会像一面镜子真实地反映面前的一切，就会变成第二自然。

画家如果拿旁人的作品做自己的标准或典范，他画出来的画就没有什么价值；如果努力从自然事物学习，他就会得到很好的结果。罗马时代以后画家的情况就是如此，他们继续不断地在互相摹仿，他们的艺术就迅速在衰颓下去，一代不如一代。

佳作点评

列奥纳多·达·芬奇是意大利文艺复兴三杰之一,他是艺术家、科学家、文艺理论家。《笔记》是一篇谈艺术的随笔。作者通过观察,对事物的描摹,反映出心灵的世界。画家不仅要研究普遍的自然,对所看到的东西,不是机械地描绘,而且要把自己的思索揉进去,这样才能融合成那些优美的部分。

列奥纳多·达·芬奇不仅说出了一种道理,而且在告诫人们:艺术家必须用心灵的感悟真实地反映一切,创造出第二自然。

负　重

□ ［奥地利］里尔克

我们总是必须将最重的东西当成基础，而那也正是我们所肩负的任务。

人生重重地压在我们的身上，它的重量越重，我们就越深入人生之中。必须生活在我们身边的不是快乐，而是人生。

人生非得这样不可。假如在年轻时便急着把人生变得前卫且肤浅，或是将人生变得轻率且轻浮的话，那只是放弃了认真地接受人生乐趣及放弃了真正担当人生责任的机会，而靠着自己固有的本性去感受人生，并且停止了追求生命价值的努力。

但是，这对人生而言，并不意味着任何的进步。这只是意味着抗拒人生无限的宽广与其可能性的表示。而我们被要求的是——去爱惜重大的任务及学习与重大任务交往。

在重大的任务中，隐藏着好意的力量，也隐藏了使我们变成有用之才，及带给我们生之意义的使命。

我们也应该在重大的任务中，拥有我们自己的喜悦、幸福及梦想。我们只要将这美丽的背景放到我们的眼前，幸福与喜悦就会清楚地浮现出来，这样我们才能开始体会其中之美。

我们高贵的微笑在重大任务的黑暗中，也拥有某种意味。那就是——我们只能在这个黑暗中，当它犹如梦幻般的光在一瞬间大放光明时，清楚地看见围绕在我们身边的奇迹与宝藏。

佳作点评

人生不是那么轻松，那么简单，肩负的重量，不是数字能表现出来的。其实里尔克把重负当做"基础"，比喻人所肩载的任务。

一个人知道自己身上的负重量，才有了明确的奋斗目标，才能生活得灿烂，死得其所和庄严。里尔克说："人生重重地压在我们的身上，它的重量越重，我们就越深入人生之中。必须生活在我们身边的不是快乐，而是人生。"人的一生必须活得有价值，这样才有意义，否则的话，没有负重感，生命如同行尸走肉一般。里尔克以诗人的敏锐眼光，提炼出人生的格言。

一个任务

□［挪威］易卜生

我总在想，是什么东西一直在鼓舞着我？后来我发现鼓舞着我的，有的只是在偶然的、最顺利的时刻活跃在我的心间，那是一种伟大的、美丽的东西。我知道，它高于日常的自我，我之所以受鼓舞，是因为我要正视它，要让它与我结合，融会贯通。

但是我也曾受到过相反东西的激励，反省起来，那是我自己天性中的渣滓沉淀。在这种情形下，创作好比洗澡，洗完之后我感到更清洁、更健康、更舒畅。是的，朋友们，一个人在某些时候如果自己不是在某种程度上做过模特儿，那么，他是无法写出诗意来的。我们之中会不会存在，心里不时感到并且意识到，自己的言语与行动、意愿与责任、实践与理论之间发生矛盾的人。换句话说，我们之中有没有这样的人，他并没有，至少有的时候没有，满足于利己，却又半自觉、半好心地向他人、向自己掩饰自己的行为。

我的这些话最好的听众就是学生。他们能理解我这些话的意思。学生的任务实际上与诗人的任务相同：为自己，也是为他人，弄清楚他所处的那个时代和社会里所发生的短暂的和长久的问题。

对于这个问题，我可以无愧地说我在国外期间努力想做一个好学生。诗人应当生来就有远大的眼光，我远离祖国的时候，才将祖国看得那么充分，那么清楚，而又那么亲切。

亲爱的朋友们，请最后听一听我所经历过的事情。当裘立安国王不久于人世的时候，他周围的一切都垮了，使他如此伤心的原因是，他想到他所得到的只是这么一点：头脑清醒冷静的人将怀着敬佩的心情惦记着他，而他的对手们却生活下去，受到人们热情的爱戴。

这种思想是我许多经历的写照、归结，起因在于我孤寂时扪心自问的一个问题。今天晚上，前来看望我的挪威的朋友，以言语和行为给了我回答，这个回答比我原来想听到的更为热烈，更为清楚。我将把这个回答视为身处异地最丰硕的收获，我希望，并且我相信，我今天晚上的经验也将是我要去"经历"的经验，并会展现在我的作品中。如果真是那样，如果我回国后寄回这么一本书来，那么，我请求大家在接受它的时候把它看成我对今晚会见的握手和感谢。我希望你们在赞叹它的时候，一定记住你也是这本书创作者中的一员。

佳作点评

"对于这个问题，我可以无愧地说我在国外期间努力想做一个好学生。诗人应当生来就有远大的眼光，我远离祖国的时候，才将祖国看得那么充分，那么清楚，而又那么亲切。"易卜生是戏剧家，他一生创造了很多的经典作品，但是他心灵中有很大的任务，那就是爱。这种爱，不是个人小天地的情爱，而是对祖国的爱。不管离开祖国多久，不论何时何地，祖国总是萦绕在心头。这是发自内心的呼唤，是每一个人的任务。

论理性与热情

□［黎巴嫩］纪伯伦

你的心灵常常是一个战场。你的理性与判断和你的热情与嗜欲在这里战斗。

我多么希望能在你的心灵中做一个调停者，使你们心中的竞争与衅隙变成合一与和鸣。

但我又能做什么呢？只有你们自己也做个调停者，做个你们心中的爱者，才能维系这合一与和鸣。

你们的理性与热情，是你航行的舵与帆。

假如你的帆或舵破坏了，你们只能泛荡、漂流，或在海中停住。

如果只有理性独自治理，那样是一个禁锢的权力；如果单独让热情来治理呢？不小心的时候它将是一个自焚的火焰。

因此，让你们的心灵把理性升到热情的最高点，让它歌唱；也让他用理性来引导你们的热情，让它在每日复活中生存，如同大鸾在它自己的灰烬上高翔。

我希望你们把判断和嗜欲当做你们家中的两位佳客。

你们要对这两位佳客一视同仁，因为过分关心任何一客，结果必定会失去两客的友爱与忠诚。

在万山中，当你坐在白杨的凉荫下，享受那远田与原野的宁静与和平——你应当让你的心在沉静中说："上帝安息在理性中。"

当飓暴卷来的时候，狂风振撼林木，雷电宣告穹苍的威严，——你应当让你的心在敬畏中说："上帝运行在热情里。"

只因你们是上帝大气中之一息，上帝丛林中之一叶，你们也要同他一起安息在理性中，运行在热情里。

佳作点评

感性与理性，仿佛黑夜和白天一样，我们都要平等对待，不能厚此薄彼，或者放弃一方。纪伯伦是黎巴嫩现代小说、艺术和散文的主要奠基人，20世纪阿拉伯新文学道路的开拓者之一。他的作品蕴含了丰富的社会性和东方精神，不以情节为重，旨在抒发丰富的情感。《论理性与热情》是美文，也是经典的哲理小品。作品中既有冷峻的理性思考，又有浪漫的抒情和清新的语言。

野草·题辞 ·[中国]鲁迅

腊叶 ·[中国]鲁迅

贵族之巢 ·[中国]瞿秋白

笑 ·[中国]许地山

干 ·[中国]邹韬奋

苦鸦子 ·[中国]郑振铎

……

人类的镜子

如果不把解剖刀深入到人类的行动、思维和欲望深处无意识的领域，就不能了解人类精神的全貌，当然也就不能了解生命的全题。

——池田大作

野草·题辞

□ [中国] 鲁迅

当我沉默着的时候，我觉得充实；我将开口，同时感到空虚。

过去的生命已经死亡。我对于这死亡有大欢喜，因为我借此知道它曾经存活。死亡的生命已经朽腐。我对于这朽腐有大欢喜，因为我借此知道它还非空虚。

生命的泥委弃在地面上，不生乔木，只生野草，这是我的罪过。

野草，根本不深，花叶不美，然而吸取露，吸取水，吸取陈死人的血和肉，各各夺取它的生存。当生存时，还是将遭践踏，将遭删刈，直至于死亡而朽腐。

但我坦然，欣然。我将大笑，我将歌唱。

我自爱我的野草，但我憎恶这以野草作装饰的地面。

地火在地下运行，奔突；熔岩一旦喷出，将烧尽一切野草，以及乔木，于是并且无可朽腐。

但我坦然，欣然。我将大笑，我将歌唱。

天地有如此静穆，我不能大笑而且歌唱。天地即不如此静穆，我或者也将不能。我以这一丛野草，在明与暗，生与死，过去与未来之际，献于友与仇，人与兽，爱者与不爱者之前作证。

为我自己，为友与仇，人与兽，爱与不爱者，我希望这野草的死亡与朽腐，火速到来。要不然，我先就未曾生存，这实在比死亡与朽腐更其不幸。

去罢，野草，连着我的题辞！

佳作点评

《野草·题辞》是一本书的题辞，鲁迅先生用文字搭起一堆篝火，燃烧起熊熊的大火，铺地，冲天，烧尽了一切污浊的东西。鲁迅先生说："地火在地下运行，奔突；熔岩一旦喷出，将烧尽一切野草，以及乔木，于是并且无可朽腐。"这是雪山一般耸立的作品，很多人忍受不了它的清寒和洁净，望不到深入云间的峰顶，受不了它的庄严，而远远地逃离。读这部作品，需要一颗虔敬的心，用生命去倾听。

腊　叶

□ ［中国］鲁迅

灯下看《雁门集》，忽然翻出一片压干的枫叶来。

这使我记起去年的深秋。繁霜夜降，木叶多半凋零，庭前的一株小小的枫树也变成红色了。我曾绕树徘徊，细看叶片的颜色，当他青葱的时候是从没有这么注意的。他也并非全树通红，最多的是浅绛，有几片则在绯红地上，还带着几团浓绿。一片独有一点蛀孔，镶着乌黑的花边，在红，黄和绿的斑驳中，明眸似的向人凝视。我自念：这是病叶呵！便将他摘了下来，夹在刚才买到的《雁门集》里。大概是愿使这将坠的被蚀而斑斓的颜色，暂得保存，不即与群叶一同飘散罢。

但今夜他却黄蜡似的躺在我的眼前，那眸子也不复似去年一般灼灼。假使再过几年，旧时的颜色在我记忆中消去，怕连我也不知道他何以夹在书里面的原因了。将坠的病叶的斑斓，似乎也只能在极短时中相对，更何况是葱郁的呢。看看窗外，很能耐寒的树木也早经秃尽了；枫树更何消说得。当深秋时，想来也许有和这去年的模样相似的病叶的罢，但可惜我今年竟没有赏玩秋树的余闲。

一九二五年十二月二十六日

佳作点评

这是一篇风格独具的抒情散文诗,充满着诗性和意境,内蕴丰富,更值得我们去探索鲁迅先生的写作心理。鲁迅先生说:"将坠的病叶的斑斓,似乎也只能在极短时中相对,更何况是葱郁的呢。"鲁迅先生把自己比作那片"腊叶"。

《腊叶》中透出淡淡的柔情,这一缕温情,让我们看到鲁迅先生那孤独的灵魂的另一面。

贵族之巢

□ [中国] 瞿秋白

两三月前,《劳农公报》初发表开放商业的命令。小商人市侩欣欣然的露出头来。不但小商人呢!体力不能当工人的一班"念书人",夫人,小姐,受不着职工联合会的保护,口粮所领太少,消费的欲望又高,——这才有了机会。

十字街间,旷场两面,一排一排小摊子。……人山人海,农家妇女,老人,工人,学生……种种色色人,簇拥在一处。这里一批白面包,香肠,火腿,牛奶,糖果点心,那里一批小褂,绒裤,布匹。一堆一堆旧书旧报,铁罐洋锅,碗盏茶杯,……唔!多得很呢!再想不着:严冬积雪深厚,——我们初来时,劳动券制之下,——这些丰富杂乱的"货物",都埋在雪坑里冰池底么?经济市场的流通原来这样。可是开端的原始状况还很可怜。学生服装的一两个人或是拿一条裤子,一双旧鞋也算做生意呢。

远远的日影底下,亮晶晶耀着宝石,金链;古玩铜器,油画,也傲然一显陈列馆的风头。有华丽服装,淡素新妆的贵妇人,手捧着金表,宝盒等类站在路旁兜卖。有贵族风度的少年,坐在地下,展开了古旧贵重的红氍毹,等着顾主呢……

现在又过了两月了。亚尔培德街前，许多小孩子拿纸烟洋火叫卖，汽车马车穿梭似的来往，街窗里红玫瑰绣球花欣欣的舞弄他的美色，一处两处散见着新油漆的商号匾额，——啊哎！热闹呢！再不像"冬时"，军事的共产主义之下，满街只有茫茫的雪色，往来步行的"职员"夹着公事皮包的人影了。

一间大玻璃窗，染着晶亮的银字："咖啡馆"。窗里散排着几张小桌藤椅。咖啡馆小室尽头账台上坐着一素妆妇人，室中间站着一半老的徐娘，眉宇间隐隐还含贵倨之态，却往来招呼顾客。

——请问，是不是要咖啡，还是中国茶？

——两块点心，糖果多拿些！——一男子粗鲁的口音回答着，翘着双腿，笑嘻嘻的和同伴谈天呢。

——就来，就来！咖啡一杯，中国茶两杯，点心两块，这里的客人要。……

馆门开处，一位"美人"走进来了，红粉两颊，长眉拂黛，樱唇上涂着血滴鲜红的胭脂，丝罗衣裙，高底的蛮靴，轻盈缓步的作态坐下，眼光里斜挑暗视，好像能说话似的。拈着一枝烟，燃着了，问道：

——咖啡牛奶一杯，有好点心么？

贵倨的半老徐娘和声下气的答应着。咖啡点心都拿来了。忽然又进来一女郎，服装虽不华丽，神态非常之清高，四处一看，见有那一"新妓女"神气的女人坐在那里，于是不多看，忙找着店主人，问好之后，接口就咕噜咕噜用德国话谈了半天。店主人拿出几万苏维埃钱交给女郎，他就匆匆的走了。新妓女那时已吃完：

——你们这里没有牛肉饼么？几万钱一碟？

——没有，对不住，可是可以定做，晚上就好，要多少呢？请问。两万钱一碟。

——要两碟，浓浓的油。

说完他就站起来，扭扭捏捏的走出来，走到门口，懒懒的说一句"再见"。店主人忙答应着，回头笑向那半老徐娘，用法文说道：这又不知道是那一位"委员"的相好，看来很有钱呢……

假使屠格涅夫（Turgeneff）的《贵族之巢》在地主华美的邸宅，现在五十年后，苏维埃俄国新经济政策初期的贵族之巢却在小小的咖啡馆。——原来革命后贵族破产，所余未没收的衣饰古玩，新经济政策初行，流到市场上，过了这么两月他们便渐渐集股积聚，居然开铺子了。其实新经济实行，资本主义在相当范围内可以发展。而资本集中律一实现，这班小资本的买卖不过四五月就得倾倒。我初见街头所卖白面包，这是小生意家家里自己零做的。现在已经看得见一两种同式同样又同价的白面包，打听起来，原来已有犹太旧商人复活，做这大宗批发生意，替他算起来，一天可得利几千万苏维埃卢布呢。资本的发展——按经济学上的原则——真是"速于置邮而传命"。

俄国贵族的智识阶级向来最恨资产阶级的文化，——赫尔岑说西欧文明不外一"市侩制度"而已。现在却都要成可怜的资产阶级中的落伍者呢。虽然……虽然……那"忏悔的贵族"，——"往民间去的青年"，一世纪来在社会思想上为劳动人民造福不浅。共产党领袖中磊落的人才也不少过去时代的贵族呵。前一月我曾遇一英国共产党员——对俄国文学很有研究。他说俄国文化中资产阶级一分都没创造，历来文学家社会思想家差不多个个都是贵族。……

初到莫斯科时，我们认得一英国人——共产党员，外交委员会的职员威廉。威廉夫人是生长在小俄罗斯的。他曾说小俄罗斯贵族的地主制——封建遗迹，破坏的较早。那地农家妇女爱清洁，有条理，——日常生活之中才真见得文化的价值。往往在大俄罗斯及乌克兰边境，小俄农家女有嫁给大俄人的；新媳妇进门不到两三天，立刻就要把大俄农村家庭整顿一番，油刷裱糊都是新媳妇极力主张的，——他根性就不能忍耐那半东方式的污糟生活。

六月十三日

佳作点评

瞿秋白是散文作家、文学评论家，是中国共产党早期主要领导人之一，是无产阶级革命家、理论家和宣传家。

《贵族之巢》是瞿秋白写的一篇游记。1928年5月中旬，瞿秋白抵达莫斯科。6月，在莫斯科郊外的兹维尼果罗德镇主持召开中共六大。"六大"之后，瞿秋白继续留在莫斯科，担任中共驻共产国际代表团团长两年。在莫斯科期间，瞿秋白深入到底层中去，观察革命后带来的社会变化。咖啡馆就是一个微缩的社会，从老板娘到进出的客人，他们的举动表现了当时人们的心态。

笑

□ [中国] 许地山

我从远地冒着雨回来。因为我妻子心爱底一样东西让我找着了；我得带回来给她。

一进门，小丫头为我收下雨具，老妈子也借故出去了。我对妻子说："相离好几天，你闷得慌吗？……呀，香得很！这是从哪里来底？"

"窗棂下不是有一盆素兰吗？"

我回头看，几箭兰花在一个汝窑钵上开着。我说："这盆花多会移进来底？这么大雨天，还能开得那么好，真是难得啊！……可是我总不信那些花有如此底香气。"

我们并肩坐在一张紫檀榻上。我还往下问："良人，到底是兰花底香，还是你底香？"

"到底是兰花底香，是你底香？让我闻一闻。"她说时，亲了我一下。小丫头看见了，掩着嘴笑，翻身揭开帘子，要往外走。

"玉耀，玉耀，回来。"小丫头不敢不回来，但，仍然抿着嘴笑。

"你笑什么？"

"我没有笑什么。"

我为她们排解说："你明知道她笑什么，又何必问她呢，饶了她罢。"

妻子对小丫头说："不许到外头瞎说。去罢，到园里给我摘些瑞香来。"小丫头抿着嘴出去了。

佳作点评

这是一篇充满温情的小品文，作家以雨天作为大背景，反映了情和爱的交融。从雨中回到家中，闻到一股花香"到底是兰花底香，是你底香？让我闻一闻"。雨天阴灰的调子和兰花相衬，产生了反差的色彩。通过这种象征的手法，表现了作家当时幸福的心情。

干

□［中国］邹韬奋

南方人说"做"，北方人说"干"。我近来研究所得，觉得最好的莫如干，最不好的莫如不干。这个地方所指的事情，当然是指宗旨纯正的事情，不然做强盗也何尝用不着干。

天下事业的成功是没有底的，人生的寿数是有限的。无论哪一种学业或哪一种专学，决不是可由任何个人所能做到"后无来者"的。但是在某一专业或某一专学，我实际果然干了，能成功多少，便在这种专业或专学进步的成绩上面占一小段。继我努力的同志，便可继续这一小段后面再加上去。这逐渐加上去的小段，他的距离或长或短，换句话说，那一段所表示的成功或大或小，当然要看干的人的材智能力。但最紧的是要干，倘若常常畏首畏尾而不干，便决无造成那一段的希望。

要养成"干"的精神，先要十分信仰天下事果然干了，无论大小，迟早必有相当的反应或结果，决不会白费工夫的。

有了这个信仰，还要牢记两点：（一）不怕繁难。愈繁难愈要干，只有干能解决繁难，不干决不能丝毫动摇繁难。（二）不怕失败，能坚持到底干去，必能成功，就是成功前所经过的失败，也是给我们教训以促进最后成功的速率。就是我个人一生失败，这种教训也能促进继我者最后成功的速率。所以还是要奋勇地干去。若不干，固然遇不着失败。也绝对遇不着成功。

佳作点评

文章不长，却充满了激情和力量。邹韬奋通过南北对"干"的不同说法，引出一个目标，就是"要养成'干'的精神，先要十分信仰天下事果然干了，无论大小，迟早必有相当的反应或结果，决不会白费工夫的"。不论学习和工作，人生做任何事情的时候，必须有一股精神，否则一事无成，一天天混日子是浪费生命。

苦鸦子

□ [中国] 郑振铎

乌鸦是那么黑丑的鸟,一到傍晚,便成群结阵的飞于空中,或三两只栖于树上,"苦呀!苦呀!"的叫着,更使人起了一种厌恶的情绪。虽然中国许多抒情诗的文句,每每的把鸦美化了,如"寒鸦数点""暮鸦栖未定"之类,读来未尝不觉其美,等到一听见其声,思想的美感却完全消失了,心上所有的只是厌恶。

在山中也与在城市中一样,免不了鸦的打扰。太阳的淡金色光线,弱了,柔和了,暮霭渐渐的朦胧的如轻纱似的幔罩于岗峦之腰、田野之上;西方是血红的一个大圆盘悬在地平上,东方是金彩斑斓的云霞,点染在半天;工作之后,躺在藤榻上,有意无意的领略着这晚霞天气的图画,经过了这样静谧的生活的,准保他一辈子不会忘了,至少是要在城市的狭室中不时想起的。不幸这恬静可爱的山中的黄昏,却往往为"苦呀!苦呀!"的鸦声所乱!

有一天,晚餐吃得特别的早;几个老婆子趁着太阳光未下山,把厨房中盆碗等物都收拾好了,便也上楼靠在红栏杆上闲谈。

"苦呀!苦呀!"几只乌鸦栖在对面一株大树上,正朝着我们此唱彼和的歌叫着。

"苦鸦子！我们乡下人总说她是嫂嫂变的。"汤妈说。

江妈接着道："我们那里也有这话。婆婆很凶，姑娘又会挑嘴，弄得嫂嫂常常受婆婆的气，还常常的打她。男人又一年间没有几时在家。有一次，她把米饭从后门给了些叫化的；她姑娘看见了，马上去告诉她的娘，还挑拨说：'嫂嫂常常把饭给人家。'于是婆婆生了大气，用后门的门闩，没头没脑的打了她一顿，她浑身是伤，气不过，就去投河。却为邻居看见了救起，把她湿淋淋的送回家，她婆婆姑娘还骂她假死诈吓人。当夜，她又用衣带把自己吊死在床前了。过了几个月，她男人回家，他的娘却淡淡的说：'她得病死了。'但她的灵魂却变了乌鸦，天天在屋前树上'苦呀！苦呀！'的叫着。"

"做人家媳妇实在不容易。"江妈接着说："像我们那里媳妇吃苦的真不少！"

汤妈说："可不是！前半年在少爷家里用的叶妈还不是苦到无处说！一天到晚打水、烧饭、劈柴、种田、摘豆子，她婆婆还常常的叽里咕噜骂她。碰到丈夫好些的，也还好，有地方说说；她的丈夫却又是牛脾气，好赌，输了，总拿她来出气，打得呀，浑身是伤！有一次，她给我看，一身的青肿，半个月一个月还不会退。好容易出来靠人家，虽然劳碌些，比在家里总算是好得多了！一月三块半工钱，一个也不能少，都要寄回家，她丈夫还时时来找她要钱，她说起来常哭。上一次，她不是辞了回家么？那是她丈夫为了赌钱的事，被人家打伤了，一定要她回去服侍。这一向都没有信来，问她乡里人也不知道。这一半年总不见得会出来了。"

江妈道："汤奶奶你是好福气！说是童养媳，婆婆待你比自己的女儿还好。男人又肯干，家里积的钱不少了，去年不是又买了几亩田么？你真可以回去享福了，汤奶奶！"

"哪里的话！我们哪里说得上'享福'两个字！我们的婆婆待我可真

不差，比自己的姆妈还好！"

这时，一声不响的刘妈插嘴道："汤奶奶待她婆婆也真是好！自己的娘病，还不大挂心；听说她婆婆有什么难过，就一定要回去看看的了。上次她婆婆还托人带了大棉袄给她，真是疼她！"

汤妈指着刘妈向江妈道："她真可怜！人是真好，只可惜有些太老实，常给人欺负。她出来帮人家也是没法的。她家里不是少吃的、穿的，只是她婆婆太厉害了，不是打，就是骂，没有一天有好日子过。自从她男人死了，婆婆更恨她入骨，说她是克夫。她到外边来，赛如在天堂上！"

刘妈一声不响的听着她在谈自己的身世。栏杆外面乌鸦还是一声声"苦呀！苦呀！"在叫着。夜色已经成了深灰色了。

"刘妈！天黑了，怎么还不点灯？天天做的事都会忘了么！"她主妇的声音，严厉的由后房传出。

"噢，来了！"刘妈连忙的答应，慌慌张张的到后面去了。

"真作孽，像她这样的人，到处要给人欺负。"

江妈说："还好她是个呆子，看她一天到晚总是嘻嘻的笑脸。"

"不，"汤妈说："别看她呆头呆脑的；她和我谈起来，时时的落泪呢。有一次，给她主妇大骂了一顿以后，她便跑到自己房里痛哭；到了夜里，我睡时，还听见她在呜咽的抽泣！"

想不到刘妈是这样的一个人！自到山中来后，我们每以她为乐天的痴呆人，往往的拿她来取笑，她也从没有发怒过，谁晓得她原是这样的一个"苦鸦子"！

这时，黑夜已经笼罩了一切。江妈说："我也要去点灯了。"

"苦呀！苦呀！"的乌鸦已经静止，大约它们是栖定在巢中了。

一九二七年十一月十二日

佳作点评

郑振铎列举了古代许多的诗文句,诗人们尽可能地把鸦美化了,读起来,未尝不觉其美,可是一听见其声,那种诗中的美感,却完全消失了。乌鸦在普通人的心目中,始终是不祥之鸟,出门时碰上它,会遇到晦气的,乌鸦和死亡总是分不开。

郑振铎在鸦子前面加了一个"苦"字,这只鸦的含意就发生了改变,这是一条主线,贯穿整篇文章。《苦鸦子》只表现了当时生活的一个片断,映照出当时社会的一个侧面。

蝉与纺织娘

□ ［中国］郑振铎

你如果有福气独自坐在窗内，静悄悄地没一个人来打扰你，一点钟，两点钟地过去，嘴里衔着一支烟，躺在沙发上慢慢地喷着烟云，看它一白圈一白圈地升上，那么在这静境之内，你便可以听到那墙角阶前的鸣虫的奏乐。

那鸣虫的作响，真不是凡响；如果你曾听见过曼杜令的低奏；你曾听见过一支洞箫在月下湖上独吹着；你曾听见过红楼的重幔中透漏出的弦管声；你曾听见过流水淙淙地由溪石间流过；或你曾倚在山阁上听着飒飒的松风在足下拂过，那么，你便可以把那如何清幽的鸣虫之叫声想象到一二了。

虫之乐队，因季候的关系而颇有不同，夏天与秋令的虫声，便是截然的两样。蝉之声是高旷的，享乐的，带着自己满足之意的；它高高的栖在梧桐树或竹枝上，迎风而唱，那是生之歌——生之盛年之歌，那是结婚曲——那是中世纪武士美人的大宴时的行吟诗人之歌。无论听了那叽——叽——的漫长声，或叽格——叽格——的较短声，都可同样的受到一种轻快的美感。秋虫的鸣声最复杂，但无论纺织娘的咭嘎、蟋蟀的唧唧、金铃子之叮令，还有无数无数不可名状的秋虫之鸣声，其声调之凄抑却都是一样的；它们唱的是秋之歌，是暮年之歌，是薤露之曲。它们的歌声，是如秋风之扫落叶，怨扫之奏琵琶，孤峭而幽奇，清远而凄迷，低回而愁肠百结。你如果是一个孤客，独宿于荒郊逆旅，一盏荧荧的油灯，对着一张板床、一张木桌、一二张硬板凳，再一听见四壁唧唧知知的虫声间作，那你今夜便不用再想稳稳地安睡了，什么愁情、乡思，以及人生之悲感，都会一串一串的从根儿勾引出来，在你心上翻来覆去，如白老鼠在戏笼中走轮盘一般，一上去便不用想下来憩息。如果你不是一个客人，你有家庭，你有很好的太太，你并没有什么闲愁胡想，那么，在你太太已睡之后，你想在书房中静静地写些东西时，这唧唧的秋虫之声却也会无端地窜入你的心里，翻掘起你向不曾有过的一种凄感呢。如果那一夜是一个月夜，天井里统是银白色，枯秃的树影，一根一条地很清朗地印在地上，那么你的感触将更深了。那也许就是所谓悲秋。

秋虫之声，大都在蝉之夏曲已告终之后出现，那正与气候之寒暖相应。但我却有一次奇异的经验；在无数的纺织娘之鸣声已来了之后，却又听得满耳的蝉声。我想我们的读者中有这种经验的人是必不多的。

我在山中，每天听见的只有蝉声，鸟声还比不上。那时天气是很热，即在山上，也觉得并不凉爽。正午的时候，躺在廊前的藤榻上，要求一点的凉风，却见满山的竹树梢头，一动也不动，看看足底下的花草，也都静静的站着，如老僧入了定似的。风扇之类既得不到，只好不断地用手巾来拭汗，不断地在摇挥那纸扇了。在这时候，往往有几缕的蝉声在槛外鸣奏着。闭了目，静静的听了它们在忽高忽低，忽断忽续，此唱彼和，仿佛是一大阵绝清幽的乐阵在那里奏着绝清幽的曲子，炎热似乎也减少了，然后，朦胧地朦胧地睡去了，什么都不觉得。良久，良久，清梦醒来时，却又是满耳的蝉声。山中的蝉真多！绝早的清晨，老妈子们和小孩子们常去抱着竹竿乱摇一阵，而一只二只的蝉便要跟随了朝露而落到地上了。每一个早晨，在我们滴翠轩的左近，至少是百只以上之蝉是这样地被捉，但蝉声并不减少。

常常地，一只蝉两只蝉，叽的一声，飞入房内，如平时我们所见的青油虫及灯蛾之飞入一样。这也是必定被人所捉的。有一天，见有什么东西在槛外倒水的铅斗中咯笃咯笃地作响，俯身到槛外一看，却又是一只蝉，这当然又是一个俘虏了。还有好几次，在山脊上走时，忽见矮林丛中有什么东西在动，拨开林丛一看，却也是一只蝉。它是被竹枝竹叶挡阻住了不能飞去。我把它拾在手中。同行的心南先生说："这有什么稀奇，放走了它吧。要多少还怕没有！"我便顺手把它向风中一送，它悠悠扬扬地飞去很远很远，渐渐的不见了。我想不到这只蝉就是刚才在地上拾了来的那一只！

初到时，颇想把它们捉几个寄到上海去送送人。有一次，便托了老妈子去捉。她在第二天一早，果然捉了五六只来放在一个大香烟纸盒中，不料给依真一见，她却吵着，带强迫地要去。我又托那个老妈子去捉。第二天，又提了四五只来。依真的纸盒中却只剩下两只活的，其余的都死了。到了晚上，我的几只，也死了一半。因此，寄到上海的计划遂根本的打消了。从此以后，便也不再托人去捉，自己偶然捉来的，也都随手地放去了。那样不经久的东西，留下了它干什么用！不过孩子们却还热心地去捉。依真每天要捉至少三只以上，用细绳子缚在铁杆上。有一次，曾有一只蝉居然带了红绳子逃去了，很长的一根红绳子，拖在它后面，在风中飘荡着，很有趣味。

半个月过去了，有的时候，似乎蝉声略少，第二天却又多了起来。虽然是叽——叽——的不息地鸣着，却并不觉喧扰，所以大家都不讨厌它们。我却特别地爱听它们的歌唱，那样的高旷清远的调子，在什么音乐会中可以听得到！所以我每以蝉声将绝为虑，时时地干涉孩子们的捕捉。

到了一夜，狂风大作，雨点如从水龙头上喷出似的，向槛内廊上倾倒。第二天还不放晴。再过一天，晴了，天气却很凉，蝉声乃不再听见了！全山上在鸣唱着的却换了一种咭嘎——咭嘎——的急促而凄楚的调子，那是纺织娘。

"秋天到了！"我这样地说着，颇动了归心。

再一天，纺织娘还是咭嘎咭嘎地唱着。

然而，第三天早晨，当太阳晒得满山时，蝉声却又听见了！且很不少。我初听不信；叽——叽——叽格——叽格——那也确是蝉声！纺织娘之声却又潜踪了。

蝉回来了，跟它回来的是炎夏。从箱中取出的棉衣又复放入箱中。下山之计遂又打消了。

谁曾于听了纺织娘歌声之后再听见蝉的夏曲呢？这是我的一个有趣的经验。

佳作点评

这是一首生命之歌，郑振铎不仅讲述虫的情趣，而且借季节的变化、虫的生死，说明了人生的道理。独自坐在窗前，时间慢慢地消失，听着涌来的虫鸣，想起很多的事情，这是一种境界。

郑振铎写了山居中听到的鸣虫之声，借助比喻和联想，对那"忽高忽低，忽断忽续，此唱彼和"的蝉之曲，给予了热情的赞颂。

事事关心

□ [中国] 邓拓

"风声、雨声、读书声，声声入耳；
家事、国事、天下事，事事关心。"

这是明代东林党首领顾宪成撰写的一副对联。时间已经过去了三百六十多年，到现在，当人们走进江苏无锡"东林书院"旧址的时候，还可以寻见这副对联的遗迹。

为什么忽然想起这副对联呢？因为有几位朋友在谈话中，认为古人读书似乎都没有什么政治目的，都是为读书而读书，都是读死书的。为了证明这种认识不合事实，才提起了这副对联。而且，这副对联知道的人很少，颇有介绍的必要。

上联的意思是讲书院的环境便于人们专心读书。这十一个字很生动地描写了自然界的风雨声和人们的读书声交织在一起的情景，令人仿佛置身于当年的东林书院中，耳朵里好像真的听见了一片朗诵和讲学的声音，与天籁齐鸣。

下联的意思是讲在书院中读书的人都要关心政治。这十一个字充分地表明了当时的东林党人在政治上的抱负。他们主张不能只关心自己的家事，还要关心国家的大事和全世界的事情。那个时候的人已经知道天下不只是一个中国，还有许多别的国家。所以，他们把天下事与国事并提，可见这是指的世界大事，而不限于本国的事情了。

把上下联贯串起来看，它的意思更加明显，就是说一面要致力读书，一面要关心政治，两方面要紧密结合。而且，上联的风声、雨声也可以理解为语带双关，即兼指自然界的风雨和政治上的风雨而言。因此，这副对联的意义实在是相当深长的。

从我们现在的眼光看上去，东林党人读书和讲学，显然有他们的政治目的。尽管由于历史条件的限制，他们当时还是站在封建阶级的立场上，为维护封建制度而进行政治斗争。但是，他们比起那一班读死书的和追求功名利禄的人，总算进步得多了。

当然，以顾宪成和高攀龙等人为代表的东林党人，当时只知道用"君子"和"小人"去区别政治上的正邪两派。顾宪成说："当京官不忠心事主，当地方官不留心民生，隐居乡里不讲求正义，不配称君子。"在顾宪成死后，高攀龙接着主持东林讲席，也是继续以"君子"与"小人"去品评当时的人物，议论万历、天启年间的时政。他们的思想，从根本上说，并没有超出宋儒理学，特别是程、朱学说的范围，这也是可以理解的。因为顾宪成讲学的东林书院，本来是宋儒杨龟山创立的书院。杨龟山是程颢、程颐两兄弟的门徒，是"二程之学"的正宗嫡传。朱熹等人则是杨龟山的弟子。顾宪成重修东林书院的时候，很清楚地宣布，他是讲程朱学说的，也就是继承杨龟山的衣钵的。人们如果要想从他的身上，找到反封建的革命因素，那恐怕是不可能的。

我们决不需要恢复所谓东林遗风，就让它永远成为古老的历史陈迹去吧。我们只要懂得努力读书和关心政治，这两方面紧密结合的道理就够了。

片面地只强调读书，而不关心政治；或者片面地只强调政治，而不努力读书，都是极端错误的。不读书而空谈政治的人，只是空头的政治家，决不是真正的政治家。真正的政治家没有不努力读书的。完全不读书的政治家是不可思议的。同样，不问政治而死读书本的人，那是无用的书呆子，决不是真正有学问的学者。真正有学问的学者决不能不关心政治。完全不懂政治的学者，无论如何他的学问是不完全的。就这一点说来，所谓"事事关心"实际上也包含着对一切知识都要努力学习的意思在内。

既要努力读书，又要关心政治，这是愈来愈明白的道理。古人尚且知道这种道理，宣扬这种道理，难道我们还不如古人，还不懂得这种道理吗？无论如何，我们应该比古人懂得更充分、更深刻、更透彻！

佳作点评

《事事关心》这篇短文，以明代东林党人的一副对联为题为引子，涉猎古事论今事，寓理于史中。"既要努力读书，又要关心政治，这是愈来愈明白的道理。古人尚且知道这种道理，宣扬这种道理，难道我们还不如古人，还不懂得这种道理吗？无论如何，我们应该比古人懂得更充分、更深刻、更透彻！"文章借用历史掌故，写作手法严谨，精辟的分析，娓娓而谈，引人注目。

衣服的用处

□［美国］梭罗

我们多数人采购衣服时常常被一个误区引导，那就是受新奇的心理所左右，而忽略了衣服的实际作用。让那些有工作做的人记着穿衣服的目标：第一是保持正常的体温，第二是在目前的社会中起遮羞作用。现在，可以判断一下，有多少必需的重要工作可以完成，而不必在衣橱中增添什么衣服。

国王和王后的每件衣服几乎只穿过一次便不穿，他们有专用的裁缝为他们服务，但他们永远体会不到衣服与身体合身的愉快。他们不过是挂干净衣服的木架。而我们的衣服，却一天天地被我们同化了，覆上了穿衣人的性格，直到我们舍不得把它们丢掉，要丢掉它们，正如抛弃我们的躯体那样，总不免感到恋恋不舍，需寻医吃药疗此伤痛。

其实没有人穿了有补丁的衣服会在我的眼里降低身份。但我很明白，一般人心里，为了衣服忧思真多，衣服要穿得入时，至少也要清洁，而且不能有补丁，至于内心的肮脏却全然不去理会。其实，即使衣服破了不补，所暴露的最大缺点也不过是不考虑小洞会变成大洞。有时我用这样的方法来测验我的朋友们，我问他们谁愿把破旧的或带有补丁的衣服穿上去街上走走？结果大多数人都好像认为，如果他们这样做了，从此就毁了终身。宁可跛了一条腿进城，他们也不肯穿着破裤子、破衣服去。一位绅士有腿伤，是很平常的事，这是有办法补救的；如果裤脚管破了，却无法补救；因为人们关心的并不是真正应该敬重的东西，只是那些受人尊敬的东西。

真正与我们相识的人并不多，但我们熟悉的衣裤却不计其数。你给稻草人穿上你最后一件衣服，你自己不穿衣服站在旁边，哪一个经过的人不马上就向稻草人致敬呢？前些天，我经过一片玉米田，就在那头戴帽子、身穿上衣的木桩旁边，我认出了农田主人。他比以前我见到他时憔悴了许多。我听说过，一条狗向所有穿了衣服到它主人的地方来的人吠叫，却很容易被一个裸体的窃贼制服，抿耳不做任何声响。这是一个多有趣的问题啊，如果没有了衣服，人们将能多大限度地保持他们的身份？如果没有了衣服，你还能从一群绅士中间，准确认出哪一个更高贵吗？

▎佳作点评▎

作者是美国著名思想家、散文家，被誉为美国自然文学的代表人物之一。"这是一个多有趣的问题啊，如果没有了衣服，人们将能多大限度地保持他们的身份？如果没有了衣服，你还能从一群绅士中间，准确认出哪一个更高贵吗？"衣服是人类进步的标志，每个人都离不开它。在这普通的物件上，作者不愧是思想家，他从中感悟出不同于别人的感受。本文是穿越时空的经典之作，至今仍有其现实意义。

孤 独

□［美国］梭罗

天边渐渐被晚霞映红，我独坐那里与这美景相融。夜幕降临了，风儿依然在林中呼啸，水仍在拍打着堤岸，一些生灵唱起了动听的催眠曲。夜晚并未因黑暗寂静，猛兽在追寻猎物。这些大自然的更夫使得生机勃勃的白昼不曾间断。

我与远处黑黢黢的峰峦一英里之遥，举目四望，不见一片房舍，四周的丛林围起一块属于我的天地。远方邻近水塘的一条铁路线依稀可辨，只是绝大部分时间，这条铁路像是建在莽原之上，少有车过。我时而误认为这里是亚洲或非洲，而不是新英格兰，我独享太阳、月亮和星星，还有我那小小的天地。

我知道友谊是不分国界和类别的。大自然中的一切生物在某种意义上都是相通的。对于生活在大自然之中的人来说，永远没有绝望的时候。我生活中的一些最愉快的时光，莫过于春秋时日阴雨连绵独守空房的时候。

"你一个人住在那儿一定很孤独，很想见见人吧，特别是在雨雪天里。"我经常被这样问。"我们赖以生存的地球不也只是宇宙中的一叶小舟吗？我为什么会感到孤独呢？我们的地球不是在银河系之中吗？"我真想这样回答他们。将人与人分开并使其孤独的空间是什么？我认为躯体的临近并非能拉近心之距离。试问，我们最喜欢逗留何处？当然不是邮局，不是酒吧，不是学校，更非副食商店；纵使这些场所使人摩肩接踵。我们不愿住在人多之处，而喜欢与自然为伍，与人类生命的不竭源泉接近。

我觉得经常独处使人身心健康。与人为伴，即便是与最优秀的人相处也会很快使人厌倦。我喜欢独处，至今为止，我还没有找到一个可以代替独处时感受的朋友。当我们来到异国他乡，虽置身于滚滚人流之中，却常常比独处家中更觉孤独。孤独不能以人与人的空间距离来度量。一个专于书本的学生，即使置身于似市场的教室也能够做到视而不见，听而不闻。整天在地里锄草或在林中伐木的农夫虽只孤身一人却并不感到孤独，原因在于他心中有树，有草陪伴。但一旦回到家里，他不会继续独处一方，而必定与家人邻居聚在一起，以补偿所谓一天的"寂寞"。于是，他开始困惑：学生怎么能整夜整天地单独坐在房子里而不感到厌倦与沮丧。他没能意识到，学生尽管坐在屋里，却正像他在田野中锄草，在森林中伐木一样。

社会存在的意义早已升值。尽管我们接触频繁，但却没有时间从对方身上发现新的价值。我们不得不俗守一套条条框框，即所谓"礼节"与"礼貌"，才能调和这频繁的接触不至于变得忍无可忍大打出手。在邮局中，在客栈里，在黑夜的篝火旁，我们到处相逢。我们挤在一起，互相妨碍，彼此设障，长此以往，怎能做到相敬如宾？毫无疑问，保持距离不是内心疏远，更不会影响我们之间的重要交流。假如每平方公里的土地上只住一个人——就像我现在这样，那将更好。频繁地接触不易发现问题，时近时远才能认清人的价值。

身居陋室，以物为伴，独享闲情，尤当清晨无人来访之时。我想这样来比喻，也许能使人对我的生活略知一斑：我不比那嬉水湖中的鸭子或沃尔登湖本身更孤独，那湖水又以何为伴呢？我好比茫茫草原上的一株蒲公英，好比一片菜叶、一只蝴蝶、一只蜻蜓，我们都不感到孤独。我好比一条小溪，或那一颗北极星；好比那南来的风、四月的雨、一月的霜，或那新居里的第一只爬虫，我们都不感觉孤独。

佳作点评

孤独在商业社会高速发展的今天，一直困扰着人类。如何摆脱"富贵"病，这不是金钱和药物能解决了的。梭罗举了一个例子，说明现代病的根源和治疗方法。一个农夫在地里锄草，或者在林中伐木。他的身边没有任何人，只有自己终日和自然相处，但他却并不感到寂寞。原因在于树和草是他的朋友，它们有生命，在劳动中他们不时地交流，打消了孤独的感觉。

人类只有融进自然，热爱自然，才能使生命不会有孤独感。

艺术家

□ [英国] 王尔德

深夜里,他突发灵感,他想雕塑一个"一时的欢乐"的雕像。为了尽快抓住稍纵即逝的灵感,他便到世界中去找寻青铜。因为他只能用青铜表现他的思想。

可是世界上所有的青铜都不见了;全世界没有一个地方可以找到青铜;惟一的希望只有那个"永恒的悲哀"的青铜雕像。

这铜像是他自己所有的,也是他亲手雕塑的,他把它安放在他生平惟一钟爱的东西的墓上,作为一个人对不死的爱的纪念,作为一个永久存在的悲哀的象征。全世界中除了这个满载爱的雕像,再没有青铜了。

最终,他拿了他从前雕塑的青铜像,把它放进一个大熔炉里,用火来熔化它。他用了"永恒的悲哀"雕塑出了一个"一时的快乐"。

佳作点评

艺术家永远是在情感的波涛中,他寻找到最能体现灵感的材料。青铜本是没有生命的,在艺术家精心的构思下,经过生命体温的抚摩,有了思想，有了美的展现。"他拿了他从前雕塑的青铜像，把它放进一个大熔炉里，用火来熔化它。他用了'永恒的悲哀'雕塑出了一个'一时的快乐'。"艺术家以重生的火焰，创造另一种生命，这是最好的纪念。

人类的镜子

□［俄国］普里什文

了解大自然最简单的捷径即是与人亲密接触，那时大自然将成为一面镜子，因为人类的心灵里包含着整个大自然。

大自然——这就是为全人类的经济提供的材料，也是我们每一个人走向真理之路的镜子。只要好好思索一下自己的道路，然后根据自己切身的体会去看大自然，那么必然会在那儿看到你个人思想、感情的感受。

这好像给人一种简单、容易的感觉，如两滴雨点在电线上互相追逐，一滴雨珠耽搁了一下，另一滴赶上了它，于是两滴水合为一滴，一起落到了地下。这么简单！但如果想想自己，想想人们在孤独中，彼此尚未相遇，尚未会合在一起时心中的感受，带着这些想法去研究水滴的结合，那么就会发现，雨滴、水溶合在一起，原来也很复杂。

如果献身于这种研究工作，那么就会像在镜子里一样看见人类的生活，就会发现，整个大自然就是整个人类——这位帝王——生活得像镜子一样的见证者。

大自然里有水，它的镜子映照出天空、山峦和森林。人类不仅自己站了起来，他同时还拿起镜子，照见了自己，接着开始细细观察、审视被照出来的自己的形象。

狗在镜子里照见自己，认为那是另一条狗，而不是它自己。

很可能只有人能够懂得，镜子里的形象就是他自己。

一部文化史就是一篇故事，叙述人类在镜子里看到了什么，而且用它在这面镜子里还将看到什么样的形式来规划我们美好的明天。

佳作点评

普里什文是自然主义作家，一生和大自然紧密联系一起，《人类的镜子》是一篇沉思录，是对社会生活、文学艺术和自然现象的感悟，具有深刻的思辨色彩。普里什文把自己写动物和植物的笔记收录在这篇作品中，他总能在动物身上看到人类的影子，能感觉到"动物的智慧"，甚至能观察到雨滴和水的溶合过程，因此，自然界中的动植物便成为"人类的镜子"。

论时机

□［英国］培根

幸运之机好比商品，只要错过机会，价格就将变化。有时它又像那位出卖预言书的西比拉，如果你遇到时不及时买，那么当你得知此书重要而想买时，书却已经不全了。所以古谚说得好，机会老人先给你送上它的头发，当你稍有疏乎不慎让它溜走而再去抓时，就只能摸到它的秃头了。或者说它先给你一个可以抓的瓶颈，你不及时抓住，再得到的就是握不得一半的圆瓶身了。

若总能在事情的开端找到时机开个好头，其实是一种极难得的智慧。例如在一些危险关头，总是看来吓人的危险比真正压倒人的危险要多许多。只要坚强精神挺过最难熬的时机，那么以后的困难也就不显得太难了。因此，当危险逼近时，善于抓住时机迎头痛击它要比犹豫躲闪更有利。因为犹豫的结果恰恰是错过了克服它的好机会。但也要注意警惕那种幻觉，不要以为敌人真像它在日光下的阴影那样高大，若要过早出击，反而会失去最有利的战机。

总而言之，善于识别与把握时机是极为重要的。在一切大事业上，人在开始做事前要像"顺风耳，千里眼"那样察视时机，而在进行时要像千手神那样抓住时机。特别是政治家，秘密的策划与果断的实行更是保护他的隐身盔甲。因为果断与迅速乃是最好的保密方法。要如同疾掠空中的子弹一样，当秘密传开的时候，事情却已经办成了。

佳作点评

时机对于每个人都很重要，但并不是任何人都可以把握好机会，因为机会是为有准备的人而来的。一个人要善于把握时机，不要错过，错过了这次，不会有下一次在等待。每做一件事，要学会观察，抓住时机。只有稳稳地掌控好瞬间，果断地利用时机，这样才能有重大的收获。

金钱的崇拜

□［英国］罗素

崇拜金钱是一种信仰，认为一切东西都要用金钱来衡量，金钱的数量代表人生成功与否。这和人的本性并不一致，因为它忽视了生命的需要，也忽视了对于某些特殊的生长本能的倾向。

它让人误以为除了获取金钱外，别的愿望均不重要，而恰恰是这些愿望，一般说来，对于人的幸福比收入的增加，更为重要。它从一种错误的关于成功的理论，引导人残害了自己的本性，反而去羡慕对于人类幸福毫无补益的事业。它促使人们的品格和目标趋于完全一致，淹没了人生的真正快乐，取而代之的是沉重与压抑，使整个社会沉浸在消极状态之中。

由于惧怕失掉金钱而发生的忧虑与烦闷，使人把获得幸福的能力消耗掉，而且害怕遭受不幸的打击，比起所受打击的不幸来，还更为不幸。

不论男女，最快乐的人是视金钱如粪土的人。因为他们有某些积极的目标，比金钱更重要。

佳作点评

　　罗素是二十世纪英国哲学家、数学家、历史学家，诺贝尔文学奖获得者，分析哲学创始人之一。

　　《金钱的崇拜》中谈了人与金钱的关系，金钱不是一种信仰，它也不能衡量一切。在金钱以外，还有人生目标，这比钱更重要。罗素指出："由于惧怕失掉金钱而发生的忧虑与烦闷，使人把获得幸福的能力消耗掉，而且害怕遭受不幸的打击，比起所受打击的不幸来，还更为不幸。"在当下，这段话为我们敲响了警钟，是我们要牢记在心上的。

自由与克制

□［英国］约·罗斯金

合理有益的法规和适度的克制，虽说是文明国度里的包袱，但它们毕竟不是束人手足的锁链而是护身的盔甲，是力量的体现。请记住，正是这种克制的必要性，如同劳动的必要性一样，值得人类遵守。

那些整日将自由挂在嘴边的人，并不知道自己迂腐至及。从总体上来讲，从广义上来讲，自由并不是什么值得炫耀的东西，它不过是低级动物的一种属性而已。

事实上，无论伟人还是强者，他们都不能像水中的鱼那样享有自由。人可以有所为，又必须有所不为，而鱼却可以为所欲为。集天下之领土于一体，其总面积也抵不上半个海洋大；纵使将世上所有的交通线路和运载工具都用上，也难比水中鱼凭鳍游来得方便。

只要静下心来重新想一想，你不难发现，正是这种克制，而不是自由被人类引以为荣；进而言之，即便低级动物也是如此。蝴蝶比蜜蜂自由得多，可人们却更赞赏蜜蜂，不就是因为它善于遵从自然社会的某种规则吗？因此，克制往往比自由更值得称赞。

对于自由与克制这两个抽象概念，也不可单凭抽象下结论。因为，倘若你高尚地加以选择，则二者都是好的；反之，二者都是坏的。然而，我要重申一下，在这两者之中，能显示高级动物的特性而又能改造低级动物的，还有赖于克制。而且，上自诸神的职责，下至昆虫的劳作，从星体的均衡到灰尘的引力，一切生物、事物的权力和荣耀，都归于服从而不是自由。太阳是不自由的，但秋叶却可自由飘落；人体的各部没有自由，整体却很和谐，相反，如果各部有了自由，必然导致整体的溃散。

佳作点评

约·罗斯金是英国19世纪散文作家、艺术评论家，他对人生、社会及自然环境问题的思考，他博大的情怀，令人叹服。《自由与克制》是一篇哲理小品文，小中却反映大道理。"自由""克制"这两个名词，组合在一起的时候，不仅是词发生了重大变化，而且这里面含有生存的态度。如何选择，对于每一人都是艰难的。

不朽感

□［英国］威廉·赫兹里特

其实，一个人从一出生开始就不可避免有一死，而这种变化看来就好像是一个寓言。变化尚未开始之前，不把它看作幻想还能当成什么呢？有些事情已经过去很久了，有些地点和人物我们从前见过，如今它已经消失在模糊中，我们不知道，这些事发生时，自己大脑是处于昏睡还是清醒。这些事宛如人生中的梦境，记忆面前的一层薄雾、一缕清烟。我们想要更清楚地回忆时，它们却似乎试图躲开我们的注意。所以，十分自然，我们要回顾的是那段寒酸的往事。

对于某些事，我们却能记忆犹新，仿佛是昨天刚发生的——它们那样生动逼真，以至于成为了我们生命中的永存。因此，无论我们的印象可以追溯多远，我们发觉其他事物仍然要古老些（青年时期，岁月是成倍增加的）。我们读过的那些环境描写，我们时代以前的那些人物，普里阿摩斯和特洛伊战争，即使在当地，已是老人的涅斯托尔仍高兴地常和别人谈起自己的青年时代，尽管他讲到的那些英雄早已不在人世，但在他的讲述中我们仿佛可以看见这么一长串相关的事物，好像它们可以起死回生。于是我们就不由自主地相信这段不确定的生存期限属于我们自己，我们为此也就不感到什么奇怪的了。彼得博罗大教堂有一座苏格兰女王玛丽的纪念碑，我以前常去观看，一边看，一边想象当时的各种事件和此后所发生的种种事情。如果说这许多感情和想象都可以集中出现在转瞬之间的话，那么人的整个一生还有什么不能被包容进去呢？

我们已经走完了过去，我们期待着未来——这就是回归自然。此外，在我们早年的印象里，有一部分经过非常精细的加工后，看来准会被长期保存下去，它们的甜美和纯洁既不能被增加，也不能被夺走——春天最初的气息。

浸满露水的风信子、黄昏时的微光、暴风雨后的彩虹——只要我们还能享受到这些，就证明我们一定还年轻。这是谁也无法改变的事实。真理、友谊、爱情、书籍能够抵御时间的侵蚀，我们活着的时候只要拥有这些就可以永不衰老。我们一门心思全用在自己所热爱的事情上，所以，我们充满了新的希望，于是，我的心神出窍，失去知觉，永远不朽了。

我们不明白内心里某些感情怎么竟会衰颓而变冷。所以，为了保持住它们青春时期最初的光辉和力量，生命的火焰就必须如往常一样燃烧，或者毋宁说，这些感情就是燃料，能够供应神圣灯火点燃"爱的摧魂之光"，让金色彩云环绕在我们头顶上！

佳作点评

人的一生有各种各样的活法，如何活得更有价值，这是一个大问题。人必须有良好的心态和充沛的精神输送，这样才会保持生命的活力，让它燃烧起旺盛的火焰。健康的情感就是富足的燃料，"能够供应神圣灯火点燃'爱的摧魂之光'，让金色彩云环绕在我们头顶上！"不朽是精神永存，而不是肉体的残留。

普罗米修斯

□ [奥地利] 卡夫卡

有四种普罗米修斯的传说：

第一种传说：他由于把众神的秘密泄露给了人类，所以被钉在高加索的一块岩石上，众神派鹰来啄食他的肝，而他的肝很快就会重新长出。

第二种传说：普罗米修斯忍受不了鹰啄肝的痛苦，便把自身日益往岩石深处挤进去，终于同岩石合二为一了。

第三种传说：在几千年的过程中，他的叛逆行为被遗忘了，被众神和鹰遗忘了，也被他自己遗忘了。

第四种传说：人类对此事的兴趣已消失殆尽。众神也逐渐厌倦了，鹰也逐渐厌倦了，伤口也渐渐地愈合了。

只遗留下不可解释的大块岩石。传说竭力要解释那不可解释的。但是它终归源自真理的底层，所以，它只能落得个不可解释。

佳作点评

神话不是传统意义上的讲故事，而是把握世界、阐释灵魂的一种艺术方式。在当下，人类面临生存困扰的时候，神话让人类找到信仰和力量。卡夫卡为我们重新塑造了新的神话——《普罗米修斯》，普罗米修斯触犯了宙斯，偷取火种来使人类创造他们的文明。这个神话，看似一个人违背神意，在接受惩罚。普罗米修斯犯下的是大错误，违逆了宙斯的意愿，帮助了人类。他是一个叛逆者，走出了神的圣坛："只遗留下不可解释的大块岩石。传说竭力要解释那不可解释的。但是它终归源自真理的底层，所以，它只能落得个不可解释。"

不同的追求

□［黎巴嫩］纪伯伦

你有你的思想，我有我的思想。

你的思想把追逐名誉和出风头放在首位。

我的思想却要求我远离这些世俗的东西，像对待撒在天国海滩上的一粒粒沙子一样。

你的思想把傲慢和优越感灌输给你。

我的思想却让我对和平充满热爱，对独立充满渴求。

你的思想尽做美梦，梦见缀满珠宝的檀香木家具和丝线织成的床。

我的思想却一再告诉我："即使你的头没地方靠，也要保持身体和精神的洁净。"

你的思想把祈求官阶和地位放在首位。

我的思想却要求我谦卑地为他人服务。

你有你的思想，我有我的思想。

你的思想是社会的科学，是一部宗教和政治词典。

我的思想却是一条简单的公理。

你的思想使你把漂亮的女人、丑陋的女人、善良的女人、卖身的女人、有文化的女人和愚蠢的女人挂在嘴边。

我的思想使我把天下所有女人都当作是男人的母亲、姐妹或女儿。

你的思想的臣民全部由小偷、罪犯和谋杀者充当。

我的思想断言小偷是垄断的产物，罪犯是暴君的后代，谋杀者和杀人者皆属同类。

你的思想把法律、法庭、审判和惩罚作为描述对象。

我的思想则解释人们在制定法律的时候，既不想违犯它也不想遵守它。若有一条基本的法律，那么，我们在它面前必须得到同样的对待。

你的思想把有技巧的人、知识分子、艺术家、哲学家和牧师当作关心对象。

我的思想却对爱情、挚爱、诚实、真诚、坦率、仁慈和牺牲作大幅宣传。

你的思想拥护犹太教、婆罗门教、佛教、基督教和伊斯兰教。

我的思想里却把一个普通的宗教奉为法典，它的各种不同的途径只不过是上帝仁慈的手指。

在你的思想里有富人、穷人和乞丐。

我的思想里却只有生活，而无财富，我们全是乞丐，没有慈善者存在，只有生活本身存在。

你有你的思想，我有我的思想。

佳作点评

这是一首哲理散文诗，格言似的文字，纪伯伦一气呵成，行文条理清晰，唯美中透露思想的寒光，划开污浊的世界。一个人要保持思想和身体的纯净，拒绝一切泼来的脏污。

洪水与猛兽 ·[中国]蔡元培

暗夜 ·[中国]郁达夫

夏的歌颂 ·[中国]庐隐

雪夜 ·[中国]石评梅

天空的点缀 ·[中国]萧红

雪 ·[中国]缪崇群

……

从一个微笑开始

在这个世界上，好和坏常常结合在一起，其间有悲伤也有欢乐，把好和坏协调起来是一件最难办的事情，但我们看见恶时，也应看到善。

——泰戈尔

洪水与猛兽

□［中国］蔡元培

二千二百年前，中国有个哲学家孟轲，他说国家的历史常是"一乱一治"的。他说第一次大乱是四千二百年前的洪水，第二次大乱是三千年前的猛兽，后来说到他那时候的大乱，是杨朱、墨翟的学说。他又把自己的距杨、墨比较禹的抑洪水，周公的驱猛兽。所以崇奉他的人，就说杨、墨之害，甚于洪水猛兽。后来一个学者，要是攻击别种学说，总是袭用"甚于洪水猛兽"这句话。譬如唐、宋儒家，攻击佛、老，用他；清朝程朱派，攻击陆王派，也用他；现在旧派攻击新派，也用他。

我以为用洪水来比新思潮，很有几分相像。他的来势很勇猛，把旧日的习惯冲破了，总有一部分的人感受苦痛；仿佛水源太旺，旧有的河槽，不能容受他，就泛滥岸上，把田庐都扫荡了。对付洪水，要是如鲧的用湮法，便愈湮愈决，不可收拾。所以禹改用导法，这些水归了江河，不但无害，反有灌溉之利了。对付新思潮，也要舍湮法用导法，让他自由发展，定是有利无害的。孟氏称"禹之治水，行其所无事"，这正是旧派对付新派的好方法。

至于猛兽，恰好作军阀的写照。孟氏引公明仪的话："庖有肥肉，厩有肥马，民有饥色，野有饿莩，此率兽而食人也。"现在军阀的要人，都有几百万几千万的家产，奢侈的了不得，别种好好作工的人，穷的饿死；这不是率兽食人的样子么？现在天津、北京的军人，受了要人的指使，乱打爱国的青年，岂不明明是猛兽的派头么？

所以中国现在的状况，可算是洪水与猛兽竞争。要是有人能把猛兽驯服了，来帮同疏导洪水，那中国就立刻太平了。

佳作点评

作家在灰暗的时代，渴望洪水与猛兽一般的新思潮，冲垮和吞噬旧的思想和制度。作家没有大讲特讲虚无的道理，却是说了一个历史故事——禹如何治水。作家一改唯美的文风，文字泼辣犀利，字字如寒针刺肤。作家压抑不住内心的激动，大声地呐喊："现在天津、北京的军人，受了要人的指使，乱打爱国的青年，岂不明明是猛兽的派头么？"

暗 夜

□ [中国] 郁达夫

什么什么？那些东西都不是我写的。我会写什么东西呢？近来怕得很，怕人提起我来。今天晚上风真大，怕江里又要翻掉几只船哩！啊，啊呀，怎么，电灯灭了？啊，来了，啊呀，又灭了。等一忽吧，怕就会来的。像这样黑暗里坐着，倒也有点味儿。噢，你有洋火么？等一等，让我摸一支洋蜡出来。……啊唷，混蛋，椅子碰破了我的腿！不要紧，不要紧，好，有了。……

这洋烛光，倒也好玩得很。呜呼呼，你还记得么？白天我做的那篇模仿小学教科书的文章："暮春三月，牡丹盛开，我与友人，游戏庭前，燕子飞来，觅食甚勤，可以人而不如鸟乎。"我现在又想了一篇，"某生夜读甚勤，西北风起，吹灭电灯，洋烛之光。"呜呼呼……近来什么也不能做，可是像这种小文章，倒也还做得出来，很不坏吧？我的女人么？嗳，她大约不至于生病罢！暑假里，倒想回去走一趟。就是怕回去一趟，又要生下小孩来，麻烦不过。你那里还有酒么？啊唷，不要把洋烛也吹灭了，风声真大呀！可了不得！……去拿么，酒？等一等，拿一盒洋火，我同你去。……廊上的电灯也灭了么？小心扶梯！喔，灭了！混蛋，不点了罢，横竖出去总要吹灭的。……噢噢，好大的风！冷！真冷！……嗳！

佳作点评

夜晚是郁达夫的一个符号，在黑暗中点一盏灯，读一本书，写一点文字，或者思考一些东西，这是最好的时候了。

郁达夫喜欢在夜间写作，他的很多作品大都以夜作为背景，抒发内心的感受。也正是因为他写夜，爱夜的寂寞，他的作品就像一盏灯，尽管发出的光很微弱，毕竟闪烁出光来，让人看到了希望，撕破厚重的黑暗，逐出一条道路，使光亮抵达沉睡的灵魂。

夏的歌颂

□ [中国] 庐隐

出汗不见得是很坏的生活吧,全身感到一种特别的轻松。尤其是出了汗去洗澡,更有无穷的舒畅。仅仅为了这一点,我也要歌颂夏天。

其久被压迫,而要挣扎过——而且要很坦然的过去,这也不是毫无意义的生活吧,——春天是使人柔困,四肢瘫软,好像受了酒精的毒,再无法振作;秋天呢,又太高爽,轻松使人忘记了世界上有骆驼——说到骆驼,谁也忘不了它那高峰凹谷之间的重载,和那慢腾腾,不尤不怨的往前走的姿势吧!冬天虽然是风雪严厉,但头脑尚不受压扎。只有夏天,它是无隙不入的压迫你,你每一个毛孔,每一根神经,都受着重大的压扎;同时还有臭虫蚊子苍蝇助虐的四面夹攻,这种极度紧张的夏日生活,正是训练人类变成更坚强而有力量的生物。因此我又不得不歌颂夏天!

二十世纪的人类,正度着夏天的生活——纵然有少数阶级,他们是超越天然,而过着四季如春享乐的生活,但这太暂时,时代的轮子,不久就要把这特殊的阶级碎为齑粉,——夏天的生活是极度紧张而严重,人类必要努力的挣扎过,尤其是我们中国不论士农工商军,哪一个不是喘着气,出着汗,与紧张压迫的生活拼命呢?脆弱的人群中,也许有诅咒,但我却认为只有虔敬的承受。我们尽量的出汗，我们尽量的发泄我们生命之力，最后我们的汗液，便是甘霖的源泉，这炎威逼人的夏天，将被这无尽的甘霖所毁灭，世界变成清明爽朗。

夏天是人类生活中，最雄伟壮烈的一个阶段，因此，我永远的歌颂它。

佳作点评

女性作家对事物更敏感一些，对任何东西的观察，不会轻易地放过每一处。夏天的生活，不仅是炙热难熬，人天天在和热搏杀。庐隐对待夏天的感受，不是世俗意义上的热了，她从另一个角度发现新的不同。庐隐用"雄伟"和"壮烈"，说出了她的夏天。

雪 夜

□ ［中国］石评梅

北京城落了这样大这样厚的雪，我也没有兴趣和机缘出去鉴赏，我只在绿屋给受伤倒卧的朋友煮药煎茶。寂静的黄昏，窗外飞舞着雪花，一阵紧似一阵，低垂的帐帷中传出的苦痛呻吟，一声惨似一声！我黑暗中坐在火炉畔，望着药壶的蒸汽而沉思。

如抽乱丝般的脑海里，令我想到关乎许多雪的事，和关乎许多病友的事，绞思着陷入了一种不堪说的情状；推开门我看着雪，又回来揭起帐门看看病友，我真不知心境为什么这样不安定而彷徨？我该诅咒谁呢？是世界还是人类？我望着美丽的雪花，我赞美这世界，然而回头听见病友的呻吟时，我又诅咒这世界。我们都是负着创痛倒了又挣扎，倒了又挣扎，失败中还希冀胜利的战士。这世界虽冷酷无情，然而我们还奢望用我们的热情去温暖；这世界虽残毒狠辣，而我们总祷告用我们的善良心灵去改换。如今，我们在战线上又受了重创，我们微小的力量，只赚来这无限的忧伤！何时是我们重新挣扎的时候，何时是我们战胜凯旋的时候？我只向熊熊的火炉祷祝他给我们以力量，使这一剂药能医治我病友，霍然使她能驰驱赴敌再扫阴霾！

黄昏去了，夜又来临，这时候瑛弟踏雪来看病友，为了人间的烦恼，令他天真烂漫的面靥上，也重重地罩了愁容，这真是不幸的事。不过我相信一个人的生存，只是和苦痛搏战，这同时也是一件极平淡而庸常无奇的事吧！我又何必替众生来忏悔？

给她吃了药后，我才离开绿屋，离开时我曾想到她这一夜辗转哀泣的呻吟，明天朝霞照临时她惨白的面靥一定又瘦削了不少！爱怜，同情，我真不愿再提到了，罪恶和创痛何尝不是基于这些好听的名词，我不敢诅咒人类，然而我又何能轻信人类；所以我在这种情境中，绝不敢以这些好听的名词来施恩于我的病友；我只求赐她以愚钝，因为愚钝的人，或者是幸福的人，然而天又赋她以伶俐聪慧以自戕残。

出了绿屋我徘徊在静白的十字街头了，这粉妆玉琢的街市，是多么幽美清冷值得人鉴赏和赞美！这时候我想到荒凉冷静的陶然亭，伟大庄严的天安门，萧疏辽阔的什刹海，富丽娇小的公园，幽雅闲散的北海，就是这热闹多忙的十字街头，也另有一种雪后的幽韵，镇天被灰尘泥土蔽蒙了的北京，我落魄在这里许多年，四周只有层层黑暗的网罗束缚着，重重罪恶的铁闸紧压着，空气里那样干燥，生活里那样枯涩，心境里那样苦闷，更何必再提到金迷沉醉的大厦外，啼饥号寒的呻吟。然而我终于在这般梦中惊醒，睁眼看见了这样幽美神妙的世界，我只为了一层转瞬即消逝的雪幕而感到欣慰，由欣慰中我又发现了许多年未有的惊叹，纵然是只如磷火在黑暗中细微的闪烁，然而我也认识了宇宙尚有这一刹那的改换和遮蔽，我希望，我愿一切的人情世事都有这样刹那的发现，改正我这对世界浮薄的评判。

过顺治门桥梁时，一片白雪，隐约中望见如云如雾两行挂着雪花的枯树枝，和平坦洁白的河面。这时已夜深了，路上行人稀少，远远只听见犬吠的声音，和悠远清灵的钟声。沙沙地我足下践踏着在电灯下闪闪银光的白雪直觉到恍非人间世界。城墙上参差的砖缘，披罩着一层一层的白雪，抬头望：又看见城楼上粉饰的雪顶，和挂悬下垂的流苏。底下现出一个深黑的洞，远望见似乎是个不堪设想的一个恐怖之洞门。我立在这寂静的空洞中往返回顾而踟蹰，我真想不到扰攘拥挤的街市上，也有这样沉寂冷静时候。

　　过了宣武门洞，一片白地上，远远望见万盏灯火，人影蠕动的单牌楼，真美，雪遮掩了一切污浊和丑恶。在这里是十字街头了，朋友们，不少和我一样爱好雪的朋友们，你们在这清白皎洁的雪光下，映出来的影子，践踏下的足踪，是怎么光明和伟大！今夜我投身到这白茫茫的雪镜中，我只照见了自己的渺小和阴暗，身心的四周何尝能如雪的透明纯洁；因为雪才反映出我自己的黑暗和污浊，我认识自己只是一个和罪恶的人类一样的影子，我又那能以轻薄的心理去责备人类，和这本来不清明的世界呢！朋友！我知所忏悔了！

　　爱恋着雪夜，爱恋着这刹那的雪景，我虽然因夜深不能去陶然亭，什刹海，北海，公园，然而我禁不住自己的意志，我的足踪忽然走向天安门。过西安门饭店的门前时，看见停着的几辆汽车，上边都是白雪，四轮深陷在雪里，黑暗的车厢中有蜷伏着的人影，高耸的洋楼在夜的云霄中扑迎着雪花，一盏盏的半暗的电灯下照出门前零乱的足痕，我忽然想起赖婚中的一幕来，这门前有几分像呢！

　　走向前，走向前，丁丁当当的电车过去了，我只望着它车轮底的火花微笑！我骄傲，我是冒着雪花走向前去的，我未曾借助于什么而达到我的目的，我只是走向前，走向前。

　　进了西长安街的大森林，我远远看见天边四周都现着浅红，疏疏的枝丫上堆着雪花，风过处纷纷地飞落下来，和我的眼泪滴在这地上一样。过这森林时我抱着沉重的怆痛，我虽然能忆起往日和君宇走过时的足踪在哪里，但我又怎敢想到城南一角黄土下已埋葬了两年的君宇，如今连梦都无。

　　过了三门洞，呵！这伟大庄严的天安门，只有白，只有白，只有白，漫天漫地一片皆白，我一步一步像拜佛的虔诚般走到了白石桥梁下，石狮龙柱之前，我抬头望着红墙碧瓦巍然高耸的天安门，我怪想着往日帝皇的尊严，和这故宫中遗留下的荒凉。踏上了无人践踏的石桥，立在桥上远望灯光明灭的正阳门，我傲然的立了多时，我觉着心境逐渐地冷静沉默，至于无所兴感又是我的世界，这如梦似真的艺术化的世界。下了桥我又一直向前去，那新栽的小松上，满缀了如流苏似的雪花，一列一列远望去好像撑着白裙的舞女。前面有一盏光明的灯照着，我向前去了几步，似乎到了中山先生铜像基础旁便折回来。灯光雪光照映在我面上，这时我觉心地很洁白纯真，毫无阴翳遮蔽，因为我已不是在这世界上，我脱了一切人间的衣裳，至少我也是初来到这世界上。

我自己不免受人间一切翳蒙，我才爱白雪，而雪真能洗涤我心灵至于如雪冷洁；我还奢望着，奢望人间一切的事物和主持世界的人类，也能给雪以洗涤的机会，那么，我相信比用血来扑灭反叛的火焰还要有效！

一九二七年一月十四日雪夜

佳作点评

雪是人间的精灵，它的降临勾起作者的回忆。高君宇去世两年后，她依然触景生情："进了西长安街的大森林……疏疏的枝丫上堆着雪花，风过处纷纷地飞落下来，和我的眼泪滴在这地上一样。过这森林时我抱着沉重的怆痛，我虽然能忆起往日和君宇走过时的足踪在哪里，但我又怎敢想到城南一角黄土下已埋葬了两年的君宇……"高君宇死后，石评梅写下多篇催人泪下的文章，寄托自己的思念和爱。这一沉重的打击，并没有摧倒石评梅。悲痛之余，她思考人生，理解高君宇所从事的事业，重新开始振作起来。

天空的点缀

□ [中国] 萧红

用了我有点苍白的手,卷起纱窗来,在那灰色的云的后面,我看不到我所要看的东西(这东西是常常见的,但它们真的载着炮弹飞起来的时候,这在我还是生疏的事情,也还是理想着的事情)。正在我踌躇的时候,我看见了,那飞机的翅子,好像不是和平常的飞机翅子一样(它们有大的也有小的)好像还带着轮子,飞得很慢,只在云彩的缝际出现了一下,云彩又赶上来把它遮没了。不,那不是一只,那是两只,以后又来了几只。它们都是银白色的,并且又都叫着呜呜的声音,它们每个都在叫着吗?这个,我分不清楚。或者它们每个在叫着的,节拍像唱歌的,是有一定的调子,也或者那在云幕当中撒下来的声音就是一片。好像在夜里听着海涛的声音似的,那就是一片了。

过去了!过去了!心也有点平静下来。午饭时用过的家具,我要去洗一洗。刚一经过走廊,又被我看见了,又是两只。这次是在南边,前面一个,后面一个,银白色的,远看有点发黑,于是我听到了我的邻家在说:

"这是去轰炸虹桥飞机场。"

我只知道这是下午两点钟,从昨夜就开始的这战争。至于飞机我就不能够分别了，日本的呢？还是中国的呢？大概是日本的吧！因为是从北边来的，到南边去的，战地是在北边中国虹桥飞机场是真的，于是我又起了很多想头：是日本打胜了吧！所以安闲地去炸中国的后方，是……一定是，那么这是很坏的事情，他们没止境的屠杀，一定要像大风里的火焰似的那么没有止境……

很快我批驳了我自己的这念头，很快我就被我这没有把握的不正确的热望压倒了，中国，一定是中国占着一点胜利，日本遭了些挫伤。假若是日本占着优势，他一定要冲过了中国的阵地而追上去，哪里有工夫用飞机来这边扩大战线呢？

风很大，在游廊上，我拿在手里的家具，感到了点沉重而动摇，一个小白铝锅的盖子，啪啦啪啦地掉下来了，并且在游廊上啪啦啪啦地跑着，我追住了它，就带着它到厨房去。

至于飞机上的炸弹，落了还是没落呢？我看不见，而且我也听不见，因为东北方面和西北方面炮弹都在开裂着。甚至于那炮弹真正从哪方面出发，因着回音的关系，我也说不定了。

但那飞机的奇怪的翅子，我是看见了的，我是含着眼泪而看着它们，不，我若真的含着眼泪而看着它们，那就相同遇到了魔鬼而想教导魔鬼那般没有道理。

但在我的窗外，飞着，飞着，飞去又飞来了的，飞得那么高，好像一分钟那飞机也没离开我的窗口。因为灰色的云层的掠过，真切了，朦胧了，消失了，又出现了，一个来了，一个又来了。看着这些东西，实在的我的胸口有些疼痛。

一个钟头看着这样我从来没有看过的天空，看得疲乏了，于是，我看着桌上的台灯，台灯的绿色伞罩上还画着菊花，又看到了箱子上散乱的衣裳，平日弹着六条弦的大琴，依旧是站在墙角上。一样，什么都是和平常一样，只有窗外的云，和平日有点不一样，还有桌上的短刀和平日有点不一样，紫檀色的刀柄上镶着两块黄铜，而且不装在红牛皮色的套子里。对于它我看了又看，我相信我自己绝不是拿着这短刀而赴前线。

佳作点评

在日本入侵者的飞机轰炸声中，无比痛恨的萧红流下了泪水，仇恨犹如洪水一般地涌来。

在国土沦丧、民族危亡的时刻，萧红热情高涨，毅然加入抗战的文艺队伍中，创作以抗日为主题的多篇作品。《天空的点缀》等作品的发表，对抗战的宣传起到了积极的作用。萧红的散文情感朴实，有着生动的情节，表现出独特的艺术魅力。

雪

□ ［中国］缪崇群

我出发后的第四天早晨，觉得船身就不像以前那样震荡了。船上的客人，也比寻常起得早了好些。我拭了拭眼睛，就起身盘坐在舱位上，推开那靠近自己的小圆窗子。啊，滔滔的黄水又呈在眼前了！过了半个钟头在那灰色和黄色相接的西边有许多建筑物和烟突发现了，这时全舱的人，都仿佛在九十九度热水里将要沸腾一样。

早饭的时刻，有很多人都说外边已经落雪。我就披了衣服走到甲板上去，果然是霏霏的雪正在落着，可是随落便随化了。我如同望痴了一样，不是望一望海，就是望一望天边，默默地伫立着，我也不知道经过多少时候。

"唉！别了，凄凉的雪都！别了，凄凉的雪都！……"我曾在京津道上念了上百的遍数，但今朝啊，黄浦江上也同样落的是雪花，而且这些和漠北一样的寒风，也是吹得我冷透了心骨。

上海我到了，初次我到了这繁华罪恶的上海。

我曾独自跑到街头去徜徉了几个钟头。在晚间，我也曾勇敢地到南京路去了一次。那儿不是同胞流血的地方么？可是成千成万的灯火在辉煌着……

夜间，将近一两点钟了，耳里还模模糊糊听见隔壁留声机的唱声。大概是"阎瑞生托梦"那段，总是反来复去的唱。我看见了上海，此刻我仿佛又听见所谓上海了。

睁开眼睛的时刻，雪白的蚊帐静静地在四围垂着，从布纹里去看那颗电球，越发皎洁了！大概是夜更深了的缘故。

过了一刻，我什么都不晓得了，直到第二天茶房叫醒过了后。

佳作点评

缪崇群是现代作家，1907年出生，江苏六合人，一生坎坷，贫病交迫。1945年1月，正当风华茂盛之际，却猛然病逝于重庆北暗江苏医院，享年三十八岁。

这是漂泊中的记录，写下了当时作家的心境，充满痛苦的告白。落雪的早晨，一个人在甲板上，望着纷落的雪花，荡去旅途中的倦尘，然而心头的痛，不是什么都能拂掉的。作家把上海比作"繁华罪恶的上海"，因为"我曾独自跑到街头去徜徉了几个钟头。在晚间，我也曾勇敢地到南京路去了一次。那儿不是同胞流血的地方么？可是成千成万的灯火在辉煌着……"作家虽然没有亲耳听到中国人民抗击侵略者的枪炮声，但是他凭吊的是同胞流血的地方，作家把个人的忧郁与民族的灾难结合在一起，文章主题得到进一步升华。

从一个微笑开始

□［中国］刘心武

又是一年春柳绿。

春光烂漫，心里却丝丝忧郁绞缠，问依依垂柳，怎么办？

不要害怕开始，生活总把我们送到起点，勇敢些，请现出一个微笑，迎上前！

一些固有的格局打破了，现出一些个陌生的局面，对面是何人？周遭何冷然？心慌慌，真想退回到从前，但是日历不能倒翻。当一个人在自己的屋里，无妨对镜沉思，从现出一个微笑开始，让自信、自爱、自持从外向内，在心头凝结为坦然。

是的，眼前将会有更多的变故，更多的失落，更多的背叛，也会有更多的疑惑，更多的烦恼，更多的辛酸；但是我们带着心中的微笑，穿过世事的云烟，就可以学着应变，努力耕耘，收获果实，并提升认知，强健心弦，迎向幸福的彼岸。

地球上的生灵中，惟有人会微笑，群体的微笑构筑和平，他人的微笑导致理解，自我的微笑则是心灵的净化剂。忘记微笑是一种严重的生命疾患，一个不会微笑的人可能拥有名誉、地位和金钱，却一定不会有内心的宁静和真正的幸福，他的生命中必有隐蔽的遗憾。

我们往往因成功而狂喜不已，或往往因挫折而痛不欲生，当然，开怀大笑与嚎啕大哭都是生命的自然悸动，然而我们千万不要将微笑遗忘，惟有微笑能使我们享受到生命底蕴的醇味，超越悲欢。

他人的微笑，真伪难辨，但即使虚伪的微笑，也不必怒目相视，仍可报之以一粲；即使是阴冷的奸笑，也无妨还之以笑颜。微笑战斗，强似哀兵必胜，那微笑是给予对手的饱含怜悯的批判。

微笑毋需学习，生而俱会，然而微笑的能力却有可能退化。倘若一个人完全丧失了微笑的心绪，那么，他应该像防癌一样，赶快采取措施，甚至对镜自视，把心底的温柔、顾眷、自惜、自信丝丝缕缕拣拾回来。从一个最淡的微笑开始，重构自己灵魂的免疫系统，再次将胸臆拓宽。微笑吧！在每一个清晨，向着天边第一缕阳光；在每一个春天，面对着地上第一针新草；在每一个起点，遥望着也许还看不到的地平线……

相信吧，从一个微笑开始，那就离成功很近，离幸福不远！

▎佳作点评 ▎

有各种各样的笑，微笑是最美的一种。微笑是人的本性，这种笑不是大悲大喜过后的情感表达，而是从内心深处自发而出。

清晨迎来新的一天，阳光中的微笑，给生命带来好的情绪。一个人最难保持的就是始终挂在脸上的微笑，这不是长期刻苦训练而来，却是从生命中发出的热爱。这种微笑，离成功很近，离幸福不远，时刻感染着别人。

正确的思考

□［美国］拿破仑·希尔

把你的思想当做一块土地，经过辛勤且有计划的耕耘，就可把这块土地开垦成产量丰富的良田，或者也可以让它荒芜，任由它杂草丛生。

想要从你的思想中得到丰收，你必须付出努力和投入各项准备工作，这些工作的安排和执行就是正确思考的结果。

所有的计划、目标和成就，都是思考的产物。你的思考能力是你惟一能完全控制的东西，你可以有智慧，或是以愚蠢的方式运用你的思想，但无论你如何运用它，它都会显现出一定的力量。

正确的思考是以归纳法和推理法两种推理方法作为基础。归纳法是从部分导向全部，从特定事例导向一般事例，以及从个人推导向宇宙的推理过程，它是以经验和实证作为基础，并从基础中得出结论。演绎法则是以一般性的逻辑假设为基础，得出特定结论的推理过程。这两种方法之间有很大的不同，但二者可以一起运用。

要使自己成为一位正确的思考者，你必须学会把事实和感觉、假设、未经证实的假说和谣言分开，同时将事实分成重要的和不重要的两个范畴。一个正确的思考者必须仔细调查你所得到的每一项资料，必须了解你所得到的资料是如何被抹黑、修改或夸大的，并找出其中的一些事实存在。

无论谁企图影响你，你都必须充分发挥你的判断力并小心谨慎，如果言论显得不合理，或者与你的经验不相符时，应该做进一步的调查。

人性中普遍存在的两个相反的特质：轻信和断然不相信他们不了解的事物，都是正确思考的绊脚石。

你应该对于他人的意见抱着审慎的态度，这些意见可能具有危险和毁灭性。你应确定你的见解不至于受到他人偏见的影响，具有正确思考能力的人，都会学习运用自己的判断力，并且对于外在的任何影响，都保持着谨慎的态度。

无论你是否封闭自己的内心，是否故意忽视或拒绝相信，事实还是事实。

佳作点评

拿破仑·希尔将思考当做一片土地，如果付出辛勤，一步步地有计划地耕作，就可以把它种成良田，或者也可以随便丢弃，让它荒芜，任由杂草丛生。拿破仑·希尔通过这样的比喻，用人们常见的事情作喻，层层深入地阐述一个大道理。

正确的思考，是成功的基础；偏离正确所带来的思考，会毁掉一切，甚至招来灾难的后果。怎样选择，也需要正确的思考。

赌 博

□ [美国] 华盛顿

赌博的害处甚巨，它可引起各种祸害。而好赌之徒的品德和健康也同遭荼毒。它产自贪婪，与罪恶共生，也是灾祸的根源。它使许多达官贵人沦落，多少家庭支离破碎，又有多少人因其走上绝路。所有染上赌博的人，其如痴如狂的程度相同。手气好的赌徒竭力逐鹿好运，直到厄运占上风。正走霉运的赌徒一心指望翻本，却越陷越深，终至不择手段把一切下注而全军覆没。总之，从这可厌的玩艺中获利者是少之又少（即使获利，所用正当者更无几人），受其荼毒的却是不计其数。

佳作点评

华盛顿对赌博的心态分析，处处点到要害之处。他指出毒害带来的后果，告诫人们：不要有侥幸的心理，不要妄想一夜暴富，不能有投机取巧之心，要靠自己的劳动来创造财富。

社会的波浪

□ [美国] 爱默生

在我们的生活中，人人都以社会进步为荣，然而在我看来，却没有一个人有所进步。

这里我就实话实说了吧：我们的社会从来就没有前进，它只是在一个方面有所退步，而在另一个方面则有所进步，而且，两者的速度都是一样的。它不断地变革着：有野蛮社会，有文明社会，有基督教社会，有富裕社会，有科学社会……然而，我们必须清楚，这种变革并不是改进，因为有所得，必有所失；社会获得了新技艺，却失去了旧本能。现实正是如此。

衣着考究、能读会写、谈锋甚健的美国人，跟赤身裸体的新西兰人形成了多么尖锐的对比啊：前者口袋里装着怀表、铅笔和汇票，后者的财产却只有一根木棍，一支长矛，一张草席，和一间许多人共寝的棚屋！然而，如果把二者的健康状况加以比较，你一定会发现白人已经丧失了他原有的体力。如果旅行家给我们讲的确有其事，那么，试用一柄巨斧去砍那个野人，一两天之后，肉又愈合得完好如初，仿佛你砍进柔软的树脂似的。然而，同样的砍击，却足以把那个白人送进坟墓。

我们这些所谓的文明人：发明了马车，却丧失了对双足的利用，这和他虽然用拐杖支持着身体，然而却失去了肌肉的不少支持是一个道理。他得到了一块高级的日内瓦表，却丧失了依据太阳定时的本领。他拥有了一份格林尼治天文年鉴，一旦需要，保证可以找出资料，然而，在大街上行走的普通人，却认不得天上的星星。他不会观察二至点，对二分点他也似乎完全忘记了。那完整灿烂的年历在他的心灵上没有标度盘。他的笔记本使他失去了记忆力；他的图书馆使他的智力承受不了；保险公司增加了事故的次数；机器是否没有危害，我们是否由于讲究文雅反而丧失了活力，是否由于信奉一种扎根于机构和形式中的基督教而丧失了某种粗犷的气质，这些都是问题。因为每一个斯多噶都是一个斯多噶；然而在基督教世界里，基督徒又在哪儿呢？

在道德标准上出现的偏差，并不比在高度或块头标准上出现的偏差多多少。现在的人并不比过去的人伟大，也不比他们渺小。我们可以清楚地看出，古代的伟人与现在的伟人，几乎难分高下。十九世纪的科学、艺术、宗教和哲学一起发挥作用，教育出的人物并不比普鲁塔克两千三四百年前笔下的英雄们更伟大。人类并不是随着时间的推移而进步。福西翁、苏格拉底、阿那克萨戈拉、第欧根尼都是伟大的人物，然而，他们并没有留下类别。谁如果真够得上他们的类别，谁就不会被人用他们的名字称呼了，而是独树一帜，成了一个派别的创始人。每一个时期的技艺和发明仅仅是那个时期的装束，并没有振奋人心。

经过改良之后的机器，带来的既有益处，也有害处。乘着他们那个时代的渔船，哈德森和白令完成了那么多的伟大业绩啊！在他们伟大的业绩面前，即使已经用科学技术把自己武装到牙齿的巴利和富兰克林也只能望洋兴叹。仅仅用一个观看戏剧的小型望远镜，伽利略就发现了一系列的天文现象，他辉煌的成就永远令后人望尘莫及。乘着一只没有甲板的小船，哥伦布发现了新大陆……

每轮到一个时期，人们就要淘汰一批工具和机器，这种现象的发生让我觉得有点不可思议，因为，就是这些东西，几年前刚被人们使用时，曾经引起了莫大的轰动。伟大的天才都具有返朴归真的能力。我们把战争艺术的改进看做科学技术改进的成就，然而，拿破仑却依靠露营征服了整个欧洲，其中有依靠赤手空拳的英勇，也有孤立无援的险境。这位皇帝认为，无论是谁，也不可能建立一支完善的部队。拉斯·卡斯说："并没有消灭我们的武器、弹药、粮秣和车辆。然而到了后来，士兵仿照罗马人的做法，竟然自己解决粮食供应，用手磨面，自己烤起面包来。"

社会如同一个巨大的波浪，波浪不停地向前运动着，然而，构成波浪的水却没有向前运动。同一个粒子不会从波谷上升到波峰。所以，波浪的统一仅仅是表面现象。今天一些人创建了一个国家，明年一死，他们的经验也就跟他们一起，永远的死去。所以，对财产的依赖，包括对保护财产的政府的依赖，是缺乏自助的表现。在人们的眼中，总是充满了东西，可就是没有人的地位，长此以往，他们便把宗教的、学术的和政府的机构视为财产的卫士，他们极力反对对这些机构的攻击，因为他们觉得这就是对财产的攻击。他们估价彼此的标准不是一个人是什么，而是一个人拥有什么。然而，一个有教养的人出于对自己天性的新的敬重，便为自己的财产感到羞愧。他格外憎恶他所拥有的东西，如果那不是他勤劳所得的话，也就是说，如果它是意外到手的话——通过继承、馈赠、或犯罪所得……于是，他感到那不是所有物，那不属于他，在他身上没有根基，仅仅是放在那里，因为革命，强盗没有把它抢走。然而，一个人是什么，总是要通过需要来获得的，人所获得的东西，是活生生的财产，它不是听命于统治者、暴民、革命、火灾、风暴或破产的指使，而是人在哪里呼吸，它就永远在那里自我更新。阿里哈里发说："你的全部或部分生命在追求你；因而你就停止追求它吧。"

我们对外国货物的依赖，导致了我们对数量的盲目崇拜。政治党派召开越来越多的会议；集会规模越来越大，每宣布一件事就喧声震天……从埃塞克斯来的代表团！从新罕布什尔来的民主党人！缅因州的辉格党员！千万双眼睛在注视，千万只手臂在挥动，面对这种场景，年轻的爱国志士便感到比以往更加坚强。改革家们也如出一辙，又是召集会议，又是投票选举，还做出大量的决定。别这样，朋友们！只有反其道而行之，上帝才肯垂顾，从而进驻你的心灵，使你的生命之树常青。

一个人，只有摆脱了一切外援，独立于天地之间，我才会看到他的强大和成功。他的旗帜下每增加一名新兵，他就变得虚弱一些。也许有人会问：难道一个人还不如一座城？问得好，不过我还是用我的回答否定你的问题：别有求于人，在千变万化之中，只要你立稳了台柱，不久就一定有人出现并支持你周围的一切。如果谁知道力量是与生俱来的，知道他之所以软弱，就是因为他没有从自身寻求善，有了这种领悟，他就会毫不迟疑地依赖自己的思想，立即纠正自己，挺身而立，驾驭自己的躯体，创造奇迹，就像一个靠双足站立的人，比一个用头倒立的人更加有力一样。

所以，让我们用自己的双脚站立起来，竭尽全力，利用那被人们称为"命运"的一切东西。大多数人在跟她进行一场空前绝后的赌博：是满盘皆赢，还是输个落花流水，那就全看她的轮子怎么转动了！然而，有一点，你却必须注意，那就是：务必把这些赢得物当作非法的东西搁下，并且跟"因果"——这上帝的司法官——打交道。

有"目的"地工作、获取吧，因为你已经拴住了"机缘"的轮子了，从此以后，无论她如何旋转，你一定会处之泰然，无所畏惧。一次政治上的胜利，一次纯利润的增加，疾病的痊愈，久别朋友的归来，或者别的什么好事情，都会振奋你的精神，使你相信更加美好的日子就在前头。不过，请不要埋怨我给你泼凉水：什么也别相信，或者说，如果一定要相信点什么的话，那就把自己当作自己的神灵吧！因为，除了你自己，什么也不能给你带来安宁，除了原理的胜利，其他的胜利都是有害的幻象，因而也不能给你带来什么安宁。

佳作点评

爱默生的散文独具特色,他注重思想内容,以朴素的语言,讲述大的道理。爱默生作品的哲理深入浅出,条理清晰,说服力强。

《社会的波浪》所阐述的是任何一个人,只有摆脱了一切外援,在天地之间独立,这样才能看到自己的强大,取得巨大成功。

自由与生命

□ [美国] 索尔·贝洛

正值八月，在一个充满暖意的下午，一群孩子在十分卖力地捕捉那些色彩斑斓的蝴蝶，我不由自主地想起童年时代发生的一件印象很深的事情。那时我还是个十二岁的少年，住在南卡罗来纳州，常常把野生的活物抓来放到笼子里，而自从发生那件事后，我这种兴致就被抛得无影无踪了。

我家的旁边是一片树林，每当傍晚都有一群美洲画眉鸟来到林间歇息和歌唱。那歌声美妙绝伦，没有一件人间的乐器能奏出那么优美的曲调来。

我下定决心捕获一只小画眉，放到我的笼子里，独享它那婉转旋律。

果然，我成功了。它先是拍打着翅膀，在笼中飞来扑去，十分恐惧。但后来它渐渐平息、安稳下来，承认了这个新家。站在笼子前，聆听我的小歌唱家美妙的演唱，我感到万分高兴，真是欣喜若狂。

鸟笼就挂在我家后院，第二日清晨，我看到小画眉的妈妈口含食物飞到了笼子跟前。它让小画眉把食物一口一口地吞咽下去。当然，画眉妈妈知道这样比我来喂它的孩子要好得多。看来，这是件皆大欢喜的好事情。

又过了一天，我再次去看望我的歌唱家，可这次我没有听到它的歌唱，我发现它无声无息地躺在笼子底层，已经死了。我对此迷惑不解，不知发生了什么事,我自问已经给了它最细心的照料。

那时,正逢著名的鸟类学家阿瑟·威利来探望家父,在我家小住,我把我小可怜儿那可怕的厄运告诉了他,听后,他作了精辟的解释:"当一只母美洲画眉发现它的孩子被关进笼子后,就一定要喂小画眉足以致死的毒葡萄,它似乎坚信孩子死了总比活着失去自由好些。"

从那以后,我摔碎笼子,不再捕捉任何活物。因为任何生物都有对自由生活的追求,而这种追求无疑是值得尊敬的。

佳作点评

作家讲述了童年的一件经历,看似平常却深藏人生的大道理。一个弱小的美洲母画眉,以死抗争命运,没有自由宁可去死,不苟活着。这个小故事,影响了作家的一生。从那以后,童年的作家摔碎笼子,这个"摔碎"让他懂得了生命和生命都是平等的,都有对自由生活的追求,这种追求无疑是对生命的敬畏。

小　丑

□ ［俄国］屠格涅夫

世间曾有一个小丑。

他长时间都过着很快乐的生活；但渐渐地有些流言传到了他的耳朵里，说他到处被公认为是个极其愚蠢的、非常鄙俗的家伙。

小丑窘住了，开始忧郁地想：怎样才能制止那些讨厌的流言呢？

一个突然的想法，终于使他愚蠢的脑瓜开了窍……于是，他，一点也不拖延，把他的想法付诸实行。

他在街上碰见了一个熟人——接着，那熟人夸奖起一位著名的色彩画家……

"得了吧！"小丑提高声音说道，"这位色彩画家早已经不行啦……您还不知道这个吗？我真没想到您会这样……您是个落后的人啦。"

熟人感到吃惊，并立刻同意了小丑的说法。

"今天我读完了一本多么好的书啊！"另一个熟人告诉他说。

"得了吧！"小丑提高声音说道。"您怎么不害羞？这本书一点意思也没有。大家老早就已经不看这本书了。您还不知道这个？您是个落后的人啦。"

于是，这个熟人也感到吃惊——也同意了小丑的说法。

"我的朋友某君真是个非常好的人啊！"第三个熟人告诉小丑说，"他真正是个高尚的人！"

"得了吧！"小丑提高声音说道，"某君明明是个下流东西！他抢夺过所有的亲戚的东西。谁还不知道这个呢？您是个落后的人啦！"

第三个熟人同样感到吃惊，也同意了小丑的说法，并且不再同那个朋友来往。总之，人们在小丑面前无论赞扬谁和赞扬什么，他都一个劲儿地驳斥。

只是有时候，他还以责备的口气补充说道：

"您至今还相信权威吗？"

"好一个坏心肠的人！一个好毒辣的家伙！"他的熟人们开始谈论起小丑了，"不过，他的脑袋瓜多么不简单！"

"他的舌头也不简单！"另一些人又补充道，"哦，他简直是个天才！"

末了，一家报纸的出版人，请小丑到他那儿去主持一个评论专栏。

于是，小丑开始批判一切事和一切人，一点也没有改变自己的手法和自己趾高气扬的神态。

现在，他——一个曾经大喊大叫反对过权威的人——自己也成了一个权威了，而年轻人正在崇拜他，而且害怕他。

他们，可怜的年轻人，该怎么办呢？虽然一般地说，不应该崇拜……可是，在这儿，你试试不再去崇拜吧——你就将是个落后的人啦！

在胆小的人们中间，小丑们是能很好地生活的。

佳作点评

小丑在表演中，常常以自己扮相丑，赢来观众的掌声，送给人们快乐。这种牺牲自己，让别人高兴的做法体现的是一种胸怀。现实中如果小丑的心态发生变化，就成了另一种结果了。

《小丑》寓意深远，屠格涅夫塑造了一位受流言所困，却又编造流言，利用人们爱虚荣、胆小怕事的人性缺点，欺骗人们的小丑的形象。现实中真正伟岸的人，在面对外来的流言和不公正的批判时，总能以自信的勇气和宽广的胸襟来面对。

"你将听到蠢人的评判……"

□［俄国］普希金

你一向是说真话的，我们伟大的歌手；你这次也说了真话。

"蠢人的评判和群氓的嘲笑声"……对这两点又有谁不曾领教过？

所有这一切都可以——而且应该忍受；谁能够做到——就让谁来表示轻蔑吧！

然而有一些打击，它们刺痛着你的心坎，比什么都痛……一个人做了他力所能及的一切；努力地、热情地、忠实地工作……而一颗颗正直的心灵却嫌弃地躲开他；一张张正直的面孔一听到他的名字便因愤怒而变得通红。

"躲开点儿！滚蛋！"一些正直的、年轻的声音对他嘶喊。"无论是你，还是你的劳动，我们全不需要；你玷污了我们的住所——你不认识，也不理解我们……你是我们的仇敌！"

这时这个人该怎么办呢？继续劳作，不要试图去辩白——甚至不要企望有稍微公正一些的评价。

从前，庄稼人诅咒一个过路人，这位过路人给他们土豆——穷人赖以度日的食物——面包的代用品。他们把这份珍贵的礼物从那只向他们伸出的手中打落在地上，把它摔进泥土里，用脚践踏。

如今，他们以它为食——而他们甚至不晓得恩人的姓名。

也罢！他的名字对他们又有什么意义？他，虽然无名，却把他们从饥饿中拯救了出来。

让我们只为一件事尽力吧：愿我们所带来的确是有益的食物。

从你所爱的人嘴里听到错误的谴责是苦涩的，然而即使这也是可以忍受的。

"打我吧！但是要听从我！"雅典的首领对斯巴达人说。

"打我吧——但是祝你健康和温饱！"我们应该这样说。

佳作点评

普希金是俄国浪漫主义文学的杰出代表，现实主义文学的奠基人。作家在《"你将听到蠢人的评判……"》一文中，采用了一个反问的手法，嘲讽社会的一些现象。普希金刀锋一般的哲理诗辩，刺向隐蔽的黑暗，这是正义与邪恶的战争，绝不是一场闹剧。普希金在标题中浓缩了全文的精华，是全文的引题。

论自私

□ [英国] 培根

蚂蚁那种不思劳苦、不停工作的精神是值得赞扬的，但对于一座花果园，它却是一种很有害的生物。自私的人也如同蚂蚁，不过他们所危害的不是花果园而是社会。

人应用理智对利己之心与利人之心加以区分。在为自己谋利益时，不要损害他人，更不能损害君王与国家。

人不能奢求自己是圆心，一切都向其看齐。对于一个君王，他或许可以这样做，因为他所代表的不仅是个人，还有国家的利益。而对于一个公民，自私自利却是一种永不可取的品德。这种人总是把一切事物都按照自己私利的需要加以扭曲，然后就是祸及一方，扰乱社会。

所以，在为国家选拔良材时，君主的眼光千万要锐利些，莫让这种人滥竽充数。因为，一旦任用这种自私的家伙，他们就将为自己私利而牺牲与公益有关的一切，成为最无耻的贪官污吏。他们所谋取的不过是自身一家的幸福，危害的却是整个国家和社会。俗话云："点着别人的房子煮自己的一个鸡蛋"，这正是极端自私者的本性。

事实上，这种人却最容易得主之心。因为为了达到利己的目的，这种人是宁愿不惜一切手段去阿谀奉承的。

自私者的行为是最见不得光的。这是那种打洞钻空了房屋，而在房屋将倒塌前及时迁居的老鼠式的行为。这是那种欺骗熊来为它挖洞，洞一挖成就立刻把熊赶走的狐狸式的行为。这是那种在即将撕碎落入口中的猎物时，却假装悲哀流泪的鳄鱼式的行为。

但是，那种"只知自爱却不知爱人的人"，最终总是没有好下场的。虽然他们时时在谋算怎样为了自己而牺牲别人，但命运之神却常常使他们自己，最终也成为自己的牺牲品。毕竟，纵使人再善于为自己打算，也无法走出掌握命运的神灵的巨手啊。

佳作点评

培根生于1561年，作为哲学家、文学家、法官和政治家于一身的人，培根的思想广阔，具有精神的高度，且复杂多变。他对于古往今来的有关人生、有关事业、有关金钱、有关道德方法的问题，有许多著名的评论。他关于人生的论述，对人类产生极大的影响。

培根在《论自私》中指出："点着别人的房子煮自己的一个鸡蛋。"这一个细节，形象地比喻出自私人的心态，自私是建立在别人的痛苦之上，勾心斗角，损人利己，甚至达到野蛮、卑鄙、残忍的地步。

论嫉妒

□ [英国] 罗素

没必要的谦虚与嫉妒关系密切。谦虚往往被认为是一种美德，但我对此表示怀疑，谦虚在其更为极端的形式上是否仍值得如此看待。谦虚的人需要一连串的安抚保证，而且没有勇气和信心去完成他们力所能及的事情和任务。谦虚的人相信自己比不上身边的人。因此他们容易产生嫉妒心，并由嫉妒心升级为不幸和敌意。在我看来，告知自己的孩子是个好孩子非常重要。我不相信哪一只孔雀会去嫉妒另一只孔雀的羽尾，它们都认为自己的羽毛是世界上独一无二最美丽、最耀眼的。结果是，孔雀成了和平温顺的鸟类。试想，如果一只孔雀被告知，对自己评价很高是一种邪恶的行为，那它会变得多么不幸啊！每当它看见同伴开屏时，它就会自言自语："我可不能去想我的羽尾比它的更漂亮，因为这样想是骄傲自满。可是，我多么希望自己更漂亮些呀！那只丑鸟太自以为漂亮了！我扯下它几把羽毛怎样！这样我就不用再害怕与它相比了。"或许它会设个陷阱，去陷害、恶语中伤那只无辜的孔雀。于是它会在头领会议上谴责那只孔雀。渐渐地它会立下这样一条规定：所有长着无比漂亮羽毛的孔雀都是恶毒的，孔雀王国中那位聪明过人的统治者就会选择只仅有几根秃羽的孔雀当头领。到那时，它会处死所有美丽的孔雀，到最后，真正光彩夺目的尾羽将会变成只在肮脏的记忆里才存在的东西。这样的恶果就是嫉妒者最终的胜利表现。但是当每只孔雀都认为自己比其他同类更漂亮时，就没有这种压抑的必要了。每只雄孔雀都想在这一竞争中赢得第一名，并且由于它们尊重自己的雌性伴侣，所以都会认为佳绩是属于自己的。

当然，有竞争才会有嫉妒，二者紧密相联。我们对自己认为毫无希望达到的幸运是不会嫉妒的。在那个社会等级森严固定的时代，最下等的阶层是不会嫉妒上阶层的，因为贫富之间的界限被认为由上帝指定的。乞丐不会嫉妒百万富翁，即使他们会嫉妒那些比自己成功的乞丐。现代社会中，地位的变动不定，以及各式各样的平等学说，极大地拓展了嫉妒的范围。这是一种邪恶，但是为了达到某一公正程度，我们必须忍受这种邪恶。当对不平等进行理性思考时，除非我们是基于一种应得价值的高度，否则即会被视为不公正。一旦这种不平等被视为不公正，除了把名消除，否则由此引起的嫉妒是没有其他解决办法的。

▎佳作点评▎

罗素认为嫉妒是一种邪恶，它隐藏在人的心灵深处，看不见，摸不到，但却能给别人带来伤害，甚至是致命的一击。罗素指出："当对不平等进行理性思考时，除非我们是基于一种应得价值的高度，否则即会被视为不公正。一旦这种不平等被视为不公正，除了把名消除，否则由此引起的嫉妒是没有其他解决办法的。"当嫉妒的念头一出现，人们要有冷静的心，果断地打压下去，把它套上枷锁，保持一颗健康的心，去面对生活中的每一件事情。

驱逐无知

□ [英国] 弥尔顿

没有坎坷、不经历苦难、非大喜大悲过的生活就如同一种动物的生活一样，或是与一种把它的小巢筑在很远很深的森林里的很高树梢上的小鸟的生活一样。它在那小天地里安全地喂养着它的子女，它飞来飞去找着食物，而不用担心猎人的陷阱，在清晨和黄昏，可以尽情地用它那甜美的歌喉歌唱。这就是无知者的"幸福生活"。人脑为什么要想那么多烦恼的事呢？好，你如以此为论据的话，那么，我们将献给无知以荷马史诗《奥德赛》中女魔的酒杯，让它脱掉人的画皮，复原成动物形状成为动物界中的一员。让无知回到动物中去，动物肯定会拒绝接受这个没有名气的客人。

无论如何，很多动物还具有某种低级的推理能力或者出于一些很强的本能驱使，令它们可以从事一些高级的劳动或者发明一些东西。普鲁塔克告诉我们，狗在追踪猎物时表现出具有一些辨别的知识。如果它们碰巧遇上十字路口，它们会利用逻辑思维来判断选择道路。亚里士多德指出，夜莺以某种音乐规则对它们的子女进行教育。

许多动物都会为自己疗伤。它们在医学上教给人宝贵的知识。埃及的朱鹭教给我们泻药的价值，河马教给我们放血的益处。对那些经常为我们预报风、雨、洪水到来或天气好坏的动物，难道谁还会认为它们不会看天文现象吗？鹅所表现出的谨慎和严格的品德令人惊叹！为了防止多嘴的危险，它含着卵石飞过金牛山。蚂蚁给我们家庭理财观念以启示；我们的共和政体则得益于蜜蜂；而军事科学承认仙鹤哨兵岗位制的练习以及在战斗中列成三角形队列，此举，使人类受益匪浅。动物是如此聪明，以至于不让无知存在于它们的团体和社会中。它们将迫使无知到一个更低级的层次。那是怎样的层次呢？是树木和石头吗？如果无知与树木和石头为伍，为什么就连树木、灌木丛和整个森林都曾拔起它们的根匆忙去听俄耳浦斯那优美的乐曲呢？它们也被赋予了不可思议的力量和神奇的预言才能。岩石也具有学习的天赋，它能够听懂诗句并做出反应。那么，无知是否也被岩石和树木驱赶走了呢？是的，无知被赶到比任何动物都低级，比岩石和石头还低级，比任何自然物都低级的档次。是否能允许无知到伊壁鸠鲁的信徒们，著名的"根本不存在"那里去找安息之地呢？不行，就是那里也不允许。因为无知是比享乐主义还坏、还卑鄙、还讨厌的东西。总而言之，无知一无是处，毫无价值。

佳作点评

弥尔顿在《驱逐无知》一文中指出无知的严重性所带来的后果。弥尔顿认为无知的人还不如动物，比它们都低级。《驱逐无知》采用了严肃的题材，具有强烈的感情，质朴有力的语言，鲜明的节奏。弥尔顿继承了十六世纪的人文主义思想，接受了十七世纪新科学的成就，对无知的人们采取批判的态度。

人的过错

□ [法国] 卢梭

量力而行，放弃妄想，人会永远快乐，远离烦恼。紧紧地占据着大自然在万物的秩序中给你安排的位置，没有任何力量能够使你脱离那个位置，不要反抗那严格的必然的法则，没有必要因它而空耗尽体力，因为上天所赋予你的能力，不是用来扩充或延长你的存在，而只是用来让你按照它喜欢的样子和它所许可的范围生活。你与生俱来的能力所带给你的权力和自由已达极限，不要奢求更多，其他一切全都是奴役、幻想和虚名。当权力要依靠舆论的时候，其本身就带有奴隶性，因为你要以你用偏见来统治的那些人的偏见为转移。你要按自己的心意去支配他们，你就必须按照他们的心意办事。他们只要改变一下想法，你就要相应改变自己的做法，无论你是否情愿。

只有自己实现自己意志的人，才不需要借用他人之手实现自己的意志。由此可见，在所有的财富中，最为可贵的不是权威而是自由。而真正自由的人，从不奢求得不到的东西，也不做不喜欢做的事。

我们误用了我们的能力，结果痛苦紧随而来。精神上的痛苦无可争辩地是我们自己造成的，而身体上的痛苦，要不是因为我们误用了能力使我们感到这种痛苦的话，是算不得一回事的。大自然之所以使我们感觉到我们的需要，难道不是为了保持我们的生存吗？身体上的痛苦难道不是机器出了毛病的信号，警告我们更加小心吗？坏人不是在毒害他们自己的生命和我们的生命吗？谁愿意始终这样生活呢？死亡就是解除我们所做的罪恶的良药；大自然不希望我们一直遭受痛苦。在蒙昧和朴实无知的状态中生活的人，所遇到的痛苦是多么少啊！他们的身体是那样地健康，他们的精神是那样地愉快，以至于从未想过死亡这个概念。当他们意识到死的时候，他们的痛苦将使他们希望死去，这时候，在他们看来死亡就不是一件痛苦的事情了。如果我们满足于现状，我们对命运就没有什么可抱怨的。为了寻求一种空想的幸福，我们却遭遇了千百种真正的灾难。谁要是遇到一点点痛苦就不能忍受，他就一定会遭到更大的痛苦。

我想万物是有一个规律的运行轨道的，普遍的灾祸只有在脱离轨道的时候才能发生。个别的灾祸只存在于遭遇这种恶事的人的感觉里，但人之所以有这种感觉，不是由大自然赐与的，而是人自己造成的。任何人，只要他不常常想到痛苦，不瞻前顾后，他也就不会有痛苦之感。

佳作点评

卢梭是法国伟大的启蒙思想家、哲学家、教育家、文学家，是18世纪法国大革命的思想先驱，启蒙运动最卓越的代表人物之一。

卢梭在本文中，对人的过错，从各个角度进行诠释，他义正辞严地说："只有自己实现自己意志的人，才不需要借用他人之手实现自己的意志。由此可见，在所有的财富中，最为可贵的不是权威而是自由。而真正自由的人，从不奢求得不到的东西，也不做不喜欢做的事。"很多的灾祸，不是由大自然，而是由人自己造成的。人既有自然属性，也有社会属性。

恶之源

□ [法国] 霍尔巴赫

宗教永远只能用毫无实际作用的各种障碍物来抵抗败坏的世风。无知和奴役使人们变得凶恶而不幸。科学、理性和自由才是人们前进和获得幸福的源泉。但是，世界上的一切事物都在助长人们的愚昧无知，促使他们坚信谎话和谬论。神甫们欺骗他们，暴君们使他们堕落，以便更容易地奴役他们。人们受到这种宗教观点或形而上学幽灵的愚弄，竟不去探求自己痛苦的自然和可见的原因，反而硬说自己的恶德是由于人的本性不完善；人们在暴政下所遭受的苦难和动荡不安却被认为是神灵在愤怒。他们向上帝祷告、立誓、供献祭品，祈求上帝为他们免除灾祸，其实他们应该把灾祸的原因归于自己统治者的失职、无知和腐化，归于罪恶的行政制度、有害的习俗、错误的学说、轻率的法律，当然最最重要的是教育制度不够完善。如果从人的儿童时代起正确的概念就得到了发展；如果他们的理性得到了必要的教育和指导；如果人们都敢于与反动恶势力作斗争，绝对不需要神灵和对神灵的恐惧。当人们获得真正的教育时，他们自然会变成善良的。当他人受到正确的管理时，如果他们对自己的同胞造成祸害，将受到惩罚和蔑视；若让同胞们幸福快乐，理应给予奖励。对人们的恶德只加制止，不思根除是毫无意义的。只有当人们发现了真理，他们才会认识自己的迫切利益和之所以要鼓动人们为善的真正原因。各民族人民的精神统治者们竭力使人们的视线关注天国已经太久，使他们朝地上看的时刻终于来到了。理智的人们，请回头来研究自然的事物、易懂的对象、明显的真理和有益的知识吧。诅咒捆绑各民族精神和灵魂的绳索早日断裂，祝愿合理的思想在似乎永远注定要成为谬论的牺牲品的理智中自动地发育生长。为了消灭或者哪怕是用力推一推宗教的偏见，难道指明一切不可理解的东西对人并没有任何价值还不够吗？为了相信无法理解的表现；为了相信以谬论解释宇宙的种种奥秘，只会使这些宇宙秘密变得更加无法说明的存在物是纯粹的虚构；为了相信人们在这样多的世纪的过程中徒劳无益地向之祈求得到幸福、快乐和免遭灾难的一种存在物是纯粹的虚构；为了相信这个存在物是一种不反映任何实在事物的观念，除了简单的健全思想以外，什么也不需要了，不是吗？

佳作点评

在恶的面前，人们敢于斗争，不畏惧恶的势力，不会怕神灵的报复。人获得良好的教育时，在文明的滋养下，自然会变成善良的，祛除恶的邪念。人在合理的制度下，假如有谁对自己的同胞侵犯伤害，应该受到惩罚和法制。堵住恶的来源，不是泛泛的应对，而是除根才能去病。只有强化人的意识，提高文明程度，在人们对真理理解和运用时，他们认识自己的利益，这样恶就消灭掉了。

马

□ ［法国］布封

天然要比人工更美丽些，在一个动物身上，动作的自由也构成美丽的天然。你们试看看那些散在南美各地自由自在地生活着的马吧：它们行走着，它们奔驰着，它们腾跃着，既不拘束，又没有节制，它们因不受羁勒而感觉自豪，它们避免和人打照面；它们不屑于受人照顾，它们能够自己寻找适当的食料；它们在无垠的草原上自由地游荡、蹦跳，采食着四季皆春的气候不断提供的新鲜产品；它们既无一定的住所，除晴明的天空外又别无任何荫庇，因此它们呼吸着新鲜的空气。这种空气，比我们压缩它们应占的空间而禁闭它们的那些圆顶宫殿里的空气，要纯洁得多。

这种动物的天性绝不凶猛，它们只是豪迈犷野。虽然力气在大多数动物之上，它们却从来不攻击其他动物。如果它们受到其他动物的攻击，它们并不屑于和对方搏斗，仅只把它们赶开或者把它们踏死。它们也是成群结队而行的，它们之所以聚集在一起，纯粹是为着群居之乐。因为，它们一无所惧，原不需要团结御侮，但是它们互相眷恋，依依不舍，由于草木是它们的食粮，由于它们有充分的东西来满足它们的食欲，又由于它们对动物的肉毫无兴趣，也不互相争夺生存资料。所以马总是和平地生活着，其原因就是它们的需要既平凡又简单，而且有足够的生活资源使它们无须互相嫉妒。

佳作点评

布封是人文主义思想的继承者，他所倡导的"风格即人格"，在他的作品中充分地体现出来。布封写了很多的动物，认为动物和人一样，他用人性化的笔触描摹动物。

马有了人性的色彩。生活中人类离不开马，在漫长的人类发展史上，马是人类忠诚的朋友，它不光有灵性，还有丰富的情感。布封的《马》，感情亲切，语言形象，其人格化的描写，十分感人。

社会的不公正

□［法国］拉布吕耶尔

社会上，食不果腹、衣不蔽体的人比比皆是，叫人触目惊心。可是，也有人吃早熟的水果；他们要求土地违反节令生产出果实，以满足他们的嗜欲。一些稍有些积蓄的白丁，竟然可以一道菜吞下百户人家一天的生活费。谁愿意去同这些极端荒唐的现象作斗争呢。如果可能，我既不愿作不幸者也不愿作幸运儿；一种可以不愁温饱，还能有些余钱买点喜好的小玩意的生活，即是我理想的天地了。

面对眼前的苦难，人们会因为幸福而感到羞耻。

望不到边际的田野上，许多黑点在不停地摇动，细看来才发现，他们的皮肤是黝黑的或者灰色的，被太阳烤得焦亮；他们不知疲倦地掘着地、翻着土，好像被拴在那儿；他们好像会说话，确实，他们是人。夜晚，他们钻进污秽不堪的破屋，他们以劣质面包、冷水、土豆为永久的食物；他们使别人免除播种、耕耘和收获的劳苦，因此，倒是他们应该享受由他们劳动收获的精细的面包。

我认为平民百姓与大人物比起来，更需要生活必需品，而后者却欲壑难填。一个普通老百姓不可能做任何坏事损害别人，一个大人物不会做什么好事但可以犯下昭彰的罪行；前者为和平而生，后者则生来包藏着损人的祸心；前者身上是以天真纯朴的形式表现的粗鲁和直率，后者身上是以彬彬有礼的外表掩盖狡猾和腐朽的处世之道；老百姓没有才智，而大人物没有灵魂；前者普通的外表下跳动着一颗真正善良的心，后者华丽的外表下窝藏着一颗自私自利的私心。如果要我选择，我会毫不犹豫地选择前者。

佳作点评

《社会的不公正》是一篇针砭时弊的论说文。拉布吕耶尔生活在路易十四时期，法国中央集权的君主专制统治已经盛极而衰。"老百姓没有才智，而大人物没有灵魂；前者普通的外表下跳动着一颗真正善良的心，后者华丽的外表下窝藏着一颗自私自利的私心。"拉布吕耶尔通过他作品，用明白晓畅的文字，表达理性主义的见解。

穷人的眼

□［法国］波特莱尔

不要费尽心思猜测我恨你的原由了，我直接告诉你不是更好吗？因为你是这世上所能找到女性隔阂的最美标本。你认为我们共同走过的岁月已足够长，但在我却还觉得刚刚迈步。我们互相应许，我们当有同一思想，我们的两个灵魂当成为同一个灵魂；一个梦，并没有什么新奇，不过人人都梦见，却不见有人去实验过。

你是浪漫的，你有些累了，不顾夜晚的冰冷径直坐在咖啡店外边。虽然咖啡店还在用石灰涂饰，但已经显示它的未曾完成的华美了。那咖啡店辉煌了。那煤气灯发出新开张的所有的热力，用了它的全力照着墙壁，照着炫目的白镜上的闪烁的玻璃片、檐下与柱上凹形装饰的贴金；棕毛狗被圆脸的侍从紧紧拉住，那神色不安的鹰是贵妇人们的笑料，仙女与女神头上顶着果物包子与野味，赫柏女神与加尼米德美少年伸长臂膀，端着色彩斑斓的水晶托塔……历史与神话合并起来，造成一个饕餮者的乐园。

街道中间，我们的对面，站着三个人。一个四十岁左右面容憔悴的男人，一手搀着一个孩子，另一只手抱着一个还不能走的最弱的小孩。他是替代保姆的职务，带了他的小孩们，来受用夜间的空气。他们都穿着破衣，三张脸都非常严肃，六只眼睛盯着新咖啡店，都非常地惊奇，但因为年纪不同感受也不尽一样。

那父亲的印象："这多么美，这多么美啊！人家几乎要想，所有穷人们的金子都走到这屋里去了。"小孩的："这多么美，这多么美啊！但这屋里，只有不是像我们这样的人，才能进去的。"至于那最小的小孩的印象，他的目光是茫然的，他除了蠢笨而深厚的喜悦以外，没有别的表示了。

快乐使灵魂美善，使人心柔和。这是对的，至少这晚上我是这样。我不仅被这一家人的眼睛所感动而且我还为那比我们的饥渴更大的酒瓶和酒杯而感到羞愧。我回过来看你，可爱的，我希望能够在你眼里读出我自己的思想：我用我的眼看进你的眼去，这样的感觉是异样的甜的，你的碧眼，在那里是浮动所主宰的、带着醉意的月光。可你却对我说："这些人真有点讨厌，张着那么瞪视的大眼睛！你还不去叫侍者把他们赶走？"

互相理解是这样的难，我的天使，即使是爱人之间也同样如此。

佳作点评

街道上有三张脸，六只眼睛在盯着新装饰好的咖啡店。他们眼睛中流露出不同的神情，这是由于年龄大小不一，对人生的感受也不尽一样。

诗人从他们的眼神中读出巨大的问号，这不是艺术家创作行为的情景，是真实的现实。诗人想深入地走进他们眼睛的深处，发现他们的思想，解开问号的疑问。诗人说："快乐使灵魂美善，使人心柔和。这是对的，至少这晚上我是这样。我不仅被这一家人的眼睛所感动而且我还为那比我们的饥渴更大的酒瓶和酒杯而感到羞愧。"这个羞愧太重了，压得人透不过气来。

权力的罪恶

□ [日本]池田大作

就我个人来看,权力的罪恶问题是在人类努力追求和平和幸福的奋斗中,最不易也最不可能解决的问题之一。因为形成权力罪恶的根源,就是包含在人类生命中与善性对立的恶性。深究权力,深究权力带来的罪恶,当然要涉及社会体制问题,然而追溯到底,必然追究到人性本身,追究到生命本源的理解问题。

我呼吁,权力的拥有者应坦诚面对这种罪恶,并坚定信心与之战斗到底。同时有一点也很重要,要把权力用于为他人谋幸福,就要努力开发自己的聪明才智。不要把权力看成是聚敛财富的法宝,要时时考虑为最痛苦的人服务,这不正是关键所在吗?

权力在某种意义上的确与民众有些对立,因此,抑制权力也是很重要的。而另一方面,也有必要使民众确立绝对不受权力左右的自尊,同时还要变革权力持有者的内心。换句话说就是为了克服权力的魔性或者人的丑恶性,就要不断地挑战自我。

历史所显示的其实是一个罪恶循环往复的过程。打倒一个罪恶的体制,新的体制又会暴露出新的罪恶。新的体制要想终止产生新罪恶的恶性循环，就只有在体制所拥有的权力之上装上有积极意义的车闸。为此，必须在掌权者的内心，进而在所有人的内心，装上抑制权力的车闸。

▌佳作点评▐

权力有时是公平的，有时也会产生罪恶，池田大作在哲理小品中，写出了一个佛教思想家、哲学家、教育家、社会活动家、作家的良心的呼吁。他以哲学家的清晰思路和作家的情感，在对待权力的关系上，进行了深刻的剖析。

贫穷是罪恶

□［日本］松下幸之助

"在四种疾病中最严重的就是贫穷",这句俗语的意思是说贫穷可以降低人们的毅力,夺走生活的信心。

贫穷本身是违乎天理的,务必消除才是。所谓一箪食、一瓢饮的清贫生活虽也值得人敬佩,但这也只是安贫乐道者消极的想法而已。我们可以下一个很清楚的定义:贫穷是罪恶,并要将之消除。

贫穷必然导致罪恶。"衣食足,知荣辱"。这句古话,直到今日依然可以说是除却一些特殊原因外,一般人是很容易在贫穷面前失去道德约制的。反过来说,"衣食不足,则不知荣辱",虽然社会在进步,生活质量在提高,但这些现象却还是存在的。人性如此,贫穷自然还会制造罪恶。要想使这源泉干涸,则必须除去贫穷,方能使社会进步繁荣。若能除去贫穷,则犯罪率至少可降至相当低的比例,经济的大目标也将实现。

消除贫穷,固然需要每个人的努力,但社会体制、结构的彻底改善,也是不容忽视的环节,就政治而言,就要有消除贫困的实际措施。如果当我们对贫穷有了正确的认识,并且每个人均为消除贫穷而努力不懈,那么罪恶自然会消失。

佳作点评

贫穷导致一系列社会问题，如何消除这种疾病，重塑人们生活的信心，这是一个长远的问题。"虽然社会在进步，生活质量在提高，但这些现象却还是存在的。人性如此，贫穷自然还会制造罪恶。要想使这源泉干涸，则必须除去贫穷，方能使社会进步繁荣。若能除去贫穷，则犯罪率至少可降至相当低的比例，经济的大目标也将实现。"

消除人类的贫穷，这不是一朝一夕的事情，需要每个人的努力。但社会体制、结构的彻底改善，也是太重要了。正确处理好贫富的差距，是稳定社会的方法和人类进步的标志。

名字

□ [智利] 聂鲁达

我把他们的名字刻在心坎上,不因为他们是名人,只因为他们是我的同志。

罗哈斯·希门尼斯,浪人,因为告别而吃惊,为欢乐而死亡,鸽子的喂养者,为阴影而疯狂。

华金·西富恩特斯,他那首三行押韵的诗节,就像河水里的石头一样滚动。

费德里科,他永远那样严肃,那样深沉,没有笑容,他使我们大家为了一个世纪而悲伤。

保尔·艾吕雅,他那双勿忘我的眼睛,一如以往那样蔚蓝,保存着自己天蓝色的力量。

米格尔·埃尔南德斯,他像一只夜莺从王妃大街的树林里向我吹着口哨,直到驻防的军队逮捕了我的夜莺。

拿瑞姆,伟大而坚强的歌唱家,勇敢的彬彬有礼之人,同志。

为什么他们这么快就走了呢?他们的名字不会在心坎上抹去,更不会变浅。他们每个人都是一个胜利。他们在一起就是我的全部光明。现在,是一本充满我悲伤的回忆录。

佳作点评

　　名字对于每个人都很重要，名是血脉的延续，字是人的符号。人必须珍惜自己的名字，它是头上戴着的闪烁的宝石，发出个性的光。每一个伟人的名字，不仅是他的称谓，而是都有一段故事，一段历史，它真实地反映了时代。他们的名字不会因为时间的变化而消失，却变化成天空运转的星，是一颗永远的恒星。聂鲁达深情地说："我把他们的名字刻在心坎上，不因为他们是名人，只因为他们是我的同志。"

版权声明

本书部分作品无法与权利人取得联系，为了尊重作者的著作权，特委托北京版权代理有限责任公司向权利人转付稿酬。请您与北京版权代理有限责任公司联系并领取稿酬。联系方式如下：

北京版权代理有限责任公司

北京市东城区朝阳门内 55 号南门 1006 室

邮编：100010

电话：（010）58642004

E-mail:bookpodcn@gmail.com

Website:www.bookpod.cn